AF720693

Kontaktadresse nach EU-Produktsicherheitsverordnung:
produktsicherheit@fischerverlage.de

Der Roman einer Höllenfahrt. Ein Junge durchlebt den Terror der Nazis, die Kriegsjahre und die Bombennächte, die seine Welt in Trümmer legen. Anfangs fühlt er sich in seiner Familie noch geschützt vor dem Druck der Diktatur. Doch binnen weniger Monate verwandeln die Luftangriffe sein Leben in einen Alptraum voller Zerstörung und Tod. Vor seinen Augen zerfallen Häuser und Straßen zu Schutt, gehen Menschen in Flammen auf oder werden in Fetzen gerissen.
Dieter Forte zeigt, wie ein Kind den Krieg erlebt. Doch vergißt er über dem Elend nicht Zusammenhalt und Überlebenswillen, die aus der nackten Not erwachsen. So ist dieses Buch, das die Greuel des Krieges sprachgewaltig beschwört, zugleich ein anrührender Familienroman. Anschaulich, mit Witz und Ironie, werden die Angehörigen des Jungen charakterisiert: vom Hallodri, der immer auf die Füße fällt, über die unermüdliche, wundergläubige Mutter, das Herzstück der Familie, bis hin zu dem melancholischen Zweig der Sippe, die sich fatalistisch den Katastrophen der Geschichte ausliefert.

Dieter Forte, 1935 in Düsseldorf geboren, lebt in Basel. Sein Theaterstück ›Martin Luther & Thomas Münzer oder die Einführung der Buchhaltung‹ (Bd. 7065) wurde zu einem Welterfolg. Für seine Romantrilogie ›Das Haus auf meinen Schultern‹ (Bd. 15875) wurde er mit dem Baseler Literaturpreis und dem Bremer Literaturpreis ausgezeichnet. Sie umfaßt die Romane ›Das Muster‹ (Bd. 12373), ›Der Junge mit den blutigen Schuhen‹ und ›In der Erinnerung‹ (Bd. 14932). Außerdem im *Fischer Taschenbuch Verlag:* ›Jean Henry Dunant oder die Einführung der Zivilisation. Ein Schauspiel‹ (Bd. 2301), ›Fluchtversuche. 4 Fernsehspiele‹ (Bd. 7055), ›Kaspar Hausers Tod‹ (Bd. 7050); außerdem der Materialienband ›Vom Verdichten der Welt. Zum Werk von Dieter Forte‹ (Bd. 13436). 1998 erschien im S. Fischer Verlag: ›In der Erinnerung‹.

Unsere Adresse im Internet: www.fischerverlage.de

Dieter Forte

Der Junge mit den blutigen Schuhen

Roman

Fischer
Taschenbuch
Verlag

6. Auflage

Hedderichstr. 114, 60596 Frankfurt am Main
Druck und Bindung: BoD – Books on Demand GmbH,
Norderstedt, Germany
ISBN 978-3-596-13793-0

Für Marianne

»Ganz plötzlich entdeckte er einfach das, was er zu tun hatte, tun mußte, ob er wollte oder nicht, denn wenn er es nicht tat, wußte er, daß er sein Leben lang nicht er selbst sein konnte, nicht leben konnte mit dem, was all die Männer und Frauen, die starben, um ihn zu schaffen, ihm vererbt hatten, damit er es weitergäbe, mit all den Toten, wartend und zusehend, ob er es recht machen würde, es richtig anpacken würde, so daß er nicht nur den lang Verstorbenen ins Gesicht sehen durfte, sondern auch all den Lebenden, die nach ihm kamen, wenn er selbst einer der Toten sein würde.«

»Auf nichts kommt es an als darauf, Atem zu haben, atmen zu können, zu wissen und am Leben zu bleiben.«

Absalom, Absalom!
William Faulkner

1 Tagundnachtgleiche im hellen Licht der Sonne und der Schwärze der Nacht, im Gleichmaß des Hellen und des Dunklen, der Farben und der Schatten und Halbschatten. Die Sonne vertrieb die nächtliche kalte Luft, die sich in Hauseingängen, Hofeinfahrten, in dunklen Höfen und Hinterhöfen wie in einem Flußdelta hielt, sich träge in einer immer breiteren, flacheren Strömung in schmale Arme aufteilte, in der heranfließenden Wärme auflöste, ein ruhiges Meer zur Mittagszeit.

Der erste Glockenschlag vom Turm der Kirche jagte die Vögel aus den Schallöchern in ein hastiges erschrecktes Flattern um den Turm, sie stiegen steil auf, fielen schwarz, stumpf, die Sonne abstoßend, zurück auf die Erde, fingen sich mit gestreckten Flügeln, stiegen, in ein gleichmäßiges Flügelschlagen wie in einen schweren Atem übergehend, wieder nach oben, zogen ihre genau abgemessenen Kreise. Ein Knall zerriß das engverflochtene Band, zerfetzte es in alle Himmelsrichtungen in einen orientierungslosen Haufen, der wirr durcheinanderflatterte, aber schnell wieder zur alten Ordnung zusammenfand, zurückkehrte in den Kreislauf einer ewig gleichen Bewegung.

Der Schwarm wurde von einem zweiten Schlag der Glocke auf eine neue Runde geschickt, rauschte tief über die Dächer der Häuser, die Schatten huschten über den Backsteinbau des kleinen Krankenhauses, über die weißen, in der Sonne leuchtenden Milchglasfenster des Kreißsaals, die einen Mann blendeten, der in einem Toreingang lag, ein Gewehr im Anschlag. Die Sonne überzog die grüngestrichenen Wände des Kreißsaals mit einem hellen Schimmer, einem diffusen Licht, schuf einen eigenen Raum, in dem alles leicht und schön war, die Zeit dehnte sich, stand betäubend still, deutlich war das scharfe Knacken zu hören, mit dem der Mann im Toreingang sein Gewehr durchlud, die Zeit bewegte sich immer noch nicht, Maria Fontana wartete mit stockendem Atem auf den nächsten Glockenschlag, sie hörte ihn in dem Moment, in dem sie stöhnend ein blutiges Stück Fleisch in die Welt stieß. Ein Schuß fiel, weitere Schüsse folgten, ein Querschläger zersplitterte die Glasscheibe des Kreißsaales, das blutige Stück Fleisch wurde abgenabelt, und ein neuer Glockenschlag hämmerte dunkel in einer anderen Kirche, Maria hörte ihn aus dem weit aufgedrehten, kreischenden Lautsprecher eines Radios in einem der Nebenräume, fast gleichzeitig mit dem richtigen Glokkenschlag, und während das Radio die Glockenschläge in die Straßen plärrte, durch die Membrane zu einem blechernen Einheitston verzerrt, reichte ein ordensbeschwerter Marschall, ein Greis in der steifen hilflosen Haltung des Alters, einem Mann, der mit seinem bleichen, maskenhaften Gesicht und in seinem feierlichen Cut wie ein Bestattungsunternehmer aussah, die behandschuhte Hand, der Mann im Cut verbeugte sich und erstarrte zu einem Zeitungsfoto, das alle am nächsten Tag sahen, und unter Salutschüssen stieg der Marschall in eine Gruft hinab, um die Könige eines vergangenen Reiches in ihren Särgen zu grüßen.

Das Kind gab seinen ersten Schrei von sich, der sich mit den Schüssen und einem neuen Glockenschlag und einem in den Straßen widerhallenden Todesschrei in einem ersten Atemzug verband, während die Augen noch nichts sahen, die Ohren noch nichts hörten, nicht die Todesschreie, nicht die Schüsse, nicht die Glocken, nicht den Lärm über den Särgen von Potsdam, der in die Stadt am Rhein herüberhallte, wo man auf die Toten schoß, die erschossen in ihren Särgen lagen. Sie wurden noch einmal durchlöchert, die Trauernden hinter den Särgen fielen blutend in ihre Beileidskränze, so daß man sie mit ihren Kränzen auf die Särge warf, sie im Trab, hinter den Särgen Deckung suchend, zum Friedhof fuhr, und da ihnen keiner, das eigene Leben riskierend, die Augen schloß, starrten sie auf dem Friedhof mit aufgerissenen Augen in die schwarzen, nachtkalten, für die Särge ausgehobenen Gräber, in die man sie vorerst warf, begraben unter ihren eigenen Beileidskränzen.

Tagundnachtgleiche, Frühjahrsanfang, Mittagszeit, die Märzsonne stand an ihrem höchsten Punkt, der Säugling schrie immer kräftiger, die Glocke holte zu ihrem letzten Schlag aus, zögerte noch einen Moment, Maria Fontana wartete auf den Schlag, vielleicht dauerte es deshalb eine Ewigkeit, bis die Glocke noch einmal zuschlug. Sie klang ruhig aus, die Vögel besetzten wieder die Schallöcher, auf den grüngestrichenen Wänden des Kreißsaals verblaßte das Sonnenlicht, und auf der Straße rumpelte eine Straßenbahn, folgte menschenleer ihren Schienen, der Fahrer lag im Führerstand auf dem Boden und hielt den Atem an.

Maria Fontana, geborene Lukacz, gebar einen Sohn, eine Tochter und einen zweiten Sohn, Paolo, Marija und Jean. Es war das Ende der preußischen Namen der Fontanas, die alten französisch-italienischen Namen wurden wiedergeboren, Friedrich, ihr Mann, und Gustav, Schwiegervater und Familienoberhaupt, waren damit einverstanden, auch mit der polnischen Tradition der Maria, die als Marija weiterlebte.

Marias Hochzeit war nun schon eine Geschichte geworden, variiert und ausgeschmückt und aus den verschiedensten Perspektiven und einander widersprechenden Erlebnissen tausendfach erzählt, allen, die nicht dabeisein konnten, so oft berichtet, daß sie später heilige Eide schworen, dabeigewesen zu sein, denn sie kannten jede Einzelheit, woher hätten sie das sonst alles wissen sollen.

Die bildliche Erinnerung an die Hochzeit, Blickfang und Hauptaltar der Wohnküche, war das stark vergrößerte Hochzeitsfoto. Es hing unter einer von Friedrich zurechtgeschnittenen Fensterscheibe in einem vergoldeten Barockrahmen, Restposten eines mißglückten Gegengeschäftes. Freunde, Nachbarn und entfernte Verwandte stellten sich gerne andächtig davor auf und spielten, mit ihren Fingern auf die Köpfe der Hochzeitsgesellschaft tippend, das Spiel, wer der Neffe des Bruders der Cousine war, oder welche Cousine der Schwester des Onkels ähnelte, ein Spiel mit unendlichen Variationsmöglichkeiten, da war jeder mit jedem verwandt, aber wie, das war die Frage, und darauf gab es eben viele Antworten.

Maria polierte die Scheibe nach einem solchen

Frage- und Antwortspiel immer wieder auf Hochglanz und stellte dabei eines Tages fest, daß Gustavs Bein leuchtete, bei näherem Hinsehen war es eindeutig, die Wunde an seinem Bein schimmerte in allen Farben, aus welchem Winkel man das Bild auch betrachtete, die Wunde bildete einen Kreis in der Mitte des Bildes, wurde der Fluchtpunkt, von dem aus das Bild zu betrachten war. Durch die Kameraperspektive verzerrt, ragte Gustavs Bein aus der Menschengruppe heraus, er hatte es, das Hosenbein aufgekrempelt, auf einen Küchenhocker hochgelegt, und die offene Wunde an seinem Bein, das Loch, das eine Kugel gerissen hatte, während der Hochzeit wieder aufgeplatzt, leuchtete regenbogenfarben im Zentrum des Bildes.

Gustav, der nicht an Wunder glaubte, sprach plötzlich von einem Wunder, erinnerte sich, daß man in Neapel dergleichen Erscheinungen häufiger finde, worauf Fin, Gustavs Freundin, bemerkte, man könne ja hier einen Wallfahrtsort für ehemalige Revolutionäre einrichten, das brächte garantiert so viel ein, daß Gustav nie mehr arbeiten müsse.

Maria, die an Wunder glaubte, lehnte die Seligsprechung ab, das sei kein Wunder, das sei ein Fehler bei der Entwicklung des Fotos, irgend etwas Chemisches, verstärkt durch die Sonnenstrahlen des Nachmittags, die das Bild zu einer bestimmten Uhrzeit streiften. Gustav ließ sich das nicht bieten, setzte sich einige Tage vom Morgen bis zum Abend mit der Eisenbahneruhr in der Hand vor das Bild und notierte exakt die Erscheinungszeit der Sonnenstrahlen und seines persönlichen Regenbogens, seines *Arc-en-ciel*, wie er sagte.

Der Rationalist und Atheist war auf der Suche nach einem Wunder, welches die alle Heiligen verehrende und wundergläubige Maria leugnete. Spitzfindige Argumente wurden stundenlang vor dem Bild ausgetauscht, die Gesetze der sprachlichen Logik wurden dabei wie die Gesetze der Physik und Chemie außer Kraft gesetzt, was aber keiner leugnete, immer wieder, je nach Lichteinfall, glühte die Wunde an Gustavs Bein, ein dunkelroter Fleck, umgeben von allen Farben des Lichts.

Die Familie traf sich zu den vom Leben und vom Schicksal ausgelösten Ereignissen wie Geburt, Taufe, Begräbnis und Dreißigeramt. Schon in den Tagen vor der Geburt erschienen die Lukacz' aus dem Ruhrgebiet in familiären Geschwadern mit Ratschlägen, Weisheiten und »Hokuspokus«, wie Gustav es nannte. Der Ehemann Friedrich hatte nichts mehr zu sagen, er schlief in der Küche, im Schlafzimmer mußte Marias Bett in einem bestimmten Winkel zur Wand stehen, dafür mußte man natürlich alle anderen Möbel verschieben, das Kinderbett erhielt einen sorgfältig ausgewählten Platz fern aller Wasseradern, die mit Wünschelruten aufgespürt und mit heiligen Sprüchen, in einem polnischen Latein, neutralisiert wurden. »Gesegnetes Grünzeug«, so Friedrich, fand sich in allen Ecken, immer über Kreuz, so daß kein Teufel und kein böser Geist eine Chance hatten, die Wohnung zu durchqueren. Ein vom Pfarrer, vom Bischof und vom Kardinal dreifach gesegneter Rosenkranz hing von der Lampe herab, Gustav, der sich darin verfing, entweihte ihn mit einem

Schlag seines Spazierstocks, der auch die Lampe zerschmetterte. Der Streit, der darüber ausbrach, konnte nur von Fin geschlichtet werden, die als Frau diese geheimnisvollen Maßnahmen für nicht unbedingt schädlich hielt und als Genossin die einzige war, die auf Gustav Einfluß hatte.

Die beiden Familien, durch Heirat und die Geburt der Kinder verbunden, fanden nicht zusammen. Die Grenzen waren scharf gezogen, übertrat man sie, herrschte bei den Lukacz' ein beleidigtes Schweigen, bei den Fontanas spöttisches Grinsen, keiner machte das geringste Zugeständnis, keiner gab auch nur in einem Punkt nach, eher hätten durch den Ozean getrennte Kontinente zusammengefunden. Jeden unbedachten Satz, beiläufig dahergeredet, betrachtete die andere Partei als vorsätzlichen Angriff auf jahrhundertealte Traditionen, die in beiden Familien so unterschiedlich waren, so unveränderlich weit voneinander entfernt wie Sonne und Mond. Während die Fontanas auf Vernunft und logischem Denken bestanden, der Wissenschaft anhingen, der revolutionären Politik, dem Leben listig und mit Witz begegneten, die alltäglichen Dinge mit leichter Hand aus dem Weg räumten, sorglos den nächsten Tag erwarteten, glaubten die Lukacz' an ein finsteres Schicksal voller Schrecken und Verhängnisse, an dunkle Mächte und Erscheinungen voll unheilvoller Bedeutung, an die Mühsal des Lebens, aber auch an die Gerechtigkeit Gottes auf Erden, der einmal, da waren sie ganz sicher, ihre ewige Plackerei belohnen werde, und wenn er es nicht täte, wäre es auch gut. Das war ein geschlossenes Weltbild, das die

Wärme eines Kachelofens in einer dunklen niedrigen Stube ausstrahlte, in der viele schwarzgekleidete Menschen nebeneinandersaßen, dagegen war das Weltbild der Fontanas ein durchlöcherter Hut, klar und hell wie der Tag, mit einem eisigen Wind aus Spott, Ironie und Gelächter über die Dummheit der Menschen.

Zwischen diesen Welten gab es keinen Austausch. Selbst einfache Gespräche waren nicht möglich. Fragte ein Fontana einen Lukacz, wann sein Zug zurückfahre, erzählte der eine längere unterhaltsame Geschichte, der man mit einiger Aufmerksamkeit entnehmen konnte, daß es hier einen Bahnhof und dort einen Bahnhof gebe und daß zwischen beiden eine Bahnverbindung bestehe, auf der zu gewissen Zeiten Züge verkehrten, daß auch andere Mitglieder der Familie auf diese Weise schon gereist seien, obwohl es ja doch ein Abenteuer sei, aber man gedenke trotzdem mit einem dieser Züge zu reisen. Wollte man es genauer wissen, war eine Rede von mindestens fünfzehn Minuten erforderlich, die sich aber verlängerte, wenn ein Streit darüber ausbrach, welche Reiseverbindung die günstigste sei, denn es gab Vormittags- und Nachmittagszüge, sogar Morgen- und Abendzüge, und eben alle mit unterschiedlichen Umsteigemöglichkeiten, die jeder als besonders günstig, weil von ihm schon einmal ausprobiert, anpries. Die Begriffe Abfahrtszeit und Ankunftszeit und die Bahnsteig- oder Gleisnummern waren den Lukacz' ganz unbekannt, es schien so, daß sie sich zu einer beliebigen Zeit in Begleitung all derer, die mitfahren wollten, und all derer, die eigentlich zu Hause bleiben wollten, zu einem Bahnhof begaben, dort einen von seinem Führerstand herabschauenden Lokomotivführer in ein Gespräch verwikkelten, das über das Wetter zum Schrebergarten führte, von da zur Frage der Beschneidung von Obstbäumen und der Vernichtung von Maulwürfen, die man voriges Jahr –, aber dieses Jahr wären sie eben wieder da, dabei unauffällig die Frage anbrachten, ob der Lokführer nicht zufällig und freundlicherweise einen vertrauenswürdigen Zugführer kenne, der innerhalb der nächsten Stunden ins Rheinland fahre, einem freundlicherweise auch rechtzeitig Bescheid sage, wann und wo man umsteigen müsse, wenn er so nett sein wolle, so ungefähr in die Nähe der Stadt, den Rest der Strecke könne man auch laufen, wobei an diesem Punkt des Gesprächs die größte denkbare Annäherung an das Wort Abfahrtszeit gelang. Hakte der Lokführer hier nicht ein, entfernte sich die Rede wieder von der indirekt und überaus höflich gestellten Frage, glitt in ein anderes Thema, denn es war wirklich interessant zu erfahren, wann und wohin die Lukacz' schon alle gelaufen waren, da war einer einmal von Dabrova nach –, spätestens hier, so durfte man annehmen, schaute der Lokführer auf das Abfahrtssignal, zog die Dampfpfeife und ließ den Zug unerwartet ruckartig anfahren, vielleicht war das der Grund, warum die Lukacz' von so vielen verpaßten Zügen berichten konnten.

Gustav überfiel bei solchen Reden regelmäßig der Wunsch, kurzerhand aus dem Fenster zu springen, und nur Marias Blick entlockte ihm das Zugeständnis, daß es eigentlich alles liebe, nette, hilfsbereite Menschen waren. Sie offenbarten sich nun einmal in Geschichten, es war die einzige Möglichkeit, der anderen Familie eine Vorstellung von den eigenen Empfindungswelten und Familienproblemen zu geben. Und so war denn viel von Polen die Rede, von den Sümpfen und den Deichen, mit denen man das Land trockenlegte, von den Weizenfeldern und den schönen Katen dazwischen, in denen man so behaglich wohnte, von den dunklen Schächten des Ruhrgebiets und der Kohle, die man dort aus der Erde schlage. Doch überall war Unglück, unvermeidbar und schicksalhaft, und jeder übertraf den anderen in seinen Unglücksschilderungen, alle achteten darauf, daß kein Detail vergessen wurde, vor allem was Ablauf und Ursache des Unglücks betraf, da waren oft Berggeister im Spiel, die von gewissen Heiligen nicht abgeschirmt werden konnten, was natürlich wieder an einem nicht eingehaltenen Ritual oder Segensspruch lag.

Es schien so, als kannten sie die Welt nur von unten und in Dunkelheit, aber da kannten sie sich aus, das war ihre Welt, mühelos spazierten sie, notfalls auch ohne ihr Grubenlicht, durch Schächte und Sohlen und Flöze, das ganze Ruhrgebiet kannten sie von unten, tief unter der Erdoberfläche waren sie zu Hause. Über Tage, im Sonnenlicht, auf der Erdoberfläche, verirrten sie sich leicht, fuhren aus Versehen nach Bochum statt nach Essen, wußten nicht, in welcher Himmelsrichtung Dortmund lag, unter Tage hätten sie den direkten Weg eingeschlagen, und hätte es Flöze bis ins Rheinland gegeben, sie hätten mit einem *Bütterken* unter dem Arm den Weg zu Fuß gemacht und wären an der richtigen Stelle ans Tageslicht gekommen.

Wollte ein Fontana Genaueres wissen, woher man denn da aus Polen komme, wurden die Geschichten weitläufiger, treidelten ziellos durch Polen, landeten mal in dieser, mal in jener Provinz, die Erzähler lösten sich ab, beschrieben ein Land, das mal existierte, dann mal wieder nicht existierte, in verschiedenen Grenzen zu Preußen, Rußland, Österreich gehörte, und die Lukacz' immer zwischen den Grenzen, die preußischen Lukacz' und ihre russischen und österreichischen Verwandten, aber eben doch Polen, obwohl es das Land nicht gab. Die Geschichten zogen sich bis zu den ältesten Ahnen, die aber offenbar heute noch lebten, jedenfalls waren sie in fragmentarischen Geschichten immer gegenwärtig, Land und Leute, Zeiten und Ereignisse vermischten sich, verschmolzen zu einer einzigen Geschichte, deren Anfang und Ende unklar war. Dazwischen wurde immer mal wieder ein Lied auf der Klarinette gespielt, auch ein Tänzchen gedreht, der schöne Tag gelobt, die Familie gelobt, das selbstgebackene Brot und die selbstgemachte Wurst und der schöne selbstgebrannte Doppelkorn, der das traurige Leben versüße.

Danach fingen die Erzählungen wieder von vorne an, die Frage war längst vergessen, auch der Anlaß des Erzählens, nie fiel der eine einzige klare Satz, auf den die Fontanas ausschließlich warteten. Es war ihnen einfach unmöglich, in einem Satz zu antworten, jede Frage beantworteten sie mit einer mehr oder weniger langen Geschichte, die auf alles, aber niemals auf die Frage Antwort gab, man mußte sich die annähernd richtige Antwort heraussuchen.

Es war ein Denken, Fühlen und Erleben, das den Fontanas fremd war. Gustav trug dann oft, nur um das zu beweisen, in knappen Sätzen die Familiengeschichte der Fontanas vor. Er erhob sich, klopfte an ein Glas, nahm seine Eisenbahneruhr in die Hand, gab sich selber zwei Minuten und legte los: Seidenweber aus der Toscana, zunächst Lucca, dann Florenz, unabhängige Kaufleute, die weiterzogen, wenn die Stadtrepubliken ihre Freiheit verloren, dann Seidenweber in Lyon, als Hugenotten über Basel geflüchtet, teils Berlin, teils Iserlohn, teils Düsseldorf, Metallwarenfabrik, Königlich-Preußische Lokomotivführer, in Düsseldorf lebe der Zweig der Familie, der die Kunst und die freie Phantasie bevorzuge, politische und antikirchliche Haltung eindeutig, fügte er noch hinzu, um die gläubigen Lukacz' zu ärgern. Damit war er fertig, blickte mit erhobenem Haupt über die Runde, ein freier Mensch, der frei seine Gedanken vortrug, während die Lukacz' bei ihren Geschichten immer auf die Erde sahen. Die Gelsenkirchener nickten erstaunt und hochachtungsvoll mit den Köpfen, aber ihre Gesichter waren geprägt von schlichter Ratlosigkeit. Sie verstanden Gustavs klare Sätze, die Jahrhunderte zusammenfaßten, genausowenig wie er ihre dunklen Geschichten.

Zwischen den beiden Familienblöcken, die sich geschlossen gegenübersaßen, stand Maria, je nach Situation Puffer oder Scharnier. Ihr Geburtstag wurde an zwei Tagen gefeiert, denn die Fontanas hielten sich an den Kalender, die Lukacz' an den Namenstag, anfangs weigerte man sich, gemeinsam zu feiern, später entdeckte man die Vorteile zweier Feste, aber der Vorbehalt blieb bestehen. Maria verstand alle und wurde von beiden Familien respektiert und geliebt.

Gustav gab sich zu dieser Zeit gerne als Privatgelehrter aus, eine kleine Erbschaft aus Iserlohn habe ihm eine Zeit des Nachdenkens geschenkt, wie er sich ausdrückte. In einem eleganten hellen Gehrock, mit einem mächtig ausladenden Hut, den alle Ententeich nannten, und einem Bambusstock mit Elfenbeinknauf eilte er vom Planetarium zur Matinee im Opernhaus, vom Naturwissenschaftlichen Verein zur Geologischen Gesellschaft, vom Mathematischen Institut zur Tonhalle, vom Malerkreis um Mutter Ey zum Kunstverein. Fin begleitete ihn gelegentlich zu Matineen und Kunstausstellungen, immer schwarzgekleidet in langen wallenden Gewändern, die eine Kommune im Quartier webte, färbte und verkaufte, mit einem schwarzen Zopf, der ihr bis zur Hüfte ging und den sie mit kurzen schnellen Drehungen in eine kreisende Bewegung versetzte. Die beiden waren ein interessantes Paar. Fin sah immer noch aus wie Carmen auf der Zigarettenmarke *Carmen*, wenn auch schon einige weiße Haarsträhnen den Zopf durchzogen, und Gustav hätte sich jederzeit als Professor der Kunstakademie vorstellen können. Mit seinen interessierten wasserblauen Augen, seinem rosig aufgeblühten Gesicht, dem Siegelring, den er in kunstvollen Gebärden aufleuchten ließ, und den radikal abgeschnittenen Haaren, denn er trug mal wieder Glatze, war er eine imposante Persönlichkeit.

Zu Hause residierte er auf einem Ledersofa neben einem großen Bücherregal, in fünf Meter Entfernung vor einem auf die Wand tapezierten Bühnenbild der Stadt, das für eine Entfernung von fünfzig Metern gemalt worden war. Auf dem langsam abblätternden Bild entstand eine zweite Struktur, die nur noch Reste der Stadt zeigte und von Gustav als Wüstenlandschaft bezeichnet wurde. Hier empfing er auch seine Familie, der Sonntagnachmittag war dafür reserviert, meist kam aber nur Maria mit ihren Kindern. Maria war eine zurückhaltende, kontaktscheue, fast menschenscheue Frau, die immer ein wenig traurig aussah, eine ernste Schönheit besaß, die Gustav mit den dunklen Bildern alter Meister verglich. Friedrich mit seinem römischen Profil und seinen krausen Haaren, der mit dem Satz leben mußte, krause Haare, krauser Sinn, tauchte nur gelegentlich auf, Elisabeth, seine Schwester, fast nie, wenn sie erschien, dann nur, um das neueste Modellkleid vorzuführen, das in dem von ihr geleiteten Modehaus Furore machte. Die künstliche Harmonie des vom Fotografen hergestellten Familienbildes war dahin, die Fontanas interessierten sich nicht so sehr für die Familie wie die Lukacz', so saßen Gustav, Fin und Maria um einen Kuchen, der nie so recht gelungen war, Fin konnte nicht kochen, und Gustav hatte keine Zeit mehr dafür. Der Junge spielte auf dem Boden, und aus dieser Perspektive sah er nicht nur seine Mutter und Fin, er sah vor allem seinen Großvater, der auf dem hohen Ledersofa thronte, unendlich groß schien, allmächtig, unsterblich, mit der Würde eines Königs das Wissen der Welt verkörperte, und es war immer der schönste

Moment an diesen Sonntagnachmittagen, wenn der Junge sich neben ihn auf das Sofa setzen durfte, sein Großvater ihm die alte Eisenbahneruhr der Fontanas zeigte, die er an einer goldenen Kette trug, ihm mit seiner ruhigen Stimme eine Geschichte erzählte, die von Maria als unglaubwürdig abgetan wurde. Sie begann sofort mit einer Geschichte, die von Gustav als unglaubwürdig abgetan wurde, und beide Geschichten verbanden sich für den Jungen mit dem Baß seines Großvaters und der dunklen, wohlklingenden Stimme seiner Mutter.

Marias Wohnung bestand aus einer Wohnküche und einem Schlafzimmer, beides nach ihren Vorstellungen eingerichtet: Pitchpinemöbel in der Wohnküche und Eichenmöbel im Schlafzimmer, Doppelbett und eigener Herd, und in der Wäsche das in vielen Abendstunden eingestickte ML der Maria Lukacz. Frühmorgens hatte sie schon alles *dibsche dobsche*, also blitzblank, stundenlang saß sie dann in einer Ecke und begutachtete ihre Wohnung, den gelblichen, mattschimmernden Linoleumboden, den großen und den kleinen Küchenschrank, übereck stehend, mit wunderbarer Pitchpinemaserung, mit spiegelnden Fenstern und Scheibengardinen und einer Würde ausstrahlenden Ruhe. Daneben die auf einem gußeisernen Gitterwerk unter einer Holzhaube schlafende Nähmaschine, in der Mitte ein kleiner Tisch mit einer gestärkten, hellen Tischdecke, deren Faltkanten die eingewebten Blumen in eine rechteckige Geometrie unterteilten, die auch die vier Hokker umfaßte, die in gehörigem Abstand, nicht zu nah und nicht zu weit, um den Tisch herum standen. An einer Wand, aus der sich ein schwarzes Ofenrohr umständlich und drohend aus einem Mauervorsprung herausschlängelte, der viel zu große Kochherd Marke Senking mit einem Aufsatz aus Nickel und weißem Email, die Augen blendend wie eine Militärkapelle im Sonnenschein, ein Monstrum, vor dem man nur salutierend »Tschingderassabum« ausrufen konnte. Schräg gegenüber die weißlackierte Wasserbank, ein Tempelaufbau aus vielen Eimern und Schüsseln, denn Wasser gab es nur im Hausflur. Die Wasserbank stand so, daß man beim Abwaschen in den Hof sehen konnte oder, mit einer leichten Drehung des Kopfes, durch die offene Schlafzimmertür in den großen dreifachen Spiegel der Frisierkommode, der das Schlafzimmer in vielfachen Perspektiven widerspiegelte. Ein Königreich an Ordnung und Solidität, wie es nur wenige vorweisen konnten.

Die Wohnung lag im Erdgeschoß eines Hinterhauses, jedes Zimmer hatte ein Fenster, durch beide Fenster sah man den Hof, der vorne vom Vorderhaus und den beiden Hinterhäusern umgeben war, hinten von einer hohen Fabrikmauer.

In einer Ecke des Hofes versuchte Maria Blumen zu pflanzen. Obwohl sie ihre Blumen nach den Erfahrungen des Ruhrgebiets auswählte, also Gewächse kaufte, die noch im Keller blühen, wollte die umhegte Pracht nicht recht gedeihen. Licht und Luft wurden gefiltert durch den gelbbräunlichen Rauch der Fabrikschornsteine und durch den Ruß, der sich auf die Wäsche niederließ, die immer auf den Wäscheleinen hing. Der

Hof war die Piazza des Hauses, auf der sich ein reiches Konzertprogramm präsentierte, das keine städtische Tonhalle vorweisen konnte.

Straßenmusiker kamen Stunde um Stunde, krächzten ihre falschen Tonleitern, begleitet von ungestimmten Instrumenten, erschienen mit singender Säge und Teufelsgeige, nannten das »künstlerischer Vortrag«, der je nach Gefallen und Zahltag mit einem Hagel von in Papier gewickelten Fünfern und Zehnern belohnt wurde. Die Straßenmusiker sammelten das gewichtige Papier rasch ein und zogen mit ihren falschen Tönen aus dem *Land des Lächelns* in den nächsten Hinterhof. Beliebt waren auch Drehorgelkonzerte von gutsehenden Blinden, weil die noch das alte Potpourri mit Küchenliedern, wie *Mariechen saß weinend im Garten*, auf ihrer Leier hatten. Da öffneten sich die Fenster weit, und ein vielstimmiger Frauenchor fiel mit ein, kannte den Text, zumindest den Refrain, so daß bei der neunten Strophe des Liedes der jubelnde, kräftige, gut eingestimmte Chor bis in die Nachbarhöfe schallte.

Jeden Tag kletterten Arbeiter über die Fabrikmauer, liefen mit einem versteckten Gruß über den Hof, verschwanden im Hausflur und von dort unauffällig auf die Straße. Sie umgingen so die Stechuhr, die dann von Freunden bedient wurde. Wer die Hintertüren der Häuser kannte, die Nebeneingänge der Höfe, die Löcher in den Zäunen, für den hatte das Quartier ein ganz eigenes Straßensystem. Auf der Vorderseite, zwischen dem Stuck, der auf den Hausfassaden Säulen, dreieckige Giebel, halbrunde Zierbögen, Löwenköpfe, Putten und Girlanden vortäuschte, verliefen die offiziellen

Straßen, die einen Namen hatten. Hinter den Häusern aber lagen die Höfe, ineinander verschachtelt und vielfältig miteinander verbunden, so daß da jeder seinen eigenen Weg fand. Man verschwand in einem Haus- oder Toreingang, entriegelte einige Türen, nahm flott einige Mäuerchen, schlüpfte durch Zäune und erschien überraschend im Haus- oder Toreingang einer anderen Straße. Wer sich auskannte, durchquerte das Quartier auf diese Weise zeitsparend und unauffällig von einem Ende zum anderen.

Das natürliche Chaos des Quartiers regelten nicht nur Sonne, Mond und Sterne in ihrem Lauf, sondern auch Herkunft, Sprache, Religion und Bräuche aus aller Welt. Aus der natürlichen Unordnung entstand mit der Zeit eine gewachsene Ordnung, denn das Quartier bestand aus vielen Quartieren, die sich straßenweise voneinander abgrenzten, ihre eigene Vorstellung von Ordnung hatten, auch ihre eigene Zeit, sowohl was den Tag als auch das Jahr betraf, Weihnachten, Silvester, Ostern, Pfingsten und Karneval verschieden feierten. Das hing von den Bewohnern der Straße ab, deren Mehrheit den Charakter des Teilquartiers bestimmte: Italiener, Polen, Flamen, Wallonen, Niederländer, Iren, Engländer, Franzosen, auch einige Ungarn, Tschechen, Slowaken, Russen, auch Süddeutsche und Norddeutsche, Ostpreußen und Eifeler Bauern, also Deutsche, deren Väter und Großväter, deren Mütter und Großmütter sich hier niedergelassen hatten, die ihre Herkunft nie vergaßen, nicht ihre Religion und ihre aus ferner Zeit und fernen Gegenden mitgebrachten Bräuche, und für jeden gab es hier ein paar Ecken, ein paar Straßen, die er Heimat nannte.

Dieser kleine Kosmos mit seinen Anziehungs- und Abstoßungskräften, dieses Chaos, das wie ein dichtgeknüpftes Netz alle erhielt, beschützte und ernährte, auch die, die schon lange keine Arbeit mehr hatten oder niemals eine fanden, auch die, die alt oder krank waren, war für alle, die darin lebten, ein Königreich, in dem jeder König war.

Der Grafiker, aus dem Quartier stammend, in Berlin in einer Behörde beschäftigt, deren Namen er nicht nennen wollte, erzählte Maria, die im Hof an ihren Blumen arbeitete, daß er Landkarten zeichne, auf denen Europa ganz anders aussehe, viele Länder erhielten einen neuen Namen, so wie in der Stadt die Straßen und Plätze einen neuen Namen erhielten. Wenn man zu Hause beginne, Ordnung zu schaffen, könne man sie den anderen ja nicht ersparen, und auf die Frage nach Polen antwortete er, daß dieses Land mal wieder gefährlich auf der Landkarte hin und her rutsche, fast täglich neue Grenzen erhalte, zeitweise überhaupt nicht mehr existiere. Natürlich liege Polen da, wo es immer liege, aber auf den Landkarten seien Länder eben nur Papier, und das Lieblingsspiel der Politiker sei von alters her, neue Muster auf die Landkarte zu zeichnen, neue Grenzen zu ziehen, das sei genauso ein Spiel wie das *Schiffeversenken* der Kinder. Sowenig wie dabei Schiffe versenkt würden, so wenig änderten sich die Länder, denn es seien ja die Menschen, die so oder so sprächen, dies oder das glaubten, Grenzen und Nationen gebe es nur auf der Landkarte, in der Welt der Menschen seien das ja alles nur fließende Übergänge, im Grunde bedeutungslos, wenn man nicht gerade Krieg gegeneinander führe. Insofern sei *Schiffeversenken* doch ein gefährliches Spiel, man könne es ja auch *Völker verschwinden lassen* nennen, und apropos Krieg, schloß er seine rätselhaften Sätze, ob Maria gerne Schokolade esse, oder ob Friedrich ein paar anständige Schuhe brauche, man solle sich um solche Dinge zeitig kümmern, denn in einem Krieg gebe es manchmal überhaupt nichts mehr.

Maria, die von diesen Sätzen, die der Grafiker leise und gedankenverloren vor sich hin sprach, nichts verstand, erzählte Friedrich davon, der sagte nur: »Der spinnt.« Sie erzählte Gustav davon, Gustav schwieg, lieh sich bei jedem, den er traf, Geld und legte es in Cognac und Zigarren an.

Friedrich Fontana, ein Mann von größter Sorglosigkeit, hatte sich durch seinen Leichtsinn in Schwierigkeiten gebracht, die sich nicht mehr durch ein paar freundliche Worte und eine lässige Handbewegung beseitigen ließen. Er nahm auch das leicht, er hatte dem Leben gegenüber eine artistische Haltung. So wie die Seiltänzer, die auf dem Hochseil oft eine schwankende Unsicherheit vortäuschten, ein absichtliches Stolpern in ihre Nummern einbauten, ja, sich sogar fallen ließen und sich gerade noch mit einer Hand am Seil festhielten, was die Sammelbüchsen spürbar füllte, denn das Publikum belohnt die, die soeben noch dem Tod entkommen sind, genauso baute auch Friedrich Fontana immer neue Todesnummern in sein Leben ein, steigerte deren Schwierigkeitsgrad ständig, als wolle er ausprobieren, wann einen der Teufel hole. Da sich auch Situationen, die selbst Freunde mit den Worten kommentierten: »Nun sieh mal zu, wie du da wieder rauskommst«, im Handumdrehen in freundschaftliche Umarmungen auflösten, genoß er mit der Zeit seine Kunststücke, diese phantasievolle Geistesgegenwart, sich im allerletzten Moment aus einer heiklen Situation mit Eleganz und Witz und spöttischem Lachen herauszudrehen, zu seiner eigenen Überraschung ohne Balancierstange und ohne Netz wieder auf den Füßen zu landen, selbst da, wo andere schon sagten: »Bei der Sache wirst du dir das Genick brechen.«

Ein Kunststück dieser Art wäre auch jetzt wieder willkommen gewesen, stellte sich aber so rasch nicht ein, es roch eher nach dem Auftritt des Teufels, Friedrich war in die Politik gestolpert. Daß er in einer geliehenen SA-Uniform heiraten wollte, hatte sich herumgesprochen, bei der Kommune, die das als Verrat ansah, bei der SA, die zumindest die Uniform wiederhaben wollte. Die Uniform aber war verschwunden, Fin hatte sie noch während der Hochzeitsfeier an Baas Koslowski verkauft, der dafür einen Liebhaberpreis zahlte. Das deckte die Kosten der Hochzeitsfeier und rentierte sich auch für Koslowski, der die Uniform im Hinterzimmer seiner Wirtschaft auslieh, als handle es sich da um einen Kostümverleih. Die Uniform, äußerst begehrt, weil echt, hing nie lange im Kleiderschrank, war fast täglich mit wechselnden Personen auf Reisen. Sie führte Menschen an die niederländische, belgische, luxemburgische Grenze, ermöglichte ihnen einen aufrechten Gang, gab ihnen Selbstbewußtsein, auch in den Momenten, wo die Angst, entdeckt zu werden, wie eine Ohnmacht in ihnen aufstieg. Sie kam im Persilkarton wieder zurück, war auch in der Stadt viel unterwegs und erledigte dabei Dinge, nach denen man besser nicht fragte. Jeder hatte davon gehört, wußte aber nichts Genaues, wollte auch nichts Genaues wissen, die Sache war entschieden zu heiß.

Friedrich schlief nachts im Volksgarten, nahm die Wege über die Hinterhöfe, denn vor der Wohnung trieben sich *unauffällig* Personen herum, denen man schon von weitem ansah, daß sie die Hand mit dem Schlagring kaum noch in der Hosentasche halten konnten. Bei aller Umsicht war es doch nicht zu vermeiden, daß Friedrich plötzlich vor diesem oder jenem stand, der dieser oder jener Partei angehörte, an jeder Ecke lauerte einer, er hing zwischen zwei verfeindeten Parteien und erfuhr zum ersten Mal, was *innere Überzeugung* ist.

Er kam oft schwer lädiert nach Hause, setzte sich in eine Ecke, hielt den schmerzenden Kinnladen, kühlte ein blutunterlaufenes Auge und lachte, lachte so sehr, daß er einmal vom Küchenhocker rutschte und sich am Herd auch noch den Hinterkopf aufschlug. Um nichts auf der Welt wollte er diese Geschichte missen, die er sich da eingebrockt hatte, die ihn endgültig allen bekannt machte, auch wenn ihm die Knochen weh taten, das war seine Geschichte, und man würde sie ewig erzählen.

Friedrich glaubte all diesen Leuten kein Wort, wenn

sie sich mit ihren schlichten Sätzen vor ihm aufbauten, um ihn davon zu überzeugen, er habe heilige Werte verletzt, das deutsche Vaterland verraten, die nationale Idee beleidigt, dem Klassenfeind genutzt. Er glaubte nicht einmal, daß diese Sätze einen Sinn hatten, ihre Verkünder waren für ihn Menschen, denen die Worte einen Drehwurm ins Gehirn gesetzt hatten, das waren alles bedeutungslose Sätze, die wie bunte Luftballons in den Himmel stiegen und da verschwanden und unhörbar zerplatzten, ohne etwas zu hinterlassen. Diese Sätze gibt es im Leben überhaupt nicht, meinte Fin, die sowieso alles auf die falschen Worte schob. Es gehe immer nur um die Nation, das Vaterland, die Idee oder um den Erbfeind, um die Macht, das Volk und die ewigen Werte, eben um Dinge, die es in Wirklichkeit gar nicht gebe, die nur in den Worten existierten, vor allem ginge es immer nur um Deutschland, und ob es das gebe, da habe sie auch ihre Zweifel. Fin, die keine Schule besucht hatte, daher ihre Schwierigkeiten mit Lesen und Schreiben hatte, mit dem Mund aber gut zurechtkam und im Kopfrechnen von keiner Marktfrau überboten wurde, galt in der Familie als radikalste Denkerin. Gustav brauchte Theorien, dachte nie ohne Bücher, hatte sie bei seinen Welterklärungen gerne in der Hand, legte auch Wert auf gute Formulierungen. Fin stand wie ein Eckstein an einer befahrenen Straße, für sie zählte nur, was sie im Leben erfahren hatte, Wörter sprach sie überlegt und bedachtsam aus und prüfte sie dabei, wie man früher Münzen auf ihre Echtheit geprüft hatte, indem man sie in den Mund nahm und mit Zunge und Zähnen befühlte, waren sie inhaltsleer, bedeutungslos und überflüssig wie falsche Münzen, spuckte sie sie aus.

Friedrich dachte nie über etwas nach, weil ja am nächsten Tag sowieso wieder alles anders war. Auch Elisabeth hing mehr der in der Stadt vorherrschenden Meinung »Et kütt wie et kütt« an, war der Ansicht, das Schlimme im Leben komme von allein, und wenn es da sei, sei es da, dann könne man immer noch sehen, bis dahin solle man sich auf keinen Fall Sorgen in den Kopf setzen, »Das verbittert«, schloß sie meist, und verbitterte Menschen konnte sie nicht ausstehen. Solche Ansichten äußerte sie gerne über üppige Sahnetorten hinweg, durch die sie ihr Körpergewicht auf zwei Zentner gebracht hatte, sie sah das als Vorrat für schlechte Zeiten an, viel konnte ihr also nicht passieren. Gustav war in seinen Überlegungen, ob nun dieser Hitler, dieses Phantom aus dem Radio, das aus einer verzerrten Stimme bestand, wirklich und endgültig an die Macht komme und wenn ja, für wie lange, auch noch nicht sehr weit. Er hatte sich mit Mommsen und Gibbon tief in die Geschichte des Römischen Reiches verstrickt und war der Ansicht, die Veranstaltungen der Braunen seien eine Mischung von katholischem Hochamt und römischen Kohortenaufmärschen. Das war eine Erkenntnis für ein wissenschaftliches Seminar, nicht für Fin, die es genau wissen wollte, Friedrich legte die Beine auf die Fensterbank, Elisabeth nahm noch ein Stück Torte, die Analysen Gustavs waren zeitaufwendig.

Maria, die dieses Palaver ausgelöst hatte, weil sie sich Sorgen um ihren Mann machte, die im Gegensatz zu den Fontanas Gefahren witterte, vorausfühlte, durch eine ungewisse Vorahnung sofort zu einer Handlung getrieben wurde, die sich hinterher als sehr vernünftig herausstellte, obwohl sie zunächst allen sehr unvernünftig schien, Maria sprang auf, stürzte aus dem Zimmer, ließ die sorglose Familienrunde bei Kaffee und Kuchen zurück, lief zur Hauptpost, meldete ein Gespräch nach Gelsenkirchen an, wartete ungeduldig, bis ihr eine Sprechzelle zugewiesen wurde, sprach mit einer Tante und mit einem Onkel über die Familie, über das Wetter, einige polnische Sätze fügten sich in das Familiengeplauder, die alte Gewohnheit, man lachte darüber. Ein ähnliches Gespräch wurde von Gelsenkirchen nach Lens geführt, da das in Frankreich lag, entstand ein Kauderwelsch aus deutsch-französisch-polnischen Sätzen, das dann auch unterbrochen wurde durch die ermahnenden Worte eines Fräuleins vom Amt: »Sprechen Sie deutsch«, und eine andere Frauenstimme fuhr knisternd dazwischen: »Parlez-vous français«, worauf zwei Männerstimmen sagten: »Parlez vous, chakrev, das gutes Deutsch«, und weiterredeten, bis die Leitung unterbrochen wurde.

Am Abend fuhr ein Lastwagen der Zeche Dahlbusch langsam durch das Quartier, hielt an, der Fahrer beugte sich aus dem Fenster, fragte nach dem Weg, zufällig stand da ein junger Mann, der sich auskannte. Als der Fahrer immer noch nicht begriff, wie er von hier am besten über den Rhein komme, stieg der junge Mann ein mit der Bemerkung, er müsse auch in diese Richtung. Der Lastwagen stieß eine bläuliche Wolke aus seinem Auspuff, verschwand Richtung Rheinbrücke, und mit ihm verschwand der so freundlich Auskunft gebende junge Mann, Friedrich Fontana.

Als in der Nacht eine SA-Streife mit einem hilflosen Polizisten die Wohnung durchsuchte, die Betten zerwühlte, die Schränke aufriß, war keiner überraschter als Maria, und keiner schimpfte so sehr auf diesen Herumtreiber von Ehemann wie sie. Letzteres war echt, denn Politik hin, Politik her, allein war allein, eine Ehe hatte sie sich anders vorgestellt. Es war das erste Mal, daß Friedrichs Künste versagten und Marias Ahnungen weiterhalfen, und die Fontanas lachten nicht mehr, wenn Maria von Wundern sprach.

Friedrichs Briefe, die ohne Frankatur und ohne Absenderangabe von Hand zu Hand gingen, kamen aus einem Niemandsland und lasen sich auch so, Berichte eines Reisenden, der Neuland betritt, Bordbücher eines die Erde umsegelnden Großadmirals, der für die Daheimgebliebenen neue Kontinente aufzeichnet.

Friedrich schrieb, er sei in einer kleinen Welt gelandet, begrenzt von spitzen Hügeln aus grauem Gestein, von den Eingeborenen *Terrils* genannt. Die hier Lebenden hätten ihm in verschiedenen Sprachen erklärt, daß das Land *Bassin du Nord* heiße. Die *Terrils* kämen aus der Erde und seien auf der Erde wiederaufgeschichtet worden, als sichtbarer Maßstab ihrer Arbeit. Das Interesse der Eingeborenen gelte aber der Kohle, die sie hier aus der Erde holten. Nach einigem Durcheinander habe sich herausgestellt, daß sie zur französischen Nation gehörten, sich aber als *Westphaliens* oder als ehemalige *Westfalczyks* bezeichneten und die ursprünglich hier lebenden Franzosen *Ch'timi* nannten. *Ch'timi* sei genauso wie *Terrils* ein unübersetzbarer Begriff. Sie sprächen zu Hause deutsch, beim Einkaufen in den Läden und bei der Arbeit im Bergwerk patois und während der Messe polnisch. In den französischen Läden gebe es eine polnische Zeitung, den *Narodowiec*, der auch deutsche Artikel enthalte, und in den Metzgereien und Bäckereien polnische Wurst und Brot, *fait maison*. Den Fördertürmen und den Häusern nach befinde man sich im Ruhrgebiet, den Fahnen vor dem Hôtel de ville nach in Frankreich, den Prozessionen und Festen nach in Polen. Jetzt werde er noch ein *Makocz* essen, ein herrliches Mohngebäck, und dann lege er sich auf seine *Pierzyna*, das sei ein eigenhändig mit Gänsedaunen vollgestopftes Duvet, auf deutsch ein Kopfkissen, und er habe den Eindruck, daß die Polen nur deshalb so viele Gänse hielten, um sich in ganz warme, fast kugelrunde, bis zum Platzen mit Gänsedaunen gefüllte Betten zu legen.

Gustav war von den Schilderungen seines Sohnes so angeregt, daß er sich einige Tage in sein Zimmer einschloß, um einen Globus zu konstruieren, der nicht mehr aus festen Kontinenten und den Grenzen der Nationen bestand, sondern aus losen verschiebbaren Täfelchen, die die jeweiligen Völker darstellten und leicht über Kontinente und Meere zu ziehen waren. Nach einigen Tagen gab er auf mit der Bemerkung, daß der Globus sich nicht mehr drehe, die Sache sei undurchführbar, weil sich eben immer alles verschiebe. Er zog sich mit der weisen Bemerkung zurück, das Ganze müsse mit der Erdumdrehung zu tun haben, so wie die großen Wind- und Meeresströmungen in ständiger Bewegung seien, so seien eben auch die Menschen in ständiger Bewegung.

Maria war allein. Gustav ging seinen sich nie verwirklichenden Plänen nach, Fin trug in der Einkaufstasche Flugblätter von einer kleinen Hinterhofdruckerei zum Hauptbahnhof, um sie dort einer anderen Frau unauffällig zu übergeben, Friedrich versteckte sich immer noch, erschien nur kurz, um dann wieder zu verschwinden, Elisabeth brachte gelegentlich ein unverkäufliches Kleid aus dem Modehaus, das Maria auseinandernahm und nach ihren Ideen für sich neu zurechtschnitt und zusammennähte. Das Stoffeler Kapellchen war nicht weit, wenn es ihr danach war, lief sie schnell dorthin, zündete eine Kerze an für die Menschen, an die sie dachte.

Als Maria sich bei Fin vorsichtig erkundigte, was Friedrich denn eigentlich könne, erinnerte sich Fin an den Überlebenskampf, den sie mit ihm zusammen in den Hungerjahren nach dem Ersten Weltkrieg durchgestanden hatte, und sagte mit Gewißheit: »Der kann alles«, und mit der Erfahrung einer Frau, die schon einmal ein Kriegsende und eine Nachkriegszeit, den Zusammenbruch eines Staates und Ordnung als Chaos erlebt hatte: »Die Zeit für ihn kommt noch.« Als Maria meinte, sie hätte gerne jetzt schon einen Mann, der etwas taugt, schüttelte Fin widerborstig den Kopf, sie solle mal abwarten, wer jetzt etwas tauge, der werde entweder ein Goldfasan, so ein hohes Tier in der Partei, oder er stehe bald da, wo man ihn günstig erschießen könne, mit nachträglich verliehenem Heldenorden auf dem Sarg. Es gebe Zeiten, in denen man sich dumm, blöd und dämlich anstellen müsse, in solchen Zeiten nichts zu taugen sei eine hervorragende Eigenschaft, sie solle nur abwarten, über ihren Friedrich werde sie noch staunen.

Maria hätte gerne jetzt schon gestaunt, denn das Leben war hart, Geld war nie viel vorhanden, aber das ging den meisten hier so. Die Arbeitslosen standen vor den Kneipen und diskutierten, die Frauen sprachen in den Hinterhöfen miteinander, sie fühlten sich dort sicher, denn auf den Straßen liefen ganz ungeniert Männer mit Pistolen in der Hand herum, nie wußte man, wann eine Diskussion, ein Streit in eine Schießerei überging. Die Knallerei war so alltäglich geworden, daß deswegen schon keiner mehr aus dem Fenster sah, nur bei Maschinengewehrfeuer und der Detonation von Handgranaten schaute man vorsichtig über die Kante des Fensterbretts oder, auf allen vieren flach im Hausflur liegend, aus der Haustür. Die Polizei erschien nur, wenn einer tot auf dem Pflaster lag, dann war die Knallerei für eine Stunde vorbei, und die Polizisten konnten ungefährdet ein Protokoll aufnehmen, worin man kurz festhielt, daß der Tote erschossen wurde und beerdigt werden könne, Name und Wohnsitz wurden erfragt, die Angehörigen benachrichtigt, die den Namen dann, auf dem Grab in ein Holzkreuz geschnitzt oder in einen Stein gemeißelt, noch eine Weile der Welt erhielten. Der Name des Mannes, der geschossen hatte, blieb meist unbekannt, schließlich waren alle schuld, alle hatten geschossen, auch der, der nun tot war, keiner war hier so dumm, genau nachzufragen, schließlich wollte jeder weiterleben. Die, die geschossen hatten, freuten sich über den Tod des anderen, »Einer weniger«, sagten sie, und wußten genau, daß in wenigen Tagen einer von ihnen auf dem Friedhof unter seinem Namen lag, denn die Toten wurden hier immer gerächt, »Einer weniger«, sagten dann die anderen.

Immer öfter marschierten jetzt auch lange Kolonnen durch die Straßen, eingeteilt, formiert, im Gleichschritt, zweihundert, dreihundert, vierhundert Mann, alle in einer bräunlichen Uniform, wie Ameisen aus der Eisenbahnunterführung herauskommend, im Vorbeimarsch knallten die Stiefel auf das Pflaster, verbreiteten die Angst, die eine organisierte Menschenmasse ausstrahlt. In den Straßen verschwindend, wirkten sie von hinten wie eine Gefangenenkolonne, die zur Arbeit geführt wird.

Wie sah er aus, dieser Hitler, für den diese Kolonnen marschierten? Man konnte ihn sich nicht recht vorstellen. Da gab es die Bilder in den Zeitungen oder Illustrierten: Näherte man sich mit der Lupe einem Zeitungsfoto, löste sich alles in flimmernde Punkte auf. In den Illustrierten war er deutlicher zu erkennen, aber er wirkte retuschiert, puppenhaft aufgemalt. Seine Stimme hatten alle mal gehört, aus schlechten überdrehten Lautsprechern, aus denen die Worte pfeifend und jaulend hervorstießen, die Menschen verstanden nicht viel, wandten sich ab, kümmerten sich um ihre Probleme.

Maria wußte, ein Krieg würde kommen, das wußte sie einfach, das ahnte sie. »O bitterste Bitterkeit, du sollst meine liebe Schwester sein.« Wer sprach denn von Glück, von Freude, von einem schönen Leben. Wer fand schon auf der Erde einen friedlichen Platz. Das Schicksal, das ist das, was ist. Was vom Leben zu erhoffen war, das wußte sie nicht, das kannte sie nicht, viel Gutes würde nicht dabeisein. Sie wartete mit einer nie endenden Geduld, mit einem nie zu übertreffenden Stolz auf alles, was da kam. Denn wer da unten lebt, der braucht Geduld und der braucht Stolz, beides hatte sie, die Geduld und den Stolz ihrer Vorfahren, der unzähligen Marias und Josephs, die einer mythischen Vergangenheit angehörten, die in allem, was geschah, immer gegenwärtig war, weil die Tag und Nacht ablaufende Zeit auch immer eine andere Zeit enthielt, eine unbewegte Ewigkeit, in der die vielen Ereignisse nicht mehr zu unterscheiden waren, alle Erzählungen und Geschichten immer nur von einem Joseph und einer Maria handelten. Nie wurde klar, wann war der Damm gebrochen, wann war das Getreide verfault, wann war die große Dürre, wann war das Haus abgebrannt, es war geschehen, es konnte sich jederzeit wiederholen, das genügte. Maria lebte so in einem unauflöslichen Gegensatz zu den Fontanas, bei denen die Jahreszahlen und die Orte und die Geschehnisse auf den Tag festlagen, es war datiert, es war vorbei, ohne die Chronik wäre es vergessen, zu Recht vergessen, wie die Fontanas meinten, denn der Augenblick gehörte dem freien Entschluß, die Zukunft war unbekannt, aber verheißungsvoll und offen, allen Wünschen und Träumen zugänglich. Die Vergangenheit, das war die Chronik, man hatte es aufgeschrieben, um es zu vergessen, Lucca, Florenz, Lyon, Basel, Iserlohn, vergessen die vielen Fluchten, die immer wiederkehrende Vernichtung der Existenz, vergessen. Was zählte, war die undatierte Zukunft, was sollte da die dunkle Vergangenheit, der Weg der Menschheit führte aufwärts zu Freiheit, Wissen und menschlichem Können. So konnte Maria bei jedem Unglück sagen, das habe sie erwartet, während die Fontanas sagten, das habe sie doch sehr überrascht.

Maria erkundete das Quartier, das ihr so fremd war wie Friedrich das Land der *Terrils*, allein oder mit ihren Kindern. Es wurde bewacht von in den Fenstern liegenden Frauen mit einer Katze auf dem Sims, auf Balkonen standen Hühner- oder Kaninchenställe, überall wurden Versuche mit Weintrauben und Tabakpflanzen gemacht, fast an jedem Fenster stand ein Vogelkäfig. Blinde verkauften Lotterielose und konnten erstaunlich gut Wechselgeld herausgeben, Männer mit dem Schild *Nehme jede Arbeit an* schauten mit einem Bierglas in der Hand aus den Kneipen, und ansehnliche Mädchen spazierten vor freundlich geöffneten Häusern auf und ab. Straßenweit hörte man die verschiedenen Radiomusiken, aus den engen Häusern ertönten Lieder, ein verstimmtes Klavier wurde mit Auferstehungsmärschen der Heilsarmee traktiert, dazwischen übte jemand auf der Blockflöte Weihnachtslieder, und eine Geige versuchte unverzagt, Mozart zu erobern.

Diese vielfältige Harmonie, die sich auch in dem System privater Straßenbenennung ausdrückte, in den präzisen, allgemein anerkannten Namen für die vielen

Unterquartiere, die immer mehrere Straßen umfaßten, auch ganz willkürlich Straßen teilten, der obere Teil gehörte manchmal zu einem anderen Unterquartier als der untere Teil, Namen, die aus der Herkunft der ursprünglichen Bewohner entstanden waren, oft auch die gegenwärtigen Bewohner bezeichneten, sich also auch wieder verändern konnten, aber immer dieselben drei oder vier Straßen umfaßten und charakterisierten, so daß man vom Namen her immer schon genau wußte, was einen dort erwartete, eine so genaue Übersicht gab es in keinem anderen Stadtviertel.

Der Volksgarten, das war Sonne, Himmel, Unendlichkeit, in die man sich mit geschlossenen Augen fallen ließ, in sonnenwarmes Gras, das in der Hitze knisterte und nach Unbekanntem duftete. Sommerwolken trieben in der ruhig fließenden Düssel, schwammen ungestört im See, kräuselten sich unter der Wasserfontäne. Im Sonnenlicht flirrende Blätter schwebten mit den Bäumen davon, unter denen man lag, stiegen mit dem warmen Wind empor in ein glühendes Blau, das man sowenig beschreiben konnte wie die vielen Grünschattierungen, weil man nicht glauben konnte, daß es so viele Arten von Grün gab. Die warmen Stämme mit ihrer trockenen rauhen Rinde dufteten intensiv, Bäume, deren lateinische Namen auf kleinen Schildchen vermerkt waren, die man durch blinzelnde Augenlider entzifferte, phantasievolle Namen aus einer anderen Welt. Zwischen den Bäumen lag eine große Wiese, über die man langsam schritt, um die Weite zu spüren. In der Mitte blieb man stehen, ringsum schien die Wiese unendlich, so groß war die Welt, man drehte sich verwundert im Kreis, halb schwindlig sah man am Horizont die Baumkronen und darüber die Sonne, direkt über einem, in einem Licht wie bei der Erschaffung der Welt, eine betäubende Glocke, die sich über einen stülpte, einen Atemzug lang war man alleine auf der Erde. Da konnte man sich nur wieder ganz behutsam ins Gras legen, um den sanften Druck der Grashalme zu spüren, sich mit ausgebreiteten Beinen und Armen an der Erde festzukrallen, die sich doch so rasend drehte, aber es stimmte nicht, sie war ruhig, ganz ruhig, so still, daß man einen Käfer hörte, der sich mühsam an einem Grashalm emporarbeitete.

Erst nachdem man sich an die Stille gewöhnt hatte, vernahm man wieder die Lebensgeräusche der Menschen, schreiende Kinder in kleinen Ruderbooten auf dem See, vor Freude mit dem Ruder in das aufspritzende Wasser schlagend, rufende Mütter, brüllende Männer, aber all das klang hier anders, leichter, schwebender, nicht so hart und aggressiv wie zwischen den Häusern, die jetzt weit hinter dem Bahndamm lagen, nur selten der flüchtige Pfiff einer Lokomotive, nur sehr fern der verzerrte Heulton einer Fabriksirene, die vom Rauschen der Bäume übertönt wurde. Unter den Bäumen spielten Rentner und Arbeitslose an verwitterten Holztischen ihren Skat, entspannt ihre Karten haltend, die sie mit einer kurzen Handbewegung auf den Tisch warfen, um nach dem Spiel in ein murmelndes Rechnen zu verfallen. Dazwischen das Surren der Radrennfahrer, die in einem beständigen Kreisen rund um den Volksgarten ihre Rennen austrugen, blitzende Radspeichen und bunte Trikots huschten hinter den Bäumen vorbei. In einem Boxring klatschten Boxhandschuhe auf nackte Oberkörper, während andere Boxer, Handtuch um den Hals, Mundschutz in der Hand, die Schläge kommentierten. Weiter weg die Stimmen vom TURU-Platz, die Zurufe der Spieler und das dumpfe Aufspringen des Balles. Vor der Konzertmuschel drehten sich Paare, die Walzerklänge des Orchesters hörte man bis zur Ballonwiese, die ein Stelldichein der Liebespaare war. Eine Dame vom Stadttheater sang *Wiener Blut*, ihre Koloraturen verschmolzen mit den Bässen eines Männergesangvereins, der an einem offenen Grab ein letztes *Lebewohl* sang, denn die freien Flächen des Volksgartens endeten zwischen den Gräbern des Stoffeler Friedhofs, wo immer eine Menschengruppe mit einem Sarg unterwegs war, die sich nach der Beerdigung bei *Kolvenbach* einfand, der Gaststätte, in der die Leidtragenden ihr Leichenbegängnis mit Verwandten, Freunden und Bekannten an langen Tischen beschlossen, sich bei einem viele Gänge umfassenden Leichenschmaus aufrichteten, das seelische Gleichgewicht wiederfanden.

Marija starb schnell. Sie richtete sich in ihrem Kinderbett auf, röchelte laut, schrie etwas, entglitt langsam den Händen der herbeistürzenden Maria, lag ruhig auf dem Kissen und war tot. Der Arzt sagte, das sei im Quartier nichts Besonderes, die Luft hier sei nicht gut, die vielen Fabriken, die vielen Schornsteine, und stellte den Totenschein aus. Marija war erst zweieinhalb Jahre alt und lag nun kalt und hart wie Marmor in einem weißen Kindersarg, dessen Holz sich gegen ihren Körper warm anfühlte. Ihr nur handgroßes, bläulich angelaufenes Gesicht mit den geschlossenen Augen verweigerte jeden Abschied.

Der Junge stand am Sarg seiner Schwester, es war das erste, woran er sich später erinnern konnte, und er verstand nun, was die Erwachsenen meinten, wenn sie Tod sagten. In einem unbeobachteten Augenblick nahm er ihre Hand, weil er diese Hand immer genommen hatte, wenn sie zusammen in den Volksgarten gingen, er spürte eine Kälte, die er nie mehr vergessen sollte. Nie mehr konnte er sich davon befreien, das Leben hatte sich für ihn verändert, ehe es für ihn begann.

Gustav, der in seinem Leben viel erlebt hatte, sich dabei an wenig Erfreuliches erinnern konnte, denn das Entsetzliche gräbt sich in den Menschen ein, und das Lachen kommt aus der Verzweiflung, Gustav weinte und verbrachte die Nacht vor der Beerdigung am Sarg. Das war ein unerhörter Vorgang, denn Trauertage waren für die Fontanas verlorene Lebenstage, unnütz und unbedingt zu meiden wie der Gedanke an den Tod.

Maria saß schwarzgekleidet, einen schwarzen Schleier vor ihrem Gesicht, regungslos auf einem Hocker mitten in der Küche, verstummt und versteinert wie ein undeutbares Monument aus der Vorzeit der Menschen. Sie sah keinen, sie sprach mit keinem, sie war nicht anwesend. Das Leben war für sie der Tod und der Schmerz darüber, die Erstarrung, die sprachlose Trauer, die höchste Form des Lebens.

Friedrich kam gerade noch rechtzeitig zur Beerdigung, verstand die ganze Zeremonie nicht, er kannte sich nur im Leben aus. Er konnte nicht begreifen, daß man sterben kann, für ihn war das Leben endlos, eine zeitliche Begrenzung sah er nicht. In seiner Hilflosigkeit nahm er den Tod einfach nicht zur Kenntnis, fast wäre er pfeifend zur Beerdigung gegangen, das war für ihn alles sinnlos. Er betrank sich nach der Beerdigung so wütend wie noch nie, man fand ihn erst drei Tage später schlafend in einer Altstadtkneipe.

Als der Sarg aus dem Haus gebracht wurde, folgte Maria ihm in einer Art Trance, folgte ihm auch so von der Friedhofskapelle zum Grab, fixiert auf den kleinen weißen Holzsarg, in dem Marija lag und der sich auf den rumpelnden Rädern des Begräbniswagens mitsamt den Blumen zuckend hin und her bewegte. Sie stand isoliert zwischen der Verwandtschaft, erkannte keinen, sah keinen an, streute als erste Erde auf den Sarg, erschrak bei dem prasselnden Geräusch, drehte sich um und lief nach Hause.

Nach der Beerdigung saß Maria Tag und Nacht in der Küche auf ihrem Hocker, aufrecht, steif, bewegungslos, aß und trank nicht, reagierte nicht, sprach nicht. Die Fontanas bemühten sich, Maria ins Leben zurückzuführen, wählten die falschen Worte, hatten nicht gelernt, mit der Trauer umzugehen, waren ratlos, wußten nicht, daß tröstende Worte hier nicht halfen. Die Lukacz' aus Gelsenkirchen wurden gerufen, sie waren mit der Todestrauer aufgewachsen, wußten sofort, was zu tun war, stellten Brot und Salz und ein Glas Wasser vor Maria, so wie man Gaben vor dem Altar einer archaischen Göttin ausbreitet, zogen einige Hocker heran, setzten sich in einem Kreis um Maria, falteten die Hände, schwiegen und trauerten mit. All das lief ganz ruhig und umsichtig ab, das Ritual war allen bekannt. Tagelang saßen sie bewegungslos in der Küche um Maria herum, bildeten nachts eine Schattengemeinschaft, aus der man flüsternde Stimmen vernahm, Namen von Toten und längst Begrabenen, wie eine Litanei heruntergebetet, Geschichten, die vom Ende zum Anfang erzählt wurden, Familienerinnerungen, die rückwärts erzählt wurden, wie es auch Maria stets tat. Immer fing es mit einem schrecklichen Schicksal in einem dunklen Bergwerk in Gelsenkirchen an: welch schlimmes Unglück, beide Beine weg, welch schlimmes Unglück, elend erstickt an der steinernen Lunge, ging über nach Dabrowa, wo einer, welch schlimmes Unglück, verschüttet im Berg lag und zu atmen versuchte, ging in ein fernes Land, wo ein Haus, welch schreckliches Unglück, abgebrannt war, während alle auf dem Feld waren, wo ein Deich brach, welch schreckliches Unglück, und ein Dorf vernichtete, wo ein um das andere Jahr die Ernte verdarb, Unglück über Unglück, das Wasser das Land besiegte, Unglück über Unglück, Menschen starben, kaum daß sie geboren, Unglück über Unglück, und endete in der Auferstehung Josephs, welche Freude, der Himmelfahrt Pawels, welche Freude, der starken geduldigen Maria, die ihr Haus wieder aufbaute, welche Freude, dem Wunderbild von

Tschenstochau, das, welch unendlicher Trost, seinen Segen für alle bereithielt, Maria und Joseph, und dann noch einmal von vorne nach hinten, wieder von Gelsenkirchen nach Bombst, und vom Gut bei Posen und seinem Herrenhaus zur eigenen Kate, und vom freien Feld mit dem weiten Himmel zur ersten Einfahrt in die Schwärze der Kohlengrube von Dabrowa, und von dort zur Zeche Dahlbusch, und wieder zurück zu den Hochzeiten, Geburten und Todesfällen, so zahlreich wie die Sterne am Himmel, und Marija wurde nun in diese Litanei aufgenommen, diesen Rosenkranz von Lebenden und Toten, fand ihren Platz für die Ewigkeit, ihr Schicksal wurde verbunden mit dem Schicksal der anderen, auch ihrer würde man nun auf ewig gedenken, jetzt war sie der Anfang aller Geschichten, nun ging es von ihrem Tod über die in den letzten Jahren Verstorbenen zu den alten Toten der Familie, hundert Generationen waren wie ein Tag, und der Junge lernte, daß die Geschichte rückwärts läuft, daß nur das Vergangene wirklich ist, durch alle Jahrhunderte hindurch gab es nur eine Maria, nur einen Joseph, immer nur eine Maria und einen Joseph, und alle Lukacz' waren wie Maria und Joseph.

In den Nächten nach Marijas Tod saß Gustav über dem Musterbuch, das man nach ausdauerndem Suchen in einem alten Koffer wiederfand, den Gustav von seinem Großvater, Königlich-Preußischer Lokomotivführer, geerbt hatte. Er war in den Haushalt seiner Schwester Wilhelmine geraten und wurde auf dem Dachboden von Wilhelmines Wirtschaft in der Altstadt entdeckt. Das Musterbuch war in der Familie geblieben, es hatte sich aber niemand mehr dafür interessiert. Durch Marias Geschichten angestachelt, wollte nun auch Gustav mehr wissen als nur einige Ortsnamen und Jahreszahlen.

Das Musterbuch war ein aus der Bindung herausgebrochenes Konvolut, dessen Seiten selbst bei vorsichtigem Umwenden je nach Papierart stöhnten, ächzten, raschelten, knackten und, über Jahrzehnte ungeöffnet, kaum zu trennen waren. Vom hartgewordenen Pergament brachen Stücke heraus, die dünneren, inzwischen fast durchsichtigen Zwischenblätter rissen ein, zähes festes Büttenpapier wellte sich an der Luft, Stoffe zerfielen zu Staub und hinterließen ungeordnete Webfäden, herausgerissene Blätter waren anscheinend wahllos wieder in diesen Papierberg hineingestopft worden, an einigen Stellen klebten sie unauflöslich zusammen, als wäre Farbe oder Dreck oder Blut in das Buch geraten und hätte einzelne Seiten für immer verschlossen. Der Lederrücken hing wie eine Klappe an der Bindung, die, obwohl mehrmals erneuert und mit jetzt ausgefransten Leinenbändern verstärkt, die einzelnen Blätter nicht mehr hielt, so daß Gustav ganze Teile des Buches äußerst vorsichtig öffnete, um nicht sofort nur noch ungebundene Seiten, Papierstaub und Leimreste in der Hand zu haben. Die Notate von so vielen Händen in so vielen Schriften und Sprachen, Griechisch und Lateinisch, Italienisch und Französisch, in kaum lesbaren Kürzeln, unverständlichen Wörtern und Zeichen, winzig an den Rand der Seiten gesetzt oder zwischen zwei Stofflappen eingefügt, hätten jeden Alchimisten entzückt.

Gustav blätterte von vorne nach hinten und von hinten wieder nach vorne, es war das Familienbuch, kein Zweifel, das Geschichtsbuch einer Seidenweberfamilie, nur war die Geschichte, die es erzählte, nicht mehr deutbar, die Ordnung, die es zusammenhielt, nicht mehr zu begreifen, der Sinn des sorgfältig Notierten unbekannt. Zwischen Stoff- und Farbmustern mit fremdartigen Bezeichnungen, Webmustern mit präziser Webanordnung, standen die Geburts- und Todesdaten von Familienmitgliedern, zwischen genau gezeichneten Patronen für Kette und Schuß eines nicht zu erkennenden Blumenmusters, in einem Satz das besondere Schicksal eines Familienmitglieds: *mit 13 Jahren in der Hoffnung des Lebens und aufblühender Schönheit an der Pest*, enträtselte Gustav. Dann folgten wieder Texte in Spiegelschrift, Namen von Kunden oder Lieferanten, von Fürsten und Bürgern, mit der bestellten Menge, der bestellten Qualität, dem Preis, dem Lieferdatum, unbekannte Maße, vergessene Geldsorten, kunstvoll gedrechselte Stoffnamen, *Mandorla della Medici*, *Brokat pour le Roi Henry IV.*, dazwischen Gewinn- und Verlustrechnungen mit genauer Kalkulation in allen europäischen Währungen, gewissenhaft bis drei Stellen hinter dem Komma, in Prozente umgerechnet. Einzelne verblaßte Farbmuster verbreiteten noch einen matten Glanz, ließen ein tiefes Rot, ein königliches Blau, ein leuchtendes Gold erahnen, streckten sich knisternd, wenn man vorsichtig mit einem Finger darüberfuhr, aber die Beschriftung darunter war verblaßt, die Farbbezeichnung verloren, viele Stoffmuster waren herausgefallen oder herausgerissen, so daß ihre noch schwach zu lesende Beschreibung der Phantasie nicht weiterhalf, die Schönheit war aus der technischen Benennung der Webart nicht ersichtlich, so wie aus den Geburts- und Todesdaten der Familienmitglieder, die unmittelbar danebenstanden, nicht ein ganzes Menschenleben rekonstruiert werden konnte. Ein Buch mit mehr als sieben Siegeln, verschlüsselt durch die Zeit, durch menschliche Eingriffe zerstört, voll dunkler Flecke, rätselhafter Wörter und Sätze, undeutbarer Geschehnisse, verlorener Erkenntnisse, vergessener Geschichten.

Auf einer der letzten Seiten fand Gustav einen Text in steiler deutscher Schrift, zwischen den technischen Angaben eines Webmusters und einer Kalkulation eines Seidenstoffes *pour le Château Benrath* stand da, von einem Unbekannten eingetragen: *Geschichte für meine Enkel von meinem Großvater erzählt*, mit dem Zusatz, *Die Begebenheit wurde von unseren französischen Vorfahren immer mit dem Hinweis erzählt, sie habe sich bei unseren italienischen Vorfahren ereignet.*

Ein verkrüppelter Junge, eingestellt, um unter dem Webstuhl gerissene Kettfäden zu knüpfen, habe einmal die Firma – die folgende Seite war zu Gustavs Enttäuschung herausgerissen, der Text endete auf einer anderen Seite mit dem Satz: *Dies solle man nie vergessen, und bei jedem Brokat solle man ein kurzes Gedenken für ihn einlegen.*

Gustav nahm seinen Füllfederhalter, schraubte ihn auf und schrieb sorgfältig unter diese Eintragung: *Marija Fontana starb mit zweieinhalb Jahren. Alle Wahrheit liegt in der Vergangenheit der Gräber. Die Geschichten der Menschen beginnen mit ihrem Tod.* Er setzte seinen vollen Namen darunter, dazu auch das Datum, er sah auf die ins Undeutliche verlaufende Tinte, die in das alte Papier einsank, sich mit ihm verband, aber lesbar blieb, und hatte das Gefühl, etwas Sinnvolles getan zu haben. Er sah die Welt im Licht uralter Geschichten, und sie war neu für ihn.

Maria hatte nach einer langen, durcherzählten Nacht zu Brot und Salz gegriffen, sich wieder bewegt, sie stand von ihrem Hocker auf und sah aus dem Fenster, Polka-Paul spielte einige Töne auf der Klarinette, keine Melodie, Töne, zusammenhanglos, so wie man ein Instrument ausprobiert, das man lange nicht mehr in der Hand hatte, um zu prüfen, ob es noch klingt, ob man noch darauf spielen kann, das war das Ende der Trauerzeit Marias, von der einige behaupteten, sie habe Monate gedauert. Maria entzog sich dem Tod und interessierte sich wieder für die Lebenden, dachte aber weiterhin an die tote Marija, erzählte ihr die kleinen Erlebnisse des Tages, erklärte ihr auch alle Probleme, die sie hatte, rief sie in heiklen Situationen an, so wie man die Heiligen anruft, erhielt offenbar auch Auskunft und Rat. Die Familie gewöhnte sich daran, und es kam vor, daß der eine oder andere bei einem unlösbaren Problem sagte, frag doch mal Marija. Die tote Marija lebte weiter, war lebendig, obwohl sie auf dem Friedhof lag, aber was hieß das schon.

Der Junge lernte, daß es neben den Lebenden auch noch Verstorbene gab und daß die Verstorbenen manchmal mehr zu sagen hatten als die Lebenden, daß beide gleichzeitig existierten, die Menschen, die er sah und die zu ihm sprachen, und die Menschen, die man nicht sah und die nicht sprachen, die man deshalb Verstorbene nannte, die aber anwesend waren wie die Lebenden.

Das hatte auch Auswirkungen auf das Familienleben. Während Gustav der Meinung war, man sollte zwei Leben haben, eines, um alles über das Leben zu erfahren, und ein zweites, um mit den Erfahrungen des ersten ein richtiges Leben zu führen, dabei je nach Stimmung wehmütig oder wütend auf das Musterbuch blickte, das so wenig weiterhalf, war Maria mit dem einen Leben zufrieden, denn das andere Leben, das waren die immer gegenwärtigen Toten mit ihrem Netz von Geschichten, Überlieferungen und Ahnungen, das dichtgeknüpft in jeder Sekunde zur Verfügung stand und ihr ein vollkommen in sich ruhendes Leben ermöglichte. Gustav produzierte für jede Situation ein Dutzend Analysen und Voraussagen, Maria tat das einzig Richtige, wie sich immer wieder herausstellte, erklären konnte sie das nicht, sie handelte instinktiv, was bei Gustav Wutanfälle auslöste, denn der Mensch sollte nach seiner Überzeugung vernünftig handeln und darüber Rechenschaft ablegen können. Während er zu Büchern griff, um eine Entscheidung im Licht großer Geister zu überprüfen, hatte Maria schon gehandelt, »weil ich die Welt eben kenne«, wie sie dann immer sagte. Als Gustav ihr mit Kant beweisen wollte, daß man diese Welt gar nicht erkennen könne, erklärte Maria, daß jeder Analphabet ein Buch auswendig lernen könne, genau wie der alte Pawel, also beweise das gar nichts, die Welt sei auch ohne dieses Buch vorhanden. Diese Wortschlachten dauerten Tage, Wochen, Monate, denn Maria gab nie nach, wie ein Fels im Meer, der nun einmal seinen Platz hatte und, von jeder intellektuellen Interpretation unberührt, nur Fels war. Gustav, auf Logik angewiesen, auf Argumente, auf Gedankengänge, strandete immer wieder, Logik war für Maria von vornherein ein Absurdum, weil es im Leben keine Logik gab, und jedes Argument, jedes Gedankengebäude, vor dem selbst ein Philosophieprofessor seine Segel eingeholt hätte, zerschmetterte sie mit ihren haarsträubenden, wunderreichen, phantasievoll ausgemalten, selbst den Naturgesetzen widersprechenden Geschichten, mit denen sie immer das Gegenteil bewies. Gustavs Wutanfälle steigerten sich, er warf mit Büchern nach Maria, schrie so laut, daß die Fenster in den Nachbarhäusern dicht gefüllt waren, schrie, sie solle gefälligst erst mal Aristoteles lesen, die Farbe ihrer Augen verwandelte sich ins Tiefschwarze, was immer das Zeichen eines heraufziehenden Jähzorns war, und sie fragte kalt: »Wer ist Aristoteles?« Gustav, außer sich, die Fassung verlierend, luftschnappend, griff nach dem, was ihm gerade einfiel, und schrie, der habe unter anderem entdeckt, daß ein fester Körper das Wasser verdränge, wodurch der Wasserspiegel steige, und daran sei zu erkennen, was ein Kopf mit logischem Denken alles entdecken könne. Maria sagte steinern, das habe ein Joseph, der Fischer war, auch entdeckt, als er sein Boot zu Wasser ließ, er habe es nur nicht aufgeschrieben. Danach verließ sie türeknallend Gustavs Studierzimmer, schrie noch aus dem Treppenhaus, er solle sich ja nichts auf seine Bücher einbilden, da sei ja nicht mal ein Kochbuch dabei. Gustav schrie aus dem Fenster hinter ihr her, er habe zwei Dutzend Kochbücher in allen Sprachen, während sie nur Dr. Oetkers Kochbuch habe, Maria schrie zurück, sie könne auch ohne Anleitung durch Bücher kochen, und war mit dem Jungen schon auf dem Weg zum Leihbuchhändler Simon, verlangte ein Buch für ihn, der Leihbuchhändler Simon drückte in einem Augenblick seliger Eingebung dem Jungen *Don Quichotte* in die Hand und sagte noch: »Für den Anfang nur das Beste.« Das Buch war dunkelrot gebunden und hatte auf dem Buchdeckel goldene Buchstaben, es lag kühl in der Hand und sah fremd und verheißungsvoll aus, als wäre es nicht von dieser Welt, und Maria setzte sich zu Hause neben den Jungen, schlug das Buch auf und las ihm das erste Kapitel vor. Gustav aber hockte in einer Ecke seines Studierzimmers und zwang sein Gehirn, unlogische Geschichten zu erfinden.

»Das Quartier ist größer als die Welt«, sagte der Junge zu seiner Mutter, Maria holte mit der Hand aus, ließ sie dann wieder sinken, meinte, er solle ja rechtzeitig, ehe es zu spät sei, mit diesen Flausen aufhören, und sagte noch etwas auf polnisch, in dem mehrmals das Wort Fontana vorkam. Der Junge ging mit der Erkenntnis zu seinem Vater, der im Hof ein Fahrrad auseinandernahm, mit einem Ölkännchen an der Gangschaltung arbeitete, die Kette aufzog, das kleine Rad drehte und so das große Hinterrad in sausende Bewegung setzte. Friedrich meinte, das sei *tout meme chose*, das war seine Lieblingsantwort auf alle wichtigen Fragen. Für die einen sei das Quartier ein Stadtteil, für viele die Mitte der Stadt, für andere existiere es überhaupt nicht, das dürfe man alles nicht so genau nehmen, denn das sei das Schlimmste auf der Welt, daß die Menschen immer alles so genau wissen wollten, jeder wolle dann recht haben, und das ende immer nur im Streit.

Der Junge ging mit der Erkenntnis zu seinem Großvater, der stimmte sofort zu und machte sich mit Elan und den nötigen wissenschaftlichen Hilfsmitteln, wie einer Wasserwaage, einem Senkblei, einem Zollstock und einem Korkenzieher, daran, den Satz zu beweisen. Er ging zu einem Stadtplan, der mit Heftzwecken an einer der Wohnungstüren befestigt war, legte die Wasserwaage daran, die Luftblase stieg nach oben: »Damit haben wir schon Norden«, sagte er, »da kann nicht mehr viel schiefgehen«, dann hielt er das Senkblei vor die Karte, fragte sich: »Ob die Erde wirklich rund ist?«, markierte den gesuchten Ort mit dem Korkenzieher und maß das Quartier mit dem Zollstock aus. Er verhundertfachte den Maßstab, denn: »Die Karte ist ja kleiner als das Quartier«, und hielt den nun voll entfalteten, zwei Meter langen Zollstock an eine fingergroße Weltkugel, in der sich ein Bleistiftspitzer verbarg. Die Sache war wissenschaftlich einwandfrei geklärt, das Quartier war sogar sehr viel größer als die Welt.

Blieb die damit verbundene philosophische Frage, wie ein Teil der Welt größer als die Welt sein könne, aber das war Gustavs Spezialgebiet, darin kannte er sich aus, er liebte es, mit spekulativen Ideen die Welt auf den Kopf zu stellen. Mit einer gewissen Grazie setzte er sich auf sein Ledersofa, nahm eine Flasche Wein, die immer im Bücherregal stand, füllte andächtig ein Glas, trank es aus und glitt mit den Augen über die Bücherrücken. Sein Gesicht blühte rosig auf in der Vorfreude der mitzuteilenden Erkenntnis, und so verkündete er, die Augenbrauen hebend, das sei sehr wohl möglich, im übrigen eine uralte Idee, von der Menschheit leider vergessen. Die eigene Welt sei immer größer und umfassender als der Rest der Welt, von der man ja nicht viel wisse, während man die eigene Welt sehr genau kenne, sie müsse also zwangsläufig größer sein, das entspräche den Gefühlen der Menschen, und nur die seien in diesem Kasus anwendbar. Alle Lebenserfahrung, die ein Mensch habe, alle Gesetze und Maßstäbe entstünden immer nur in der eigenen Lebenswelt, der Rest sei Schul- und Universitätskram, aber diese Herrschaften hätten sich so oft geirrt, daß ihr Gewicht beim Abwägen dieses Falles nicht zähle.

Der Junge, der auf seine Entdeckung sehr stolz war, fragte, ob man diesen Satz nicht in das Buch eintragen könne. Gustav sagte, das könne man nicht nur, das müsse man unbedingt, es sei die heilige Pflicht jedes Entdeckers, seine Entdeckungen der Nachwelt schriftlich zu hinterlassen. Er stand auf, ging zu einem Schrank, holte eine metallene Werkzeugkiste heraus, schleppte sie stöhnend heran und knallte sie auf den Tisch. In der Werkzeugkiste lag, in Ölpapier eingewickelt, das Musterbuch der Fontanas, Gustav nahm es heraus, klappte es auf, schraubte mit ernster Miene seinen Füllfederhalter auf und trug den Satz in das Musterbuch ein. Fin, die dazukam, meinte, das sei ja eine schöne Wissenschaft, wenn die Vorfahren ähnliche Erkenntnisse eingetragen hätten, sei das ein fröhliches Narrenbuch. Gustav reagierte bissig, die Wissenschaftler behaupteten ständig, die Erde drehe sich um die Sonne, aber jedermann wisse, die Sonne gehe auf, die Sonne gehe unter, er habe jedenfalls von keinem vernünftigen Menschen einen anderen Satz gehört. Fin tippte mit dem Zeigefinger an die Stirn und ging, Gustav zwinkerte mit dem Auge und sagte zu dem Jungen, er sehe ja, wieviel einfallslose Menschen es gebe, er rate ihm zwar, bei seinem Satz zu bleiben, auch wenn im späteren Leben Leute auftauchen sollten, die ihm mit irgendwelchen Maßstäben, geometrischer oder moralischer Art, das Gegenteil beweisen möchten, aber vielleicht sei es gescheiter, den Satz erst einmal für sich zu behalten, so ein Satz nütze sich leicht ab, wenn man mit Menschen darüber diskutieren müsse, aber wenn er, Gustav, tot sei, dann solle er ihn noch einmal aufschreiben und begründen, weil er ihn dann auch erst richtig verstehe. Gustav setzte sich wieder auf sein Sofa und griff nach der kleinen Weltkugel, in der sich ein Bleistiftspitzer verbarg.

Im Frühjahr und im Herbst deckte Maria eine lange Tafel im Hof. Tische und Stühle aus den Wohnungen der Nachbarn wurden aneinandergestellt, und mit einem schwungvollen Heben ihrer Arme, so wie ein Dirigent vor dem Beginn eines Konzerts das Orchester auf sich aufmerksam macht, entfaltete sie ihre Damasttischdecken, die wie ein Fallschirm aufstiegen und niedersanken, sich frischgestärkt auf die Tischplatten legten, das feingestickte Monogramm ML in den Ecken präsentierten. Das Fest begann schon mit dem Aufdecken der Tafel, der Parade der Damastservietten, des 24teiligen Silberbestecks, des Porzellans für 24 Personen und all den kleinen und großen Gläsern, die man braucht für ein Diner. Mit dem Besteck konnte man sämtliche Fisch-, Fleisch-, Geflügel- und Vogelarten mundgerecht tranchieren und auf einer Variation von Terrinen, Platten, Schüsseln und Tellern servieren.

Da man schon Tische und Stühle aus den Wohnungen geräumt hatte, ging man auch gleich zum Hausputz über, verteilte die Gardinen und Vorhänge auf die Teppichstangen im Hof, legte die schweren Bettplumeaus auf die Hofmauer, die Kissen auf das Fensterbrett, auch alle Wellensittiche, Papageien und zahmen Raben wurden in ihren Käfigen zum Auslüften in den Hof gehängt, schlugen den Ofenqualm aus ihrem Gefieder und palaverten mit den heranschwirrenden Spatzen und Tauben, als würden sie wieder in die Freiheit entlassen. Der Hof sah aus wie ein überreich dekoriertes Opernhaus in Südamerika, sämtliche Logen waren besetzt und jeder Mauervorsprung mit einem Vorhang drapiert.

Die Gesellschaft fand sich ein zwischen Rebstöcken, Tabakpflanzen, Hopfenstangen, die Gustav unter dem Kopfschütteln der Nachbarschaft gesetzt hatte, weil er der Ansicht war, irgend etwas müßte auch auf diesem Boden wachsen, während die Nachbarschaft von ihren Balkons herab beteuerte, in diesem Hof wachse nichts, man habe schon alles versucht. Maria hatte mit ihrem Efeu und dem wilden Wein mehr Erfolg, der zum Erstaunen aller die verrußte Fabrikmauer mit einem aparten Muster überzog, an Drähten entlangkletterte, unter dem Ast eines Baumes, der vom Josefplatz herüberragte, sogar eine kleine Laube bildete, die bei diesem Festessen das Ende der Tafel und Gustavs Stammplatz war. Hier saß er als Zeremonienmeister und Gott Bacchus, behielt die Weinflaschen auf der Tafel im Auge, kontrollierte die Qualität des Weines durch einen kleinen, genießerischen Schluck und achtete darauf, daß keiner aus Versehen mit seinem Stuhl in die Pflanzungen geriet. Ab und zu mußte ein entflogener Vogel eingefangen werden, der eine oder andere vertrug auch weniger Alkohol, als er dachte, aber im ganzen waren es entspannte Stunden.

Der Junge kletterte über die Laube auf die Fabrikmauer, von da auf den Baum, saß unbemerkt über der Tischgesellschaft, sah auf die weiß in weiß gepunktete, schimmernde Tischdecke, die ihr Muster über die Servietten inzwischen auf alle Bäuche ausgedehnt hatte, auf funkelnde Gläser, leuchtende Teller und das polierte Silberbesteck, das seine scharfen Lichtreflexe an die Hauswand warf, die Zuschauer in den Fenstern blendete, während die Kristallgläser, je nach Art des Weines, regenbogenfarbene Kreise auf das Tischtuch warfen, zwischen denen die Blumen auf den Tellern erblühten. Das Porzellan mit dem Blumenmuster hatte Maria aus Belgien, sie hatte es gekauft, obwohl es viel zu teuer war, aber sie wollte es nun mal haben, und alle bewunderten immer wieder die Blumen auf den Tellern, die nach jedem Gang so schön zum Vorschein kamen, und lehnten sich zurück nach dem ersten Gang und dem ersten Glas und lachten. Oft kreuzte sich das Lachen vom oberen Ende der Tafel mit dem vom unteren, begegnete sich, mußte gegenseitig erklärt werden, wanderte weiter, kehrte wieder zum Ausgangspunkt zurück, löste ein erneutes Lachen aus, weil die, die da etwas Heiteres in die Welt gesetzt hatten, inzwischen zum zweiten Mal darüber lachen konnten.

Im Frühjahr begann es mit einem Spargelessen, zu dem kommen durfte, wer wollte. Maria stand dann schon früh auf, fuhr zu einem Bauern nach Niederkassel, der gerade Spargel stach, und holte ihn frisch vom Feld, präsentierte ihn nach stundenlangem Schälen und kurzem Kochen mittags zwischen Töpfen mit selbstgeschlagener, goldgelber Mayonnaise und saftigem, rosigem Schinken auf angewärmten Platten, das war ein Schmatzen und Schlürfen, die ersten grünen Blätter entfalteten sich am Ast über dem Tisch, und wenn sie sich im Herbst bräunlich und rötlich getönt vom Ast lösten, fielen sie auf eine schmatzende und schlürfende Muschelgesellschaft, die zwischen roten Weinblättern saß, das Laub verteilte sich um die kunstvoll zu Ringen zusammengesteckten leeren Muschelschalen, die bläulichschwarz mit weißgelb Gequollenem aus einem großen Eisentopf am Ende der Tafel geschöpft wurden, mit Schwarzbrot und Butter und einem leichten Weißwein genossen, während Maria in der Küche vor dem nächsten Topf stand, viel Pfeffer hineintat, dicke Zwiebelringe, Porree und Sellerie, die Muscheln in wenig Wasser kochte, bis sie aufplatzten, früh war sie dafür wieder unterwegs gewesen, direkt am Hafen bei Maassen holte sie ihre Muscheln, erschöpft stand sie am Herd und war glücklich, einer der wenigen Momente, in denen sie wirklich glücklich war, jedesmal und immer wieder erneut stolz darauf, daß ihre Kochkunst so viele Menschen zusammenführte, das leise Platzen der Muscheln verband sich mit dem melodiösen Schnattern und Pfeifen der Vögel, die vor dem Winter noch einmal ins Freie durften, und dem lachenden an- und abschwellenden Geplauder an der langen Tafel im Hof.

Maria begann jeden Tag, als wäre es der erste Tag der Schöpfung, begann ihn wie ein noch nie dagewesenes Ereignis in ihrem Leben, obwohl sich der Ablauf und die Arbeit dieses Tages kaum von den anderen unterschied. Immer schien es, als ob sie ausgerechnet auf diesen einen Tag gewartet hätte, und alles, was an diesem Tag geschah, war so unerhört neu und aufregend und voller Überraschungen, daß sie ständig davon erzählen mußte. Selbst die Dinge, die sich absolut nicht veränderten, das Frühstück für die Kinder, das Mittagessen, das Aufräumen und Putzen der Wohnung, all die vielen Handgriffe, von denen viele der Meinung waren, man müsse dafür Automaten erfinden, waren für Maria so spannend, abwechslungsreich und interessant, daß man ihr ruhigen Gewissens ein ewiges Leben wünschen konnte, sie hätte sich in ihrem Alltag nie gelangweilt. Alles, was sie tun mußte, tat sie anscheinend zum ersten Mal, alles, was täglich passierte und was andere gar nicht mehr bemerkten, sah sie immer neu, war erstaunt darüber, fand es erzählenswert, und wenn man ihr sagte, das war doch gestern, das hast du doch gestern auch schon erzählt, sagte sie: »Aber heute noch nicht«, für sie war die Welt eben jeden Tag neu.

Maria war heimisch geworden im Josefsviertel, einem Teil des Quartiers, das den Vornamen aller Männer ihrer Familie trug und ihr daher etwas Vertrautes gab. Sie nähte gerne und mit Geschick, das sprach sich herum, und so wurde in ihrer Wohnung manches Kleid entworfen und verändert, enger oder weiter gemacht, mancher Mantel gewendet. »Wie neu«, hieß es dann übereinstimmend, und eifrig wurde zwischen Schneiderkreide, Bandmaß und Schere mit Stecknadeln im Mund über Säume und Kappnaht, Zickzackstich und Abnäher diskutiert. Dann kurbelte die Nähmaschine wieder stundenlang, es war das einzige Geräusch in der Wohnung.

Marias Kopf spiegelte sich dann durch die offene Schlafzimmertür in den drei Spiegeln der Frisierkommode, was ein vierfaches Bild ergab. Der Junge verstellte die Spiegel, verschob sie so lange gegeneinander, bis Marias Spiegelbild nur das vervielfachte Spiegelbild eines Spiegelbildes war, für den Jungen ein Spiel aus Erstaunen und Verwunderung, mit dem er so schnell nicht zu Ende war. Aus einem Bild entstanden auf diese Weise viele Bilder, aber all die vielen Bilder waren doch nur das Bild einer Person, die sich in jeder Spiegelung anders zeigte. Für den Jungen, der inzwischen schon mit mehreren Handspiegeln vor dem dreiteiligen Frisierspiegel arbeitete, war klar, daß, wenn er einmal tausend Spiegel hätte, er aus einer Person auch tausend Bilder machen könnte, und alle diese Bilder wären nur das Bild eines einzigen Menschen.

Der Junge verspiegelte so seine Welt, schob mit den Spiegeln Tisch, Schrank, Ofen, Nähmaschine ineinander, vergrößerte die Räume ins Unendliche, vervielfachte die Gegenstände, holte die Fenster des Nachbarhauses mit dem sich darin spiegelnden Himmel in die Wohnung, den Kirchturm der Josefskirche, bis dieser Irrgarten eine in sich geschlossene Spiegelwelt von innen und außen war, die Nähmaschine in den Wolken trieb, der Ofen auf einem Balkon stand.

Sogar die Vergangenheit erschloß sich ihm auf diese Weise. Neben dem an der Wand befestigten Volksempfänger war mit Heftzwecken eine Doppelseite aus der *Berliner Illustrirten* angebracht, ein Bildbericht über Verdun mit dem Titel *Fremdenindustrie auf den Schlachtfeldern.* Dieses Blatt spiegelte er kunstvoll auf seine Größe herab, er sah Katakomben, Kasematten und unterirdische Gänge, durch die hübsche Mädchen von freundlichen Soldaten geführt wurden. Über den Rändern eines Granattrichters schwebten die Hüte der Besucherinnen, die fast ganz in der Erde verschwunden waren. Ein alter Bauer rauchte genüßlich eine Pfeife in Revolverform und sah auf das Schaufenster eines Ladens, in dem sich Granaten, Helme, Patronen, Tornister und Auszeichnungen stapelten. Viele Granaten waren zu Tischaufsetzern verarbeitet, einige hatte man schön graviert zu Blumenvasen verarbeitet, einige andere bildeten den Sockel eines Kruzifixes, an dem Jesus Christus an einer Patrone hing. Das große, klobige Denkmal für die Toten und die endlosen Gräberfelder mit den uniformen weißen Kreuzen, die sich wie eine riesige Panzersperre bis an den Horizont erstreckten, Bilder, die der Junge auf Postkarten gesehen hatte, die Maria besaß, waren in diesem Bericht nicht zu sehen. Dafür konnte man dort lesen, daß organisierte Ausflugsdienste auf guten Autostraßen Rundfahrten von Fort zu Fort gestatteten, so daß man bequem die gemarterte Erde besichtigen könne, das Grabengewirr, die zerdrückten Stolleneingänge, die Granattrichter, löcherige Stahlhelme, verrostete Feldkessel, Reste von Stielhandgranaten und Gewehre. Auf den Forts stehend, könne man in die Todesschluchten hinabsehen, und im übrigen seien überall Erfrischungshallen und Andenkengeschäfte vorhanden.

Maria wollte immer einmal vor dem Grab ihres Vaters in Verdun niederknien, vor einem der vielen weißen Kreuze, aber sie hatte nicht das Geld für eine Reise, es gab nur Gruppenreisen, das waren Vergnügungsreisen, so wie sie in der *Berliner Illustrirten* geschildert wurden, da wollte sie nicht mitfahren, sie hatte eine andere Vorstellung vom Tod.

Von Friedrich kamen wieder Briefe, die keinerlei Rückschlüsse auf seinen Aufenthaltsort zuließen. Maria las sie so oft, daß sie alle auswendig konnte. Dabei ging es ihr auch um das, was zwischen den Sätzen stand, denn die Briefe kamen ohne Ortsangaben aus einem Niemandsland, in das sich Friedrich anscheinend immer wieder verirrte. Während seiner Rekrutenzeit war er als Sanitäter ausgebildet worden, die einzig sinnvolle Tätigkeit beim Militär, wie er sagte. Er verpflasterte und verband die ganze Nachbarschaft, setzte zur Not auch Spritzen, und alle bedauerten, daß er nun wieder weg war. Aber es gab immer noch keine Arbeit, und da kam das Angebot einer Organisation, die Deutschlands Autobahnen bauen wollte, gerade recht. Man suchte Sanitäter, die für Unfälle auf den Baustellen bereitstanden. Friedrich meinte, besser als gar nichts, und saß nun in einer Sanitätsbaracke, die sich aber seltsamerweise nicht an einer Autobahn, sondern an der westlichen Reichsgrenze befand, an der mehrere tausend Arbeiter Löcher in die Erde gruben und einen Bunker neben dem anderen errichteten. Maria konstruierte aus den versteckten Angaben in den Briefen und aus Rückfragen bei Friedrichs Freunden das Wort *Westwall*, mehr erfuhr sie leider nicht. In welcher der vielen Sanitätsbaracken an der offenbar unendlich langen Baustelle Friedrich saß, wußte sie nicht. Sie las seine Briefe, lernte sie auswendig und legte sie zu den Postkarten aus Verdun.

Der Tod war immer in Marias Gedanken, der Tod war immer bei ihr. Sie verwandelte das alltägliche Geschehen, all die furchtbaren Krankheiten, all die entsetzlichen Unfälle, das lange Siechtum und das jähe Sterben, das die Menschen unerwartet überfiel, Morde und Verbrechen, das ganze Unglück der Welt, in tausend Geschichten, die sie immer im Gedächtnis hatte, bei jeder Gelegenheit erzählte. Keiner konnte sich entsinnen, von Maria jemals eine heitere Geschichte gehört zu haben, all ihre Geschichten schlossen immer mit einem Todesfall und endeten auf dem Friedhof, sie war die mythische Göttin der Friedhöfe. Sie reicherte ihre dunklen Ahnungen über zukünftige Verhängnisse und bedrängende Schicksale mit diesen Geschichten an, die ihr als Beweis dienten, als ständige Nahrung für ihren kassandrahaften Zukunftsblick. Traurig war sie deswegen nicht, das Leben bestand nun mal aus Leid, im Unglück aufrecht zu leben, das war die Würde des Menschen. Im Glück konnte jeder leben, aber was war das schon für ein Leben, absolut nicht lebenswert, schließlich war der Mensch nicht für das Glück geschaffen. Im Unglück zu stehen und den Kopf hochzuhalten, das wurde vom Menschen verlangt. Einwände gegen diese Weltsicht erledigte sie mit einigen polnischen Sätzen. Friedrich, der in der Ehe mit ihr gelernt hatte, daß Widerspruch in diesen Dingen sinnlos war, schloß mit einem »Basta, finito de la musica«, und Gustav setzte meist ein ironisches »C'est la vie« dazu.

Der Junge gewöhnte sich an diese Geschichten, erkannte die Welt in ihnen, hörte sie, wie andere Kinder Märchen hören. Stundenlang saß er regungslos auf einem Hocker in der Küche und sah, während er diese Geschichten hörte, durch seine Spiegel auf das Wetterhäuschen mit den Blumen vor dem Fenster, dem kleinen Kamin und den Schindeln auf dem Dach, den beiden Türen, vor denen ein finsterer Schornsteinfeger und eine lächelnde Dame mit Schirm immer wieder abwechselnd ihren Auftritt probten. Maria stopfte dann meist die Wäsche oder die Strümpfe, Nadel und Faden zogen sich schlangenartig, von ihren raschen Händen geführt, durch das Gewebe, schlossen die Löcher. Nichts war danach zu sehen von der kunstvollen Reparatur, und schon nahm sie das nächste Wäschestück und begann mit einer anderen Geschichte. Die Zeit schien nicht zu vergehen, war aufgehoben in den Geschichten, blieb stehen und endete nie. Sie beschleunigte sich erst wieder, wenn Gustavs Kopf in einem der Spiegel auftauchte, mit einem Buch in der Hand lockte und den Jungen fragte, ob er schon diesen Reisebericht über Ägypten gelesen habe, Pharaonen, Pyramiden, Kairo, Alexandria, die Wüste, oder diesen Reisebericht über Afrika, Großwildjagd, Löwen, Elefanten, die langen Trägerkolonnen in der Savanne, Massa, Massa. Er fütterte ihn geradezu mit Büchern, weil er Marias Geschichten nicht mochte, *Totengräberklagen* nannte er sie, aber Maria war nie zu stoppen. Während der Junge sich die Minarette Kairos oder die Giraffen Afrikas ansah, erzählte sie weiter, und beides verband sich für ihn, die Entdeckung der Welt und die vergangenen Geschichten darin.

Schwierige Dinge, die Maria mit den Fontanas nicht besprechen konnte, für die es wenig schwierige Dinge auf der Welt gab, zumindest keine, die sich nicht im Licht eines klaren Verstandes lösen ließen, schwierige Dinge also besprach sie auf ihre Weise mit der Marien-Ikone in der Josefskirche, auf der neben einer Maria mit Kind vieldeutige Zahlen und Buchstaben zu sehen waren. Es war nicht die herrliche Maria Mutter Gottes von Tschenstochau, aber ein sehr schönes, in Goldtönen gehaltenes Bild, von dem keiner so recht wußte, wie es in diese Kirche gekommen war, jedenfalls stammte es aus einer anderen Weltgegend. Immer brannten hier Kerzen, Maria zündete auch eine an, stellte sie zu den übrigen und ließ ihre unklaren Gefühle vor der Ikone zu einem Entschluß reifen, der dann ohne Zögern ausgeführt wurde, in eine Handlung umgesetzt, die allen anderen und wohl auch ihr erst einmal unklar blieb.

So holte sie nach einem Ikonenbesuch ihren Schließkorb aus dem Keller und packte ihn über mehrere Tage hinweg schweigend, grübelnd, überlegend, packte ihn wieder aus, packte ihn neu, tat Sachen hinein, nahm sie wieder heraus, tat sie doch wieder hinein. Und an dem, was sie aussortierte und was zum Schluß wirklich hineinkam, erkannte man, daß sie ihre wichtigsten und wertvollsten Besitztümer in den Schließkorb packte, Fotos der Familie, eine besonders gute Wäscheausstattung für zwei Betten, einen Teil des Silberbestecks, auf Zuwachs gekaufte Schuhe und Wintermäntel für die Kinder. Gustav lästerte: »Sie baut sich eine Arche Noah.« Sie reagierte darauf nicht. Elisabeth kam, sah sich alles an, zuckte mit den Schultern, ging wieder. Fin wurde vorgeschickt, als letztes Mittel, Maria zum Reden zu bringen, denn Fin bildete für Maria eine Brücke zu den Fontanas. Nach einem Tag gütlichen Zuredens erfuhr sie von ihr, daß sie in der Ikone eine brennende Stadt gesehen habe. Fin gelobte ewiges Schweigen und erzählte es sofort der Familie, die fassungslos war. Elisabeth rauschte beleidigt ab, für so was mache sie sich keinen schweren Kopf. Gustav hatte wie immer die einfachste Lösung: Die brennenden Kerzen hätten sich in der Ikone gespiegelt. Alle waren daraufhin zufrieden bis auf Fin, die ging in die Kirche, besah sich die Ikone von allen Seiten, die Theorie Gustavs war vor Ort nicht zu beweisen. Gustav marschierte daraufhin zu einem Ikonenmaler und führte dort ein längeres Gespräch über Ikonen, er kam mit der Erkenntnis zurück: »Ikonen machen das Unsichtbare sichtbar.« Gemeinsam begaben sie sich zu Maria, um Näheres über den Inhalt und den Verwendungszweck des Schließkorbs zu erfahren, doch der Schließkorb war verschwunden, Maria hatte ihn mit einer Nachbarin in den Bierkeller eines mit der Familie befreundeten Wirts geschleppt. Alle standen ratlos herum, sahen vorwiegend aus dem Fenster, keiner wollte etwas Falsches sagen. Da nun an der Sache nichts mehr zu ändern war, beschloß die Familie in stiller Übereinkunft, die Geschichte so zu nehmen, wie sie sich abgespielt hatte, auf keinen Fall solle man sich Sorgen machen.

Da die Sonne schien und endlich einmal wieder alle beisammen waren, entschied man sich, den bedrükkenden Tag in einen schönen zu verwandeln, und beschloß einen ausführlichen Spaziergang den Rhein entlang, in Richtung der Gastwirtschaft Meuser. Unterwegs zog Gustav einen Zettel aus der Tasche und las vor, was er sich beim Ikonenmaler notiert hatte: »Ta Symbola tou Pathous, Passionsmadonna, byzantinisch-griechisch-kretisch-italienischer Mischstil, wahrscheinlich von Lombardos«, er beugte sich über den Zettel, um einen Zusatz zu entziffern, »wegen der kammartigen Lichtreflexe in den Draperien.« Er steckte den Zettel wieder weg und marschierte weiter.

Fin, die sich knapp hinter ihm hielt, fragte: »Und wie kommt sie in das Quartier und in die Kirche?«

Gustav antwortete: »Die Ikonen wanderten mit der Seidenstraße, sie waren bei den italienischen Patrizierfamilien sehr beliebt.«

Die Familie marschierte nun hintereinander auf einem schmalen Pfad zwischen den flachen Rheinwiesen und dem Rhein, Kühe starrten breitbeinig und unbewegt kauend auf die trägen Rauchwolken vorbeidampfender Schlepper, die mit ihren Lastkähnen kleine Wellen ans Ufer trieben, hinter der nächsten Flußkrümmung verschwanden, während die Kühe immer noch dastanden, als wären sie eingepflanzt, nur der etwas aufgeregte Wellenschlag des Wassers erinnerte daran, daß hier ein Dampfer mit seinen Schleppern vorbeigezogen war. Der Junge blieb oft stehen, warf kleine Zweige in den Fluß und sah zu, wie sie flußabwärts trieben und in den Wellen verschwanden. Der Spaziergang verlief stiller als sonst. Gustav war mit der Ikone beschäftigt, das wußten alle und hielten den Mund, wenn er sich etwas erklärte, hatte man zu schweigen. Jedenfalls war das Bild, selbst als mögliche Kopie einer Kopie, so uralt wie Marias Geschichten und von ebenso unbekannter Herkunft. Keiner wußte, woher es kam, wann und wie es hierhergekommen war, aber was wußte man schon. Wann und wie waren sie selbst hierhergekommen, woher waren sie gekommen, die Fontanas, die Lukacz', das Bild war da, wie sie da waren. Die einen hatten ihre Ikonostasen, jede Ikone an ihrem Platz, die anderen ihr Musterbuch mit den Musterpatronen. Das eine und das andere, Zeitlosigkeit und ablaufende Zeit.

Gustav blieb plötzlich stehen, holte aus seinem Portemonnaie einen Fünfzigmarkschein, hielt ihn hoch und schrie, ohne die anderen über seine Gedankengänge aufzuklären: »Heute reicht das Wissen nur dazu, Geld zu produzieren. Das ist der neue Glaube. Jede Währungsreform verkündet einen neuen Staat, mit neuen Helden und neuen Idealen. Da haben wir etwas zum Glauben, wissen tun wir überhaupt nichts mehr.« Er steckte den Schein in den Mund und schluckte ihn hinunter: »Zum Ausscheißen, das ist alles.« Fin sah entsetzt auf das leere Portemonnaie, aber zur Erleichterung aller hatte er den Fünfzigmarkschein noch rechtzeitig gegen einen Notizzettel ausgewechselt, den er in der anderen Hand hielt, man wollte ja noch zu Meuser, und sein neuestes Interesse galt der Zauberei.

SA-Kolonnen marschierten durch die Straßen, schrien: »Licht aus! Fenster zu! Straße frei!«, mitgeführte Scheinwerfer leuchteten die Häuserfronten ab, und sah man in irgendeinem Fenster noch Licht, ging das auf einem Lastwagen montierte schwere Maschinengewehr sofort in Stellung.

Die Menschen standen hinter den geschlossenen Fenstern, etwas seitlich neben den Vorhängen, um nicht von dem herumgeisternden Scheinwerferlicht erfaßt zu werden. Auch Gustav stand, von einem Vorhang gedeckt, an seinem Fenster, schwieg, und Fin meinte, es sei jetzt wohl soweit. Nachts holte Gustav seine Armeepistole hinter den Büchern hervor, fettete sie mit Wagenschmiere ein, wickelte sie in Ölpapier, in das er alles Wertvolle einpackte, steckte das Paket in ein Eßgeschirr, verklebte es mit Uhu, ging im Morgengrauen in den Volksgarten, stellte sich breitbeinig in die hier flach fließende Düssel und schob seinen Schatz unter der Wasseroberfläche in die Uferböschung. Als ihn ein Spaziergänger fragte, was er da mache, antwortete er: »Stichlinge fangen« und stakste mit seinen nassen Hosenbeinen nach Hause.

Fin empfing Gustav zu Hause mit der Munition in der Hand, die hatte er in der Eile vergessen, Gustav nahm die Schachtel mit den so harmlos aussehenden kleinen Kügelchen und warf sie in einem seiner Wutanfälle an die gegenüberliegende Hauswand, die Schachtel zerplatzte an einem Puttenkopf, und die Kugeln prasselten auf das Straßenpflaster. Das war sein politisches Abschiedsfeuerwerk, mit dem er seinen Rückzug ins Private ankündigte. Er weigerte sich ab sofort, sein Studierzimmer zu verlassen, ja überhaupt noch aus dem Fenster zu sehen, denn das deutsche Volk laufe nur noch in Uniformen herum, und Uniformen waren ihm verhaßt. Er setzte sich auf sein Ledersofa neben dem Bücherregal und beschloß, diesen Platz, koste es, was es wolle, zu verteidigen, um von nun an alleine auf seinem Ledersofa durch das Weltall zu kreisen.

Gustav hatte seine Pistole keinen Tag zu früh der

Düssel anvertraut. Schon am nächsten Tag erschienen zwei SA-Männer und wollten einen Blick auf seine Bücher werfen. Gustav gab gereizt zurück, er habe keine Leihbibliothek, nannte den älteren der beiden Besucher Jupp und fragte ihn, seit wann er sich für Bücher interessiere. Jupp hatte in früheren Zeiten die Zukunft des Deutschen Reiches eher in roten Farben gesehen, die Situation war ihm unangenehm, er wollte gehen, aber da war noch der Jüngere. Der stellte sich zackig vor die Bücher, als riefe er zum Appell, ohne jede Ahnung, daß ein Mensch sich vor einer Bibliothek leicht blamieren kann. Er war auf Marx und Engels dressiert wie ein Hund, den man auf eine bestimmte Fußspur setzt. Da lag er nun bei Gustav falsch, denn für Gustav fing schon bei Marx und Engels die Bourgeoisie an. Dafür fand er Kropotkin, er sah Gustav fragend an, Gustav, der es nicht gerne hatte, daß man seine Bücher anfaßte, befand sich in einem Zustand, in dem er anderen Menschen ungerührt die Erdkugel als Würfel darstellen konnte, antwortete: »Der hat das Brandenburger Tor erbaut.« Das Gegenteil war im Moment schwer zu beweisen. Der Kerl fand Bakunin, und Gustav antwortete: »Der hat ostpreußische Märchen gesammelt.« Der Kerl zog Blanqui heraus, Gustav, schon lauter: »Feldmarschall unter Friedrich dem Großen.« Jupp, der eine Keilerei ahnte, nahm gutmütig und als Friedensangebot einen Band Shakespeare aus dem Regal, und Gustav brüllte: »Kannst du doch nicht mal buchstabieren!« Der Jüngere sagte: »Da werd ich Ihnen mal zeigen, was ich kann«, griff mit beiden Händen hinter die Seitenwand des Bücherregals, stemmte sein Stiefelbein gegen die

Wand, schrie den anderen an: »Du auch!«, und mit einem »Hauruck« warfen sie das Bücherregal um.

Das Bücherregal war zumindest für Gustav *die Ordnung der Welt.* Gustavs Bücher hatten sich in seinem Leben so zusammengefunden, daß Dichtung und Philosophie, Geistes- und Naturwissenschaften, nach seinen Gedanken neben- und übereinandergelagert, durch Lesezeichen, Fragezeichen und Ausrufezeichen miteinander verbunden, ein einziges Buch darstellten, in dem man gedankenvoll leicht von einem Thema zum anderen fand. Das Bücherregal war für ihn die Zivilisation, das Reich der Gedanken, und daß es nun am Boden lag, war die Vernichtung des Denkens, das Reich der Barbarei. Als sich die Staubwolke gelegt hatte, standen sich drei verdreckte Männer gegenüber, von denen zwei am liebsten mit dem Messer aufeinander losgegangen wären. Plötzlich stand auch Fin da und hatte ein Brett in der Hand. Eine reglose Menschengruppe, voller Staub und Spinnweben, und nach dem vorhergegangenen Donnerschlag war es lange sehr still. Dann gingen die beiden SA-Männer, nicht ohne anzudrohen, gelegentlich wiederzukommen. Gustav verbot Fin, das Bücherregal wieder aufzurichten, die Bücher sollten so liegenbleiben, wie sie da lagen, der jetzt herrschenden politischen Ordnung gemäß.

Eine alle Gedanken und alle Gefühle lähmende Bewußtlosigkeit überzog die Stadt, kam mit der Dämmerung, kam mit dem Morgengrauen, beherrschte die Nacht, beherrschte den Tag, erstickte das Leben.

Menschen verschwanden. Die Zurückgebliebenen hielten den Atem an, verstummten, schwiegen, flüchteten sich in Ahnungslosigkeit, beherrscht von einer unbestimmten, unbenennbaren Angst. Man hörte Grauenhaftes und vergaß es vor Entsetzen, obwohl es einem eindrücklich geschildert worden war. Man blickte gebannt auf irritierende Vorgänge und hatte sie doch nicht gesehen, konnte sich nicht an sie erinnern. Die Menschen versteinerten wie Vögel, auf die ein Raubvogel herabstößt, sich bewegungslos duckend, stellten sie sich tot, starrten mit aufgerissenen Augen auf das Opfer neben sich, sahen zu, wie der Raubvogel tötet und den getöteten Körper zerreißt. Menschen verschwanden. Wohnungen waren plötzlich leer, der Wohnungsinhaber verschwunden, er tauchte auch nicht wieder auf, hatte auch nichts hinterlassen, der eine oder andere hörte noch einen Motor laufen, aber sonst nichts, absolut nichts. Die Menschen verschwanden geräuschlos und unauffällig, keine Polizeisirenen, keine aufsehenerregende Verhaftung, verschwanden sogar von der Straße. Eben ging noch ein Mann vor einem her, plötzlich hielt ein Auto neben ihm, ein Zivilist stieg aus, zog den Mann ins Auto, das Auto fuhr ab, eben noch ging ein Mann vor einem her, nun war er verschwunden, kein Schrei, kein Menschenauflauf, als hätte die abendliche Dunkelheit ihn verschluckt. Es blieb nur die Stille der Dämmerung, das Klirren eines Fensters, das hastig geschlossen wurde, der Schlag einer Haustür, die ins Schloß fiel, ein Schlüssel, der sich im Schloß drehte. Menschen verschwanden. Wie Sandkörner durch eine

Sanduhr fallen, so still und unauffällig fielen die Menschen aus der Welt.

Raffte sich einer auf und ging zur Polizei und meldete, daß ein Mann vor seinen Augen in einem Auto verschwunden sei, sprachen die Polizisten von einer Sinnestäuschung, der Mann sei sicher in einem Hauseingang verschwunden. Erwiderte man, daß man einen Hauseingang von einem Auto unterscheiden könne, antworteten die Polizisten, es wäre besser, wenn man das nicht unterscheiden könne. Meldete man eine leerstehende Nachbarwohnung, sagten die Polizisten, der Bewohner sei vielleicht über Nacht nach Australien verreist. Wenn man dann fragte: »Ohne Abschied?«, hieß es, wer viel frage, sei selber schuld, so einer sei dann auch eines Tages verschwunden, und kein Hahn würde nach ihm krähen.

Es verschwanden nicht nur Politiker der Opposition oder Menschen mit einem festen Glaubensbekenntnis oder Ausländer mit einer fremden Sprache, es verschwanden stolze Offiziere aus dem Ersten Weltkrieg, von denen man wußte, daß sie ihre ganze Hoffnung auf die neue Ordnung setzten, es verschwanden joviale Staatsbürger, die einen Witz über die Nullen eines angeblich tausendjährigen Reiches machten, es verschwanden Ladeninhaber, die sich nie mit Politik befaßt hatten und lediglich der Meinung waren, Lebensmittelkarten seien kein Ersatz für Lebensmittel, ja, es verschwanden sogar Menschen, die bisher mit erhobenem Arm für das neue Reich durch die Straßen marschiert waren. Das Unheimliche war, daß jeder verschwinden konnte, ohne Spuren zu hinterlassen, das hatte man noch nie erlebt, egal, ob einer dafür oder dagegen oder neutral oder unwissend war, die neue Ordnung wischte die Namen der Menschen aus wie Kreide auf einer alten Schultafel.

Bei einer Nachfrage auf einer Polizeiwache war es daher lebenswichtig, einen Weimarer zu finden. Das waren die älteren Polizisten, die noch in der Weimarer Republik ihren Beruf erlernt hatten, die noch ganz altmodisch zwischen Dieben, Einbrechern, Betrügern und Menschen mit einer politischen Meinung unterschieden und noch altmodischer der Ansicht waren, daß man Verhaftete auf keinen Fall während des Verhörs mit Ohrfeigen, Fußtritten, Gummiknüppeln, brennenden Zigaretten, eiskaltem Wasser behandeln dürfe oder der Drohung, sie in diesem Zimmer auf der Flucht zu erschießen.

Gustav suchte zusammen mit Fin einen von ihnen auf und fragte, ob es Sinn habe, einige Vermißtenmeldungen abzugeben. Der Polizist sagte, es habe so viel Sinn, wie das Wort *Weimarer Kriminalpolizeihauptkommissariat* rückwärts zu buchstabieren, beides führe zu nichts. Hier gebe es nur noch Gefangene, die einen seien schon abgeholt, die anderen würden noch abgeholt. Die draußen auf der Straße herumliefen und von neuen Zeiten träumten, wüßten es nur noch nicht, aber auch sie ständen auf der Liste, das sei nur eine Frage der Zeit, auch die beste Organisation könne nicht alles auf einmal lösen. Einstweilen müsse man sich das Gefängnis nur groß genug vorstellen, dabei zeigte er auf die Landkarte des Deutschen Reiches in den zur Zeit gültigen Grenzen, die fett und schwarz wie der Trauerrand einer Todesanzeige einen geschlossenen Kreis bildeten.

Aus Gelsenkirchen kam eine Todesanzeige, verbunden mit der Nachricht, Polka-Paul sei mit seiner Klarinette, die er nicht hergeben wollte, in ein Heim eingeliefert worden, auch Tante Josephine, die Schwester von Marias Mutter, die mit dem Tanzlehrer verheiratet war, schwache Nerven hatte und in letzter Zeit immer nur weinte, sei abgeholt und in dasselbe Heim gebracht worden. Nach einer Woche erhielt die Familie von beiden gleichzeitig die Todesnachricht. Sie waren laut diesem amtlichen Schreiben zur gleichen Zeit am gleichen Ort an Herzversagen gestorben, die Kremation habe stattgefunden, die Rechnung hierfür und für die Beisetzung der Urne liege bei und sei innerhalb acht Tagen zu begleichen.

Die Familie wollte das Urnengrab sehen, um wenigstens Blumen niederzulegen, aber in den Akten des Heims fand sich kein diesbezügliches Verzeichnis, und als die Familie Polka-Pauls Klarinette und den Schmuck von Tante Josephine, den sie bei ihrem Abtransport angelegt hatte, wiederhaben wollte, fand sich auch hier kein diesbezügliches Inventar. Als sie das der Polizei meldeten, sagte ihnen ein Inspektor auf dem Revier, als ehemalige Polen sollten sie lieber die Schnauze halten, und als Onkel Heinrich, Zugführer bei der Deutschen Reichsbahn, sich in seiner Uniform aufrichtete und sagte, daß ihre Vorfahren in Polen preußische Bürger gewesen seien, sagte der Inspektor, Preußen gebe es nicht mehr, das neue Reich brauche eine neue Rasse, und als Onkel Heinrich sagte, das sei ja dann wie bei der Hundezucht, bekam er hundertfünfzig Mark Ordnungsstrafe wegen Beleidigung der Behörden, und der Inspektor sagte, wenn man das der Partei melde, komme er noch ganz woandershin. Onkel Heinrich war bald darauf kein Zugführer mehr, nur noch einfacher Schaffner, und auch das nur, weil er so beliebt war und so viele Freunde hatte.

Maria sprach mit Polka-Paul und Tante Josephine vor der Marien-Ikone, mehr konnte sie nicht tun. Und an einem langen Abend erzählte sie dem Jungen die Geschichte von Tante Josephine, die ihr die ersten Ohrringe geschenkt hatte, für die in einem Schmuckladen die Ohrläppchen durchstochen wurden, Tante Josephine mit dem Porzellangesicht, wie alle sagten, weil sie so schön war, unglücklich verheiratet mit einem deutschen Tanzlehrer. Und die Geschichte von Polka-Paul, der auf seiner Klarinette alle Tanzlieder beherrschte und damit die Feste dirigierte, dem nach dem Krieg die Töne durcheinandergerieten, weil er in Verdun in einem Bunker verschüttet wurde. Und der Junge wußte, daß er das alles behalten sollte.

Im Quartier konnte man noch recht lange unter seinem eigenen Fahndungsplakat stehen, ohne von der Polizei behelligt zu werden. Die Polizisten grüßten respektvoll die Politiker, die sie ins Parlament der Stadt und in den Landtag gewählt hatten und die sie nun verhaften sollten, was ja bedeutete, daß man die eigene Meinung einsperren mußte, für viele immer noch ein Problem. Personen, die man in ordentlichen Gemeinden längst gefaßt hätte, fuhren hier mit der Straßenbahn durch die Stadt, saßen in ihren Stammkneipen, obwohl sie bekannt waren und jeder wußte, wo sie wohnten. Wurde dann einer von irgendwelchen Staatsstellen dringend angefordert, weil die für ihn bestimmte Zelle immer noch nicht belegt war, kam die Polizei ins Haus und unterbreitete Reisevorschläge, die zumeist Holland als sehenswert bezeichneten.

Gustav schlief um diese Zeit selten zu Hause, er kannte das Quartier, wandelte unbehelligt durch Höfe und Hinterhöfe, durch Häuser und Hinterhäuser, Flure und Wohnungen, denn das Quartier war für die, die sich auskannten, ein Haus mit tausend Türen und Fenstern, größer als jedes Schloß. Fin schlief bei Maria, gemeinsam brachten sie das Mittagessen in den Volksgarten, wo sie Gustav an einer bestimmten Stelle trafen. Fin vertraute Maria an, daß sie sich Sorgen um Gustav mache, Gustav vertraute Maria an, daß er sich Sorgen um Fin mache, Maria vertraute den beiden an, daß sie sich keine Sorgen machen müßten, sie habe für jeden eine Kerze im Stoffeler Kapellchen angezündet. Gustav trat nach dieser Eröffnung wie immer gegen etwas Unbewegliches, diesmal eine Parkbank, schlug sich wie immer sein Bein auf, Fin hielt einen Vortrag über Aberglauben im allgemeinen und die römische Kirche im besonderen, Maria lächelte über die Unwissenden, verzieh ihnen und behielt recht: Gustav und Fin wurden nur einmal verhaftet und nach wenigen Stunden wieder freigelassen, für beide ein Zufall, für

Maria die schützende Wirkung gesegneter Kerzen. Gustav und Fin waren da in Beweisnot, was war schon das abgenutzte Wort Zufall gegen das konkrete Vorhandensein zweier gesegneter Kerzen. Das Schicksal Polka-Pauls und Tante Josephines war zugleich der Gegenbeweis, da hatte man Maria keine Gelegenheit gegeben, Kerzen aufzustellen.

Viele lebten im Volksgarten und zählten die Tage bis zu ihrer Verhaftung. Das war schwierig, denn wer wußte schon, wann er entdeckt und verhaftet wurde, eine Rechnung mit vielen Unbekannten und dem Ende der eigenen Lebenszeit. Man genoß jeden Tag der Freiheit unter dem offenen Himmel des Parks, besah sich die Bäume, die Frühling, Sommer, Herbst und Winter anzeigten, die Düssel floß verschwiegen über Pistolen, Gewehre, Handgranaten und Munition. Viele schliefen auch hier, sahen morgens zum ersten Mal in ihrem Leben die Sonne zwischen den Bäumen aufgehen, sahen abends den rotglühenden Ball, sich stark vergrößernd, wieder verschwinden. Da wo die Sonne aufging, lag Rußland, da wo sie unterging, Frankreich, beides war nicht nur weit weg, sondern auch eine Glaubensfrage, so daß sich die Weiseren unter denen, die sich im Dunkel versteckten, mit der Mittagssonne über den Grabsteinen des Stoffeler Friedhofs begnügten.

Maria saß gerne im Volksgarten. Die Kinder spielten, wo sie wollten, versuchten, in der Düssel schwimmen zu lernen, zeigten stolz die gefundenen Pistolen, mußten sie leider wieder in die Düssel werfen, spielten mit der glänzenden, in der Sonne schimmernden Munition im Sandkasten.

Gustav und Fin saßen mit Freunden zusammen, denn neben Menschen, die sich nur wegen ihrer politischen Überzeugung oder ihres Glaubens in der freien Natur wiederfanden, gab es viele, die hier schon seit Jahren lebten, Menschen ohne Arbeit, ohne Wohnung, das eine kam durch das andere. Sie hatten sich eingerichtet, aus Dachpappe, Wellblech und alten Matratzen ein wohnliches Heim geschaffen. Manche waren aus dem Heinefeld hierhergezogen, weil es ihnen da zu voll war. Das Heinefeld war eine Stadt der Obdachlosen, eine viele tausend Menschen umfassende Siedlung aus Nissenhütten und selbstgebauten Baracken, fern von Wasser und Strom und den bürgerlichen Gesetzen, eine Ansammlung von Menschen und Hütten, wie sie der Zeitungsleser eigentlich nur aus Südamerika kannte. Aber sie befand sich am Rande der Stadt und trug den ehrenvollen Namen Heinefeld, und der große Maler Otto Pankok malte dort seine Zigeuner und wurde von ihnen *Molari* genannt.

Im Volksgarten lebten Individualisten, Leute, die allein leben wollten, die auf einer kleinen Lichtung zwischen zwei Bäumen wie auf einer Insel residierten. Sie zeigten den Neuen, die oft nur mit ihrem Winterpaletot kamen, wie man im Freien ein kleines Feuer macht, was man von den Sträuchern essen kann und was nicht, wie man Zeitungspapier zu einer warmen Schlafdecke rollt, wie man in der Düssel badet und dabei seine Wäsche wäscht, wie man Igel röstet und wie man aus Zweigen und Blättern einen guten Windschutz baut. Sie zeigten ihnen, wie man außerhalb einer Vierzimmerwohnung mit Dienstmädchen, fern von allen Läden, Banken, Restaurants, ohne Geld überlebt.

Die Stadt veränderte sich. Bücher verschwanden aus den Bibliotheken, Bilder verschwanden aus den Museen, Ladengeschäfte und Gebäude erhielten neue Namen, neue Fahnen hingen an den Häusern, und die Straßen und Plätze wurden umbenannt. Auch die Geschichte der Stadt veränderte sich, selbst die ältesten Menschen, die sich noch genau an ihr Leben erinnern konnten, die sich sogar noch an die Erzählungen ihrer Großeltern erinnern konnten, erfuhren nun, daß alles, was sie wußten, falsch war, daß die Erzählungen ihrer Großeltern falsch waren, daß die Erinnerungen an ihr Leben falsch waren, daß die Zeit, an die sie sich erinnerten, ganz anders abgelaufen war. Und jüngere Menschen lernten eine Heldengeschichte auswendig, die es nie gegeben hatte, die frei erfunden war.

Und weil alles, was bisher Sinn und Bedeutung hatte, verschwand oder umbenannt wurde, fiel es auch nicht mehr auf, daß Menschen verschwanden oder umbenannt wurden. Man hatte sich an das Verschwinden und Umbenennen gewöhnt, man hatte jede Orientierung verloren, man hatte jede Meinung verloren. Altmodische Begriffe wie Gut und Böse verschwanden und wurden umbenannt, die neue Zeit verlangte das, das deutsche Vaterland war gut, alles andere war böse, es gab eine neue Moral und neue Tugenden, Treue, Ehre, Glaube, Heldentum.

Die Stadt veränderte sich. Die Keller der Häuser hießen nun *Luftschutzräume*, sie wurden ausgebaut und mit Balken abgestützt, eine Stelle wurde mit einem roten Quadrat markiert und hieß nun *Durchbruch*, Feldbetten wurden übereinander aufgestellt, Wassereimer, Feuerpatschen, Brandspritzen standen auf allen Stockwerken des Hauses. Luftschutzwarte wurden ernannt, die einen Luftschutzhelm trugen, jeden Tag alles inspizierten, Polizeichef des Hauses waren und Appell anordnen konnten. Die Kellerfenster und Hauseingänge wurden von außen mit weißer Farbe markiert, die Bürgersteige wurden mit weißer Farbe markiert, Hauswände und Straßen mit einem Zeichensystem aus Zahlen, Buchstaben, Abkürzungen und Pfeilen überzogen. Die Straßen sahen aus, als hätte sich ein australischer Ureinwohner mit Farbe beschmiert. »Wie tätowiert«, sagten die Bewohner, und da alle Straßen und Häuser ganz systematisch so markiert wurden, sagten einige auch, daß diese Ordnungszeichen wohl für andere, auf keinen Fall für die Bewohner der Häuser aufgemalt würden, denn die hätten sich ja bisher ganz gut ausgekannt.

Sirenen wurden montiert und ausprobiert und heulten ihre Signale über die Stadt. Volksempfänger wurden verteilt, damit jeder das Wunschkonzert und die Nachrichten und die Stimme des Führers hören konnte, ausländische Sender waren mit diesem schwarzen Kasten nicht zu empfangen. Die Volkswohlfahrt brachte die Volksgasmasken, und ein paar Tage spazierten die Menschen, um etwas Spaß zu haben, mit der Volksgasmaske auf der Straße herum. Die Volksempfänger schrien alle das gleiche Programm aus den Fenstern, Bernd Rosemeyer und Caracciola kämpften mit dröhnenden Motoren auf dem Nürburgring, der Führer eröffnete eine Autobahn, *Die Meistersinger von Nürnberg* offenbarten sich in Chören und herrlichen Stimmen, der Führer eröffnete eine Ausstellung, die *Olympischen Spiele* jubelten mit Fanfaren und Siegerehrungen, der Führer eröffnete den Reichsparteitag, und Schalke wurde Deutscher Fußballmeister. »Wird schon nicht so schlimm werden«, sagten die Menschen und sprachen über Jesse Owens, »Es geht alles vorüber, es geht alles vorbei«, sangen die Menschen, Ilse Werner pfiff, Heinz Rühmann lachte, Zarah Leander schluchzte, die Sirenen heulten, und auf der Straße schrie der Luftschutzwart: »Da ist noch Licht!« Denn alle übten nach Vorschrift *Verdunkelung*, an jedem Fenster wurde ein Rollo mit starkem schwarzen Papier angebracht, das man bei Voralarm herunterziehen mußte, bei Vollalarm hatte man im Keller zu sein, bei Entwarnung durfte man wieder in die Wohnung, und das wurde nun geübt. Keiner wagte, darüber zu lachen, denn die, die das getan hatten, waren verschwunden, und man sah sie nur noch einmal, wie sie Splittergräben in den Parkanlagen aushoben und Feuerlöschteiche auf den Plätzen ausmauerten.

Einige grübelten, konnten sich aber nicht so recht erinnern, wann das alles angefangen hatte. Den Anfang hatte man nicht so beachtet, immer hatte man gedacht, nun sei es wohl gut, das Ende aller Veränderungen sei erreicht, aber die Sache ging weiter und nahm kein Ende, und keiner konnte sich mehr an den Anfang erinnern. Auch die Bewegungen der Menschen veränderten sich, Schultern hochgezogen, liefen sie schneller als sonst über die Straßen, blieben öfter zu Hause, saßen seltener in ihren Stammkneipen, sprachen hastig und undeutlich, leiser als früher, die Worte nur andeutend, Mitwissen voraussetzend. Alten Freunden sahen sie in die Augen, um zu erkennen, ob der Freund noch Freund war oder zu denen gehörte, die paradierend durch die Straßen marschierten, mit irgendeinem Sammelsurium bekleidet, das sie nationale Uniform nannten und das es in vielen Variationen gab, denn die Einheitspartei, die anstelle der alten Parteien getreten war, schuf sich ständig neue Unterorganisationen, die sich jeweils anders kostümierten, eine uniforme Ordnung, wie man sie noch nie erlebt hatte. Es gab inzwischen Hunderte von Organisationen und Einheiten, von Unterorganisationen und Untereinheiten, jede Parteiorganisation, jede Waffengattung, jede Hilfstruppe, jeder Heimatschutz hatte eine eigene Uniform oder zumindest ein besonderes Detail an der Uniform, damit jeder gleich erkannte, wer zu welcher Untereinheit oder Unterorganisation gehörte. Aber kein Mensch hatte alle Uniformen und alle Details an den Uniformen im Kopf, man hätte ein dickes Buch mitschleppen müssen, um jeden an seinen Markierungen zu erkennen, es gab keinen, der das verstand, ein Mensch konnte diese Ordnung nicht verstehen, und es gab ja auch kaum noch Menschen. Man war Parteigenosse, Wehrmachtsangehöriger, Dienstverpflichteter, kriegswichtig, kriegsverwendungsfähig, stand zur besonderen Verfügung, und in dieser Eigenschaft hatte man zu funktionieren. Das ganze Volk war durchnumeriert und durchorganisiert, vom Führer bis zur deutschen Hausfrau, und der Führer hatte sie alle in seinem Organisationsschema, und keiner erinnerte sich mehr, wann das anfing, und keiner erinnerte sich mehr an das, was vorher war, und keiner erinnerte sich mehr an alte Zeiten, weil es nur die neue Zeit gab. Die Menschen verloren ihr Gedächtnis und warteten ergeben auf den Befehl des Führers, standen bereit in ihren Uniformen, und auch die, die verschwunden waren, trugen nun die verschiedensten Uniformen mit den verschiedensten Zeichen, so daß der Uniformierte, der sie bewachte, an der Uniform und an dem Zeichen und an der eintätowierten Nummer den Gefangenen erkannte und der Gefangene an der Uniform seinen Bewacher. Und die so Uniformierten mußten dann später unter der Aufsicht von Uniformierten anhand der weißen Zeichen an Häusern und Straßen die im Keller verschütteten und erstickten und verbrannten Frauen und Kinder bergen, die Toten bergen, um dafür getötet zu werden, wie auch ihre Bewacher getötet wurden. Das war der Sinn der Zeichen. Die Stadt hatte sich verändert.

Gustavs *Akademie* traf sich in unregelmäßigen Abständen in kleinerer oder größerer Besetzung in seinem Studierzimmer, saß in einem offenen Kreis in sehr verschiedenen, überall eingesammelten Sesseln mit durchgedrückten Polstern und verschlissenen Bezügen um den auf dem Boden liegenden Bücherstapel, der durch das ständige Stöbern nach gewichtigen Werken an Höhe verlor und an Breite gewann. Einzelne Ausläufer verteilten sich bis in die Nachbarzimmer, deren Türen nicht mehr geschlossen werden konnten, so daß die Bücher schließlich mit den Füßen durch die Wohnung wanderten, denn nie durfte eines aufgehoben werden. Die Akademiemitglieder saßen daher bald zwischen den Büchern, eine äußerst bequeme Sitzordnung, die das Zitieren erleichterte, man mußte nur die Hand ausstrecken oder ein anderes Akademiemitglied bitten, die Hand auszustrecken, der Gang zum Bücherregal erübrigte sich. Neben jedem besetzten Sessel stand mindestens ein freier Stuhl, denn auch die alten, inzwischen verschwundenen Freunde Gustavs fanden in dieser Runde ihren Platz, waren durch Nichtanerkennung der Wirklichkeit und der Tatsachen anwesend. Gustav nagelte auf die verlassenen Stühle ein Brett mit ihren Namen, schlug die Nägelköpfe nicht ganz ein, ließ sie etwas hochstehen, keiner sollte mehr darauf sitzen. Er ernannte diese Stühle zu korrespondierenden Mitgliedern, er kannte ja die Gedanken der Stuhlinhaber, vertrat deren Meinung auch nach ihrem Ableben immer korrekt, zitierte sie wörtlich, holte auch bei Abstimmungen ihr Votum ein, so daß bei entscheidenden Fragen die Lebenden und die Toten gemeinsam abstimmten. Das Ergebnis trug Gustav in eine Kladde ein, eine Art Gedankenbuch als Fortsetzung des Musterbuchs, denn es ging ernsthaft zu. Sicher, es gab immer noch von Gustavs selbstgemachtem Madeira beflügelte Nächte, in denen Gustav ruhig und völlig überzeugend von seiner Zeit als Perlentaucher in der Südsee erzählte, sich genau an jede Einzelheit erinnerte, die Unterwasserwelt der Südsee allen farbig vor Augen stand, aber das waren Ausnahmen, Erholungspausen, die Fragen der Zeit warteten dringend auf Klärung.

Gustav, in der Wahl seiner Freunde so unerbittlich streng geworden, daß er nur noch Charakter akzeptierte, wunderte sich über seine plötzliche Einsamkeit. In seinem unübersehbaren Bekanntenkreis fand sich aber doch der eine oder andere, der auch nach einer fast jesuitischen Prüfung Gustav immer noch in die Augen sah. Der Auserwählte sollte weniger vernünftig als verständig sein, damit er nicht gleich alles besser wisse, er sollte glaubhaft, aber nicht gläubig sein, damit er nicht mit fremder Wahrheit daherkomme. Gustav wollte auch keinen *gesunden Menschenverstand*, der war ihm verdächtig, weil er meist aus Sprichwörtern wie *Morgenstund hat Gold im Mund, Ohne Fleiß kein Preis, Sich regen bringt Segen* und ähnlichem trockenem Unfug bestand, der mehr zur Verdunklung als zur Erhellung der Welt beitrug. Auch bürgerliche Moral war nicht das, was er suchte: Ehrlichkeit, Wahrheitsliebe, Anständigkeit, das hörte sich schön an, waren sicher auch notwendige und in friedlichen Zeiten schätzenswerte Eigenschaften, aber wie viele ehrliche und anständige Menschen waren der Wahrheit zuliebe in die Partei dieses Hitlers eingetreten. Auch Menschen, die gerne von der schönen Erhabenheit der Kunst oder von der schönen Erhabenheit der Berge oder des Meeres faselten, waren ihm zuwider. Das Meer war ein verdammt großes und meist stürmisches Wasser, die Berge waren Steinhaufen und Geröllhalden, auf denen fast immer Schnee lag, und was die Kunst anging, so konnte man darüber überhaupt nicht reden, ohne sich zu blamieren. Für Gustav waren das alles durch Bildung erpreßte Geständnisse, da wurde die Seele ins Gehirn gepumpt, um das Gefühl zu erhalten, das von jedem Oberlehrer eine Eins erhielt. Das Erhabene und Schöne lag für Gustav nur im interpretierenden Blick der Menschen, die hastig zu diesen Worten griffen, weil man ihnen sonst den Rohrstock um die Ohren schlug, kein Kind finde die Berge oder das Meer erhaben und schön, und Kunst mache es selber. Im übrigen wüßte er gerne, warum so viele erhaben denkende Menschen Hitler als den Retter Deutschlands ansähen und warum so viele das Schöne liebende Menschen ihn als den neuen Jesus Christus anbeteten, womit auch die Worte *erhaben* und *schön* erledigt waren. Gustav suchte Menschen, die angesichts der Endlichkeit des Lebens und der Zweifelhaftigkeit der Welt ihre kindliche Freude am Dasein nicht verloren hatten.

Zu den ständigen Akademiemitgliedern, die an jeder Sitzung teilnahmen und sogar in den Rang von Untermietern aufstiegen, gehörte Terboven, geschätzt wegen seiner unendlichen Lust am Fragen. Er war unwissend wie ein Narr und fragte ebenso ungenau und ziellos, jede seiner Fragen löste viele, viele Antworten aus, die von ihm sofort mit neuen Fragen beantwortet wurden, so daß man von ihm sagen konnte, er wußte auf jede Antwort eine Frage. Terboven hatte sich mit fünfzig Jahren mühsam anhand von Zeitungen das Lesen beigebracht, saß dicklich und aufgeregt fast immer hinter einer Zeitung und genoß mit staunenden Augen die vielen Zeilen, die die Welt in eine so angenehme Ordnung brachten. Er besaß das Zutrauen des Naiven und war daher der Meinung, daß auf der Welt genau so viel passierte, wie in der Zeitung stand. Fuhr ein Personenwagen gegen einen Lastwagen, so geschah das für ihn in Form einer frischgedruckten, in einer Spalte gesetzten Meldung, aus der während des Zusammenstoßes die Überschrift *Verkehrschaos* entsprang, darunter die mit Orts- und Zeitangaben von der Polizei bestätigten und *von unserem Berichterstatter* ereignisreich ausgemalten Einzelheiten der Meldung, wobei die Meldung das Ereignis war. Ob ein Zug in Neu-Delhi acht Uhr vierundzwanzig Ortszeit im Hauptbahnhof entgleiste und auf den Bahnsteig raste (neun Tote, einundzwanzig Verletzte), *ausführlicher Bericht in der Abendausgabe*, ob in Mexiko City, *Kabel unseres Korrespondenten*, Gerüchte von einem versuchten Attentat auf den Präsidenten die Runde machten, oder ob in Ratingen ein Bauer mit seinem Fuhrwerk verunglückte, weil ein Bienenschwarm sich auf die Pferde setzte, die turbulente, unberechenbare Welt fand für ihn in der Zeitung ihre Ordnung.

Diese Weltharmonie zerbrach, als Terboven einmal zufällig mit ansah, wie SA-Männer einige Zivilisten mit einem gelben Stern an der Kleidung auf einen Lastwagen jagten. Er kaufte sich sämtliche Abend-, Morgen- und Hauptausgaben, doch alle Zeitungen vergaßen anscheinend darüber zu berichten. Drei Tage studierte er jede Zeile, er fand nichts, die Welt war in

Unordnung, da war etwas nicht ordnungsgemäß bewertet und für die Nachgeborenen notiert worden. Er nahm sein Fahrrad, fuhr guten Gewissens zur Redaktion, beschwerte sich, daß die Zeitung die Welt in Unordnung bringe, die Redaktion schickte ihn zum Chefredakteur, der schickte ihn zur nächsten Polizeiwache, die schickten ihn ins Polizeipräsidium, dort wurde er so verhauen, daß er in ein Krankenhaus gebracht werden mußte. Er lag mit seinen grünen und blauen Flecken, seinen blutigen Schrammen, ganz verwundert in einem Bett und weinte, er weinte weniger über seine Schmerzen als darüber, daß ihm seine Zeitungswelt zerrissen war, und er verfluchte den Tag, an dem er den Entschluß gefaßt hatte, sich das Lesen beizubringen.

Terbovens Antipode war der Leihbuchhändler Simon, der so breit wie lang war, einen kühnen Haarschopf bändigte, indem er den Kopf ständig nach hinten warf, dazu seine Sätze mit theatralischen Gesten unterlegte, die aus dem jahrelangen Kampf mit seinem ihm viel zu kleinen Morgenmantel entstanden waren. Sein Lieblingswort hieß *Obwohl*, warnend und mit angehobener Stimme ausgesprochen, was soviel hieß wie: »Man weiß es nicht, es könnte auch anders sein.« So wie der Papst für sich in Anspruch nahm, ex cathedra, unfehlbar zu sein, so nahm Simon bei seinen gewissenhaften und gut durchdachten Ausführungen für sich in Anspruch, daß alles eben auch ganz anders sein könne, wer wisse denn schon, wie es wirklich sei, kein lebender Mensch, und von den Toten höre man ja nicht viel. Es könne so sein, es könne aber auch so sein, es könne sogar nicht so sein, es könne sogar nicht nur nicht so sein, es könne sogar ganz anders sein. Die Größe des Menschen lag für ihn darin, daß er alles um sich herum ständig anders sehen konnte, an allem grundsätzlich und immerzu zweifelte, alle Gewißheiten in Frage stellte. Er haßte daher Menschen, die ihre Argumente mit dem Satz »Ich stehe mit beiden Beinen auf der Erde« untermauerten, und bewies ihnen mit zwei großen Handbewegungen, daß er A außer im Zirkus noch keinen Menschen gesehen habe, der auf Händen laufe, B die Kunst darin liege, zu schweben. »Schlimmer kann es nicht mehr kommen«, das war auch so ein Satz, der ihn in Rage brachte, sofort antwortete er: »Das ist der dümmste Satz, den ein Mensch sagen kann, weil es immer schlimmer kommt, wie die Weltgeschichte beweist. Zumindest solange Menschen leben, die solche Sätze von sich geben. Doch wann das Ende naht, das weiß weder Gott noch die Wissenschaft. Über das Ende entscheidet der Blockwart, und so es ihm gefällt, bestimmt er unseren Tod. *Obwohl* –.« Diese Worte verkündete er auch in seinem Laden vor einer stumm nickenden Gemeinde, indem er vor leeren Buchregalen in seinem alten, wattierten, grünlich schimmernden Morgenmantel, den er mit einer goldfarbenen Vorhangkordel zusammenhielt, auf und ab spazierte.

Die Stadt war von den neuen Machthabern zur Hauptstadt der Kultur ernannt worden, keiner wußte, warum, es löste allseits Überraschung aus. Die Irritation wurde noch größer, als die neuen Machthaber den Spielplan des Theaters umstellten, Bilder aus den Museen und Bücher aus den Bibliotheken abtransportierten, ja sogar verbrannten. Manche sprachen von Vernichtung der Kultur, die neuen Machthaber von der neuen Kultur, keiner wußte mehr, was Kultur war, aber die Stadt war die Hauptstadt davon. Die neuen Machthaber übersahen auch nicht die zahlreichen Leihbüchereien, eine Zierde der Stadt, sie fuhren mit einem Lastwagen vor, rissen alle Bücher aus den Regalen, verschwanden damit und hinterließen leere Bretter und Leihbuchhändler, die nichts mehr zu verleihen hatten.

Auch der Leihbuchhändler Simon, der gewöhnt war, seine prophetischen Worte vor einer Wand von vielfarbigen Leinenbänden und goldglänzenden Lederrücken auszubreiten, einer Wand, die jedem seiner Worte überhaupt erst Gewicht gab, stand nun in einer Höhle, denn das helle Holz der Regale hatte sich in Jahrzehnten vergeblichen Staubwischens in schwärzliche Bretter verwandelt. Seltsamerweise fanden aber immer mehr Menschen Gefallen an diesem kargen Interieur, die leere Höhle schien interessanter zu sein als die Wand mit den farbigen Büchern, die Bücher waren weg, aber der Laden war voll. Es hatte sich herumgesprochen, daß der Leihbuchhändler Simon alle wichtigen Bücher im Kopf habe. Allein um das zu testen, kamen mehr Menschen als früher, und wirklich, Simon lag bequem in einem Sessel, in dem er sein bisheriges Leben lesend verbracht hatte, mehrere Flaschen Wacholder, Doppelkorn und Gläser mit eingemachten Pflaumen in Reichweite, und erzählte jedem, der sich dafür interessierte und ein paar Groschen in die Kasse warf, die Weltliteratur. Seine Meisterleistung war *Krieg und Frieden* von Tolstoi, mit genauer Aussprache aller russischen Namen, da mußte man allerdings vier Wochen lang jeden Nachmittag zu ihm kommen und bis zum Abend bleiben. *Moby Dick* von Melville erzählte er an vierzehn Nachmittagen, wobei er gerne Erinnerungen an eigene Seereisen mit einflocht. Joseph Conrads *Lord Jim* dauerte eine Nacht, nur um zu beweisen, daß Joseph Conrad recht hatte mit seiner Behauptung, daß man diese Geschichte in einer Nacht erzählen könne, was eine Frau in einem Brief an Joseph Conrad bezweifelt hatte, was Joseph Conrad sehr geärgert hatte, und der Leihbuchhändler Simon wollte ihm nun Genugtuung geben. Balzacs *Verlorene Illusionen* erzählte er in jeder Mittagspause in Fortsetzungen, auch hier flocht er gelegentlich »So etwas Ähnliches habe ich auch mal erlebt« ein. Den *Schwejk* erzählte er immer, sozusagen zwischendurch. Manchmal fing er auch mit *Krieg und Frieden* an und endete unbemerkt mit *Moby Dick*. Das hatte nichts mit seinem Gedächtnis zu tun, das geschah nur, wenn er Wacholder und Doppelkorn, die er sonst immer auseinanderhielt, in ein Glas mit eingemachten Pflaumen kippte, die Pflaumen genußvoll aus dem Glas schlürfte, die Kerne über die Köpfe der auf dem Boden sitzenden Zuhörer in die leeren Regale spuckte, sich am Rest, immer wenn er das Glas ganz nach oben hielt, regelmäßig verschluckte und Pflaumen, Steine und Schnaps ins Regal hustete, dabei aber immer weitererzählte. Ein solcher

Kopf war für Gustavs Akademie gerade richtig, und Gustav sorgte dafür, daß der Leihbuchhändler Simon nie eine Sitzung verpaßte.

Die Sitzungen eröffnete man mit Fragen der folgenden Art: »Warum fallen die Wolken nicht vom Himmel, wo doch jedes Blatt auf die Erde fällt?« »Warum bleibt das Meer, wo doch jede Pfütze im Garten sofort versickert?« Diese Fragen waren beliebt, weil sie gleich zu Anfang einer Sitzung unorthodoxe Gedanken auslösten, die, unbeeinflußt von den Gesetzen der Naturwissenschaft, überraschende Antworten ergaben. Dies hatte zur Folge, daß auch althergebrachte Axiome der Geisteswissenschaft außer Kraft gesetzt wurden, wie überhaupt erlerntes Wissen sich in phantasievollen Ausführungen auflöste wie unedles Metall in einem Säurebad. Die auf den Kopf gestellte Welt führte unweigerlich zu Fragen nach dem menschlichen Handeln und Denken, wobei man auch hier vor ganz einfachen Fragen nicht zurückschreckte: »Warum tragen Menschen unterschiedliche Uniformen, wo sie doch alle nackt auf die Welt kommen?« »Warum wollen die Menschen ständig Ordnung schaffen, obwohl sie dadurch Unordnung bewirken?« »Warum wollen Menschen andere von ihrem Glauben überzeugen, indem sie sie notfalls töten?« »Warum folgen Menschen den Befehlen eines Führers, obwohl jeder sehen kann, wie sein eigenes Leben dadurch zerstört wird?« Sie diskutierten dies ausführlich und gingen dann zur Bewertung des Sachverhalts über, indem sie alle Dispute mit drei Fragen beendeten: »Ist das vernünftig?« »Ist das zu ändern?« »Gibt es Gegenbeispiele?« Die ersten zwei Fragen endeten regelmäßig in einem ernüchternden Nein. Vernünftig war es nie, zu ändern war es auch nie, wenigstens stand es nicht in ihrer Machtvollkommenheit. Hoffnung bot lediglich die letzte der drei Fragen, es gab immer Gegenbeispiele. Menschen, die sich anders verhielten als die Masse, die für ihre Meinung einstanden, Menschen, die Juden mit Lebensmitteln versorgten und dafür abenteuerliche Pläne austüftelten, Menschen, die sich bei einer Schießerei auf andere warfen, um sie zu schützen, weil sie Kinder hatten. Menschen, die andere Menschen versteckten, mit denen sie durchaus nicht einer Meinung waren. Die Runde beschloß daher, die Frage nach dem Grundsätzlichen als unlösbar beiseite zu legen und die Gegenbeispiele zu sammeln, die man auf den ersten Blick als irrational bezeichnen mußte.

Laterne, Laterne, Sonne, Mond und Sterne, der Junge stolperte über Steine, rutschte auf Glasscherben aus, Maria zog ihn an der Hand, in der anderen Hand trug er eine Papierlaterne mit dem Clownsgesicht, Mondgesicht, Sonnengesicht, das er nicht auseinanderhalten konnte, Augen und Mund, mehr war nicht zu erkennen, ein spöttisches, grinsendes Gesicht, das in der Dunkelheit tanzte, vor seinen Augen tanzte, die Kerze flackerte hinter dem Gesicht, das Gesicht verzog sich höhnisch, irrlichterte in der tiefschwarzen Nacht.

Maria zog ihn an der Hand, sie ging zu schnell, zu hastig, sie war nervös, der Junge spürte das, dabei sollte er mit der anderen Hand die heftig schwankende

Laterne ruhig halten, damit sie nicht in Flammen aufging, in einer Stichflamme vor seinen Augen verbrannte, hell aufloderte, Augen und Mund entsetzt aufleuchteten, in der Glut vergingen.

Laterne, Laterne, Sonne, Mond und Sterne, überall kleine Lichter in der Nacht, so schwach, daß man die Menschen nicht erkennen konnte, Sterne an einem dunklen Himmel, Lichter auf einem dunklen Fluß, zuckende Irrlichter in einem dunklen Moor, dessen schmale Wege man nicht verpassen durfte, ohne für immer ins Vergessen zu sinken. Maria ging Umwege, der Junge merkte das, er stolperte wieder, rutschte über große Schaufensterscheiben, die wie gesprungenes Eis glatt und gefährlich auf der Straße lagen, vorbei an finsteren Läden mit eingeschlagenen Scheiben, *Hier wohnt ein reicher Mann, der uns vieles geben kann.*

Maria rannte gegen eine Ladenkasse, die aufgesprungen auf der Straße lag, ging jetzt vorsichtiger zwischen zerborstenen Ausstellungsvitrinen und zersplitterten Kronleuchtern über Schuhe, Röcke, Blusen, Mäntel, Hüte, Handtaschen, eine Stimme rief: »Wo wollen Sie denn hin?«

Maria nahm den Jungen auf den Arm, er hatte das gern, sie hatte viel Kraft in den Armen, sie lief schnell, er hatte das immer gern. Die Laterne tanzte wild durch die Dunkelheit, beleuchtete zertrümmerte Schränke, zerschmettertes Porzellan, zersprungene Gläser, die, über die ganze Straße verteilt, aufleuchteten, in allen Farben funkelten, das Licht der Laterne zurückwarfen, die sich, immer größer werdend, in einem schwarzglänzenden Flügel widerspiegelte. Der

Junge hielt die Laterne an das polierte Holz, wunderte sich, daß sich die Laterne auf dem schwarzpolierten Holz verdoppelte, und vergaß es nie. Maria blieb stehen, setzte den Jungen ab, aus den langgezogenen Drähten des Flügels war ein undurchdringlicher Drahtverhau geworden, die weißen und schwarzen Tasten lagen verstreut herum. Der Junge wollte eine dieser schönen Tasten aufheben, Maria zog ihn weiter, *Vieles soll er geben, selig soll er sterben, das Himmelreich erwerben.*

Jetzt sah man wieder mehr Laternen, hörte Kinderstimmen, Gesänge, der Junge trat gegen Töpfe und Pfannen und stand plötzlich mit seiner Laterne mitten in einem zerborstenen Spiegel, das war wie ein Loch in der Erde, in dem ein Feuer brannte, das bis in den Himmel leuchtete. Maria nahm den Jungen wieder auf ihren Arm, trat aus Versehen auf ein Ölgemälde, verhedderte sich, der Rahmen schlug gegen ihr Bein, sie stolperte über einen Teppich, rannte gegen einen Gummibaum, stieß gegen Bücher, Fotoalben, Aktenordner, aus denen das Papier herausquoll, sah aus den Augenwinkeln Bürostühle, Schreibmaschinen, Rechenmaschinen, und immer wieder ging es über knirschendes Porzellan, ein unerträglich kreischendes Geräusch auf dem Pflaster, über knackende Glasscherben, die die Schuhsohlen aufschnitten. Sie setzte den Jungen ab, zog ihn weiter, er klammerte sich an seine Laterne, an das Licht vor ihm, das immer vor ihm war, wie er auch ging, es war vor ihm, er drehte sich um, es war vor ihm, führte er das Licht, oder war das Licht vor ihm da? Sie waren jetzt am großen Martinszug angelangt, der sich schon auflöste, die Kinder schrien und gripschten, und Maria forderte den Jungen auf, dieses alte Spiel mitzuspielen, auch zu gripschen, sich wie alle anderen auf die Sachen zu stürzen, die da aus Haustüren und Fenstern flogen, sich wie alle anderen darauf zu werfen, sich mit ihnen zu schlagen, um das größte Stück an sich zu reißen, aber der Junge wollte nicht, er wollte sich nicht mit den anderen auf den Boden werfen, um etwas an sich zu reißen, er hielt die Laterne fest, die aufgerissenen Augen, den schreienden Mund, im heftig flackernden Kerzenlicht zukkend. Maria schrie etwas, aber der Junge wollte nicht, er schlug mit der Laterne um sich, die in einer hellen Flamme aufloderte, lief weg, stolperte, fiel, stand auf, hatte einen Glassplitter im Knie, das Blut lief an dem weißen Kniestrumpf herunter, den er nie schmutzig machen durfte. Maria war wieder bei ihm, zog den Splitter heraus, wischte das Blut ab, ein Mann sagte: »Ein deutscher Junge weint nicht«, und der Junge, der gar nicht weinte, dem Schmerz egal war, der nur erschreckt war über das, was sich in ihm tat, spürte zum ersten Mal in seinem Leben den Jähzorn in sich aufsteigen, den er von seiner Mutter geerbt hatte, und trat und spuckte nach dem Mann. Maria nahm ihn wieder auf ihren Arm und lief davon, keuchend, hustend, denn es war schon kalt, feuchte Novemberkälte, die in die Lungen stieß, und sie setzte ihn in einer Nebenstraße wieder ab.

Das Haus, das steht auf einem Bein, das klang schon alles weiter weg, wieder ging es über Glasscherben, Porzellanscherben, knirschend durch die jetzt so finstere Nacht, in der keine Laterne mehr zu sehen war, die ganze Stadt schien aus Glas und Porzellan zu bestehen, als hätte man alle Bürgersteige damit gepflastert und die Menschen wären darin eingebrochen. Die Erde war ganz löchrig geworden, die Menschen balancierten vorsichtig, ohne Laterne, ohne Licht, die sonst so hellerleuchteten Schaufenster lagen hinter herabgelassenen, eisernen Jalousien, die keinen Halt boten.

Maria ging jetzt langsamer, sie schaute genauer hin. Gustav hatte gesagt, geh hin, erzähl mir alles, ich kann nicht gehen, wenn ich da herumstehe, werde ich verhaftet. Maria versuchte, sich Einzelheiten zu merken, Adressen, Namen, gab es wieder auf. Da war nichts zu merken, zu viel war passiert, Läden, die sie vom Einkauf kannte, waren nur noch verlassene Höhlen, in die man sich nicht hineintraute, ab und zu bemerkte man einen Menschen darin, der offenbar irgend etwas suchte, ging man näher, lief er weg, rief man einen Namen, kam kein Echo. Am Horizont einer langen Straße sah man Feuerschein, einige Scheinwerfer huschten über den Himmel, irgendwo wurde wieder marschiert, wurden wieder Häuser angeleuchtet. In den Straßen da und dort eine Laterne, eine kleine Flamme, begleitet von Gelächter und ausgelassenen Rufen, aber sonst wenig Menschen. Der Martinszug war vorbei, still war es, nur das Knirschen unter den Schuhsohlen war zu hören.

Maria näherte sich mit dem Jungen einem mächtigen Steinhaufen, der in der kalten Nacht Wärme ausstrahlte, ein großes Haus hatte da einmal zwischen anderen Häusern gestanden, jetzt roch es brandig nach verkohlten Balken, nach ausgeglühten Steinen, die kalte Luft mischte sich mit den ruhig aufsteigenden gasigen Rauchschwaden, die ätzend in die Lunge eindrangen. Der Junge wollte weg, er spürte, wie sich in der kalten Luft und in dem Gas der Rauchschwaden seine Lunge verkrampfte, aber Maria hatte Gustav versprochen, sich auch das anzusehen. Von einer Hauswand löste sich ein Mann und sagte: »Wie in Malakka.« Maria sah unter einem großkrempigen Hut ein vorgeschobenes Kinn.

»Als die Synagoge brannte, zogen sich SA-Männer die Gewänder der Rabbiner über ihre Uniform und tanzten um die Thorarolle. Die Hitze, die Flammen, die tanzenden Schatten in den Priestergewändern, wie in Malakka, wenn in einer Palmenhütte die Dorfpriester ihre Götter beschwören.«

Maria wollte etwas sagen, aber der Mann sagte: »Sieh weiter geradeaus, wir werden beobachtet. Geht es dir gut?«

»Ja«, sagte Maria in die Nacht, »wolltest du Europa nicht rechtzeitig verlassen?«

»Ich bin nur gelegentlich hier«, sagte der Mann mit dem breitkrempigen Hut, »ich bin überall nur gelegentlich, nicht die schlechteste Lösung.«

Maria fragte: »Was machst du hier?«

Der Mann sagte: »Es gibt immer noch Schiffspassagen, für sehr viel Geld. Dr. Levi hätte rechtzeitig eine buchen sollen.«

Dr. Levi war der Arzt der Familie, der sich am Tag der Hochzeit von Maria und Friedrich erhängt hatte. Der Junge kannte die Geschichte, die vor dem Hochzeitsbild immer erzählt wurde, weil darauf alle so erschreckt in die Kamera starrten, und daran war Dr. Levi schuld. Aber wer dieser Mann war, der von Malakka sprach, das wußte der Junge nicht.

Ein Polizist kam näher und fragte nach den Ausweisen. Der Mann zog einen Diplomatenpaß aus der Tasche und sagte laut: »Uruguay.«

Der Polizist sah Maria an. »Wir waren beim Martinszug«, sagte sie und ging mit dem Jungen weiter, ging gewollt ruhig die Straße hinunter Richtung Schwanenspiegel, der Junge merkte das, sie hätten eine andere Richtung einschlagen müssen, nach einer Weile sah sie sich um, der Mann und der Polizist waren nur noch ein Schatten, Maria wartete an der Ecke, bis beide sich trennten und jeder in eine andere Straße ging. Maria kehrte um und ging wieder in Richtung des Quartiers. Im Quartier war es still, keine Glasscherben, kein Porzellan unter den Schuhen, viele Fenster waren erleuchtet.

Sätze hingen in der Luft, begannen mit dem Wort Krieg, wurden nicht vollendet, zerfielen in Andeutungen, in ein Geflecht von Nebensätzen, die nur der verstand, der darin eingeweiht war. Alltägliche Sätze erhielten eine andere Bedeutung, viele Worte wurden überhaupt nicht mehr erwähnt, fielen aus der Sprache, versteckten sich hinter anderen Wörtern.

Das war eine Reaktion auf die offizielle Sprache des neuen Reiches, das pausenlos etwas mitteilte und doch nichts sagte. Es war schwer, dieser Sprache überhaupt etwas zu entnehmen, jede Interpretation führte in die

Irre. Die Wörter erzählten nichts mehr, die Sprache war blind geworden, man tappte hilflos zwischen Vergangenheit und Zukunft, die offizielle Sprache verhinderte jede Verständigung. Man vertraute nur noch den alten Wörtern, Sätzen und Geschichten, die aus einer langen Tradition kamen, aus einer Welt des Erzählens. Da konnte man laut über die Straße rufen, daß die Gestapo eben dabei sei, einen Nachbarn zu verhaften, weil das so klang, als wünsche eine Hausfrau einer anderen einen guten Tag. Und wenn dann am Abend ein Mann erzählte, daß er am Wochenende mal wieder ins Bergische fahre, da sei ein Onkel von ihm begraben, dessen Grab wolle er doch mal wieder besuchen, so konnte man sicher sein, daß der von der Gestapo Gesuchte sich nun in einem Versteck befand und dort auch verpflegt wurde.

Aber manchmal, und das war das Tückische an den harmlosen Sätzen und bedeutungslosen Worten, redete einer gedankenlos daher, meckerte am frühen Morgen in der überfüllten Straßenbahn, daß er nicht schlafen konnte, weil ihm etwas im Magen gelegen habe, dazu jeden Tag die Überstunden für die blöde Wehrmacht, die Scheißpanzerketten würden ja doch nichts taugen, wo das noch hinführen solle, wisse er auch nicht. So einem schlug dann an einem anderen frühen Morgen das Fallbeil ins Genick, weil er sich bei seinen Worten nichts gedacht hatte, sondern nur etwas quengelig aus dem Bett gekommen war, und sein letzter Gedanke war voller Ratlosigkeit, denn er wußte überhaupt nicht mehr, was er gesagt hatte, aber die offizielle Sprache hatte in einem Urteil entschieden, seine Worte seien mit dem Tode zu bestrafen, weil sie hochverräterisch Volk, Reich und Führer sabotiert hätten.

Der Junge konnte sich unter dem Wort Krieg nichts vorstellen, ein Wort aus der Welt der Erwachsenen, ein Name, eine Bezeichnung für etwas Unbekanntes, das man nur vage beschreiben konnte, ein fernes, unentdecktes Land. Die, die einmal dort gewesen und unter glücklichen Umständen in die Heimat zurückgekehrt waren, wollten nicht darüber reden, manche verfielen in panische Angst, andere in eine Hektik, als ginge es auf Goldsuche. Gustav meinte, das sei der Ersatz für das ausgebliebene Land Utopia, die Weihwasserbecken würden jetzt öfter nachgefüllt, und der Zeitungsumsatz steige durch Sonderausgaben, denn die Gläubigen liefen in die Kirche, und die Ungläubigen kauften Zeitungen, der eine suche Trost und der andere Rat, beides zeuge von Unkenntnis.

Der Junge sah, daß die Menschen seltsam auf das Wort reagierten. Ein vernünftiger, bedächtiger Mann sammelte Wintermäntel und sprach von einem Vermögen, das er damit machen werde. Sparsame, jede Ausgabe überlegende Hausfrauen verwandelten ihr Schlafzimmer in ein Speiseöllager und sprachen von Sachwerten. Als Maria dem Jungen ein Paar Schuhe kaufen wollte, erhielt sie im Schuhgeschäft die Auskunft, es gebe keine Schuhe mehr, erst nach längerem Gewisper unter vier Augen wurde Maria mit dem Jungen in einen Keller geführt, der von Schuhen überquoll. Als sich der Junge beim Briefmarkenhändler nach *Deutschen Kolonien* erkundigte, war dessen Lager ausverkauft, weil viele Menschen jetzt statt Geld lieber Briefmarken in der Tasche hatten. An versteckten Orten hingen Zettel: Perlenkette gegen Kartoffeln, Pelzmantel gegen Kaffee, Lederkoffer gegen Briketts, Kinderwagen gegen Kanonenofen. An unauffälligen Zeichen konnte man erraten, wo und wann und durch wen die angebotenen und gewünschten Waren ausgetauscht werden konnten, die mit den vom Staat zugeteilten bunten Marken nicht zu erhalten waren. Diese Zeichensprache, dieses Hieroglyphensystem, das die Abkürzungssprache der Ersatzmarken ergänzte, lernte der Junge früher als die deutschen Gedichte in den Schulbüchern. Er wußte, wie man unauffällig, selbst unter den Augen der Polizei, die Waren im Vorbeigehen auf einer Straße austauschte, Fernglas gegen Speck, und dabei noch anständig den Polizisten grüßte, wie es in den Schulbüchern stand, zwischen den Gedichten mit all den schönen Worten von Sonne und Himmel, unter dem die Spatzen zwitscherten und die Wolken zogen, von der guten Mutter Erde, wo der Bauer hinter dem Pflug ging, der Arbeiter in die Fabrik, die Kinder bei der Mutter saßen und brav waren und die Menschen den ganzen Tag jauchzten, weil das Leben so herrlich war. Abends versammelten sich alle zufrieden vor dem Volksempfänger und tranken Klosterlikör, und Weihnachten war dann bald Kriegsweihnachten, und die Gocken läuteten aus dem Lautsprecher über ganz Europa zu allen Fronten, an denen der deutsche Soldat Wache hielt, dem Ansturm der Barbaren widerstand, und die Soldaten packten Päckchen aus, und die Kinder sangen Weihnachtslieder, und alle weinten über das unverdiente Schicksal, das über sie hereingebrochen war.

Maria stellte Weihnachten immer eine Kerze vor das Bild ihres in Verdun gefallenen Vaters, das war der andere Großvater, still, aber immer anwesend, denn Maria hatte das Bild ihres Vaters in der schlechtsitzenden Uniform, in der er wie verkleidet aussah, auf den Küchenschrank gestellt. Von da blickte er abwesend und teilnahmslos auf das große Hochzeitsfoto und wurde immer mehr zum Unbekannten, von dem der Junge so wenig wußte, der aber gelebt hatte und sein Großvater war und zur Ikone der Abwesenden und Toten wurde. Und der Junge wuchs auf zwischen den dunklen Worten seiner Mutter Maria, den scharfen Sätzen seines Großvaters Gustav und dem Schweigen seines Großvaters Joseph, wuchs auf in einem langen tödlichen Krieg.

11 War das Erzählen lediglich die menschliche Interpretation des großen, unerkennbaren, hinter allem stehenden Musters, wie die einen sagten, oder waren die Geschichten selber das Muster, wie andere meinten, das war schwer zu beurteilen, weil die Geschichten, an die man sich erinnerte, entstanden waren aus Geschichten, von denen man nie gehört hatte, weil es die Geschichten derer waren, die tot in der Erde lagen. Aber ihre unbekannten Geschichten bestimmten das Leben der jetzt Lebenden, wie auch deren Geschichten einmal das Leben der dann Lebenden bestimmen würden, auch wenn man sie schon längst vergessen hatte.

Die einzige Gewißheit, wie ein ewiges Licht in der Dunkelheit schimmernd, fand sich im ununterbrochenen Erzählen, im unaufhörlichen Weitererzählen über Tausende von Jahren, das irgendwann begann, als in einer Höhle oder an der Quelle einer Oase ein Mensch anfing zu erzählen, und das seitdem die Welt darstellte, wirklicher als die Wirklichkeit war, denn das alles existierte nur, solange es erzählt wurde, was nicht mehr erzählt wurde, war vergessen, es existierte nicht.

In der Erzählung war die Vergangenheit gegenwärtig und die Gegenwart vergangen, denn das Gegenwärtige wurde erzählend der Zukunft anvertraut, war Zeit und Ort, nahm Gestalt an, den Sinn eines Geschehens und gab damit dem Leben einen vorläufigen Halt. Am Ende war natürlich der Tod, war alles menschliche Bemühen vergebens, aber während des Erzählens war noch kein Tod und noch nicht alles vergeblich, man nahm teil an der Mühe menschlichen Lebens, man erlebte es mit, solange es eine Stimme erzählte, für genau diese Zeit war es nicht vergangen und verloren und vergessen, so lange lebte es in der Stimme dessen, der es erzählte, und in der Vorstellung seiner Zuhörer, es lebte, solange einer lebte, um zu erzählen, und einer, um zu hören.

Der Junge wollte sich das alles merken, er wollte es zusammenfügen, aber er wollte auch lange darüber schweigen, denn das Erzählen brachte ihn in die Nähe der Toten, das fühlte er, ohne es genauer sagen zu können, er war damit ein Teil vergangenen Lebens. Die Zeit war immer sinnlos, ohne jede Ahnung, jede Sekunde immer schon vorbei, es blieb nur seine Erinnerung. In der Phantasie des Jungen war daher alles *jetzt*, der erlebte Augenblick, der aus der Vorstellung entstand und nicht nur aus dem, was er sah, denn das verwandelte er sofort in eine Erzählung, die mit einer Erzählung aus der Vergangenheit verschmolz. Jedes Ereignis sah er so, als ob er es einem Nichtanwesenden erzählte, und er merkte sich sofort die Besonderheiten, die er später hervorheben würde, gewisse Details, die wichtig waren, so daß alles, was geschah, für ihn eins wurde mit dem, was geschehen war, und dem, was zu erzählen war, und dem, was seine Phantasie dazuerfand, all das, was nötig war, um die Geschichten miteinander zu verbinden, um sie so zu gestalten, daß es gute und wichtige Geschichten waren, bedeutender als die Wirklichkeit um ihn herum. Das war eine Welt, mit der die anderen Mühe hatten, die die anderen nicht verstanden, nicht erkannten, aber der Junge lebte darin, und so erzählte er sich selber die Geschichte, in der er lebte.

Es waren Zeiten, in denen die Erinnerung wichtig war, um weiterleben zu können, denn die Erinnerung sagte einem, daß es einmal anders war und daß es daher auch wieder anders werden könne, ja müsse. Denn das, was war, kommt immer wieder, man mußte nur Ausdauer haben, Geduld, man mußte das ertragen, um es zu überstehen. Es ging nicht ums Überleben, denn das war ungewiß, es ging ums Leben, und darum war es so wichtig, daß alle in ihren Erinnerungen zu Hause waren, von alten Zeiten erzählten, so daß keiner auf die Idee kam, die heutige Zeit sei der Grundstein einer unabänderlichen und unveränderbaren Zukunft. Das war inzwischen ein unumstößlicher Grundsatz der Akademie, die zwar immer noch tagte, aber ihr Ende voraussah.

An den Wänden, auf den Schränken, in den Schränken, unter den Schränken standen und lagen immer mehr Bilder bekannter und unbekannter Maler, schufen, an die Bücher gelehnt, auch schon mal eine Gasse, so daß man ordentlich und ohne zu fallen von Gustavs Arbeitszimmer in die Küche gehen konnte. Einige Bilder befanden sich auch in der Küche, wo Fin sich einen Verschlag gebastelt hatte, in dem sie ein Huhn hielt, das zwischen leuchtenden expressionistischen Farben besonders gut Eier legte, wie Fin meinte, oder sie benutzte ein Bild, das ihr nun gar nicht gefiel, um ihre Kartoffeln auf dem Balkon vor Regen zu schützen. Es waren zu viele Bilder in der Wohnung, das konnte man nicht leugnen. Gustav hatte als Visitenkarte in der Weste die rosafarbene Eintrittskarte zur Ausstellung *Entartete Kunst, Düsseldorf, Ausstellungspalast im Ehrenhof, Rm. 0,50, gilt nur zum einmaligen Besuch der Ausstellung, nach Verlassen der Räume ungültig.* Wenn er sie vorzeigte, wußte er immer, wen er vor sich hatte. Fragten ihn die Leute: »Was ist das denn?«, sagte er »Die Kinokarte von gestern« und entschuldigte sich mit dem Satz »Man wird alt und vergeßlich und vertrottelt.« Sahen ihn die Leute aber ernsthaft an und begannen sie zusammen mit Gustav zu schwärmen, daß dies die schönste Ausstellung gewesen sei, die man je gesehen habe und daß man dem Staat dankbar sein müsse, der einem Massenpublikum eine Ausstellung von solch einmaliger Qualität biete, so führte ihn der Betreffende oft zu einem Maler, der einige Bilder *für später* deponieren wolle. Gustav konnte bei Büchern und Bildern immer nur ja sagen, und so stapelten sich die Bücher und Bilder bei ihm wie vor vielen Jahren bei seinem Vater, der auch die Symbiose von Büchern und Bildern schätzte, allerdings noch verzaubert durch die Koloraturen seiner Frau, der schönen Helena, die zwischen den Bildern und Büchern ihren Gesangsunterricht gab. Fin hatte auf diesem Gebiet, außer einigen alten und unverständlichen sizilianischen Volksliedern, die ihr Vater ihr als einziges Erbe hinterlassen hatte, nicht viel zu bieten. Was das Politische in diesem Fall betraf, ging Gustav zu Recht von der Annahme aus, daß die Beamten des Staates der Meinung seien, »der wird sich hüten, belastendes Material zu sammeln«.

Wenn sich auch die alkoholischen Getränke von früher in einen heißen Tee mit Glühweingewürz verwandelten, die Kälte alle in Wintermäntel, Schals, Handschuhe, Wollmützen und Fußdecken zwang, weil der Ofen nicht mehr zu beheizen war und kalter Wind aus den Löchern im Mauerwerk pfiff, die von den Splittern der Bombeneinschläge stammten, die Elektrizität für das Licht nur spärlich und zufällig floß, so daß man von der Glühbirne wieder auf Kerzen umstieg, denn die Fenster waren mangels Glasscheiben mit Pappe verschlossen, so hielt sich die Runde der in ein unendliches Gespräch vertieften Männer tapfer, bis auch sie sich lichtete. Gustav nagelte unentwegt Bretter mit den Namen der Abwesenden auf deren Stühle, bis er alleine in seinem Arbeitszimmer saß, das sich nun fast im Freien befand, denn die Wand zur Straße war halb herausgeflogen. Seine letzte Sitzung war nur beschlußfähig, weil alle Abwesenden und Toten volles Stimmrecht hatten, und so beschloß Gustav, auf einen frühen Antrag eines inzwischen verstorbenen Mitglieds zurückzukommen, nach dem Krieg alle Uniformen auf der ganzen Welt abzuschaffen, nicht nur Militäruniformen, das sowieso und zuerst, auch Polizeiuniformen, Rotkreuzuniformen, Ärztekittel, Richterroben, Professorentalare, für jeden nur noch Schlips und Kragen oder offenes Hemd. Der Antrag wurde von allen Abwesenden, von allen Verhafteten und allen Toten, einstimmig angenommen. Gustav erzählte später, mehr hätten sie nicht tun können, es sei nicht allzu weise, vielleicht auch zu wenig utopisch gewesen, aber es sei ihnen nichts anderes eingefallen, wer etwas Besseres wisse, könne es ihm ja schreiben.

Wenn der Junge krank war, saß Gustav an seinem Bett und erzählte ihm von den Sitzungen. Die Akademie wuchs bei diesen Erzählungen auf fast hundert Personen an, und der Junge wußte nicht, ob Gustav all diese Personen erfand, um ihm eine Freude zu machen, oder ob diese Menschen tatsächlich lebten und regelmäßig zu den Sitzungen der Akademie kamen oder zumindest mit ihr korrespondierten. Gustavs Gesicht sah man das nicht an, er ließ den Jungen im ungewissen, mit der Begründung, die Namen müsse er für sich behalten, nach dem Krieg werde er sie alle aufschreiben, und als der Junge sagte, wenn nun nach dem Krieg alle tot wären, sagte Gustav: »Dann hat sich die Sache damit erledigt.«

Der Leihbuchhändler Simon war verschwunden. Der Junge hatte ihm noch oft Bücher aus Gustavs Bibliothek gebracht, damit der freundliche Herr Simon, der Bücher immer so liebevoll in die Hand nahm, etwas zum Verleihen hatte. Er hörte dabei aus Simons Mund auch einige Kapitel aus verschiedenen, ihm unbekannten Romanen, die er für sich neu zusammenfügte, indem er Zwischenkapitel erfand, die eine Handlung in Rußland mit einer Handlung in Amerika verband, die ihre Fortsetzung in Borneo hatte. Diese neu zusammengesetzten Bücher hatten keinen Anfang und kein Ende, sie waren fortwährende Handlung, vom Anfang aller Zeiten bis zum Ende aller Zeiten und daher dem Leben gleich.

Der Leihbuchhändler Simon, der, wie viele meinten, verschwunden war, weil er allzuoft die Stelle aus *Krieg und Frieden* rezitiert hatte, in der beschrieben wird, wie General Kutusow sich mit seinen Truppen immer mehr zurückzieht, um Napoleons Truppen – und hier schloß er seine ausgebreiteten Arme und schlug seine Hände fest zusammen, daß es nur so patschte – in einer grandiosen Umgehungsstrategie zu vernichten, hinterließ Gustav eine *Bibliothek des 19. Jahrhunderts*, von der er oft geheimnisvoll erzählt hatte, *Bücher für den Jüngsten Tag.* Er hatte sie Gustav überlassen mit der Auflage, sie unbedingt in seinem Keller einzumauern. Als Gustav das Bücherpaket, das der Leihbuchhändler bei einer Nachbarin deponiert hatte und das ungemein schwer war, in sein Arbeitszimmer schleppte und die Bände, von denen jeder einzelne sorgfältig verpackt war, öffnete, hielt er Bücher mit Titeln in der Hand wie: »Die Anlegung der Blitzableiter zu sicherem Schutze von Thürmen, Kirchen, Schlössern, Pulvermagazinen, Seeschiffen und Privatwohnungen« »Die Wasserleitung im Wohngebäude, eine Beschreibung sämtlicher Einrichtungen, Apparate, Hähne etc.« »Der Fabricant von Kautschuk- und Guttapercha-Waaren, nebst umfassender Anweisung über die Verfertigung wasserdichter Zeuge« »Handbuch der Essigfabrikationen und Senfbereitung« »Licht und Feuer oder die Feuerzeugfabrikation«.

Gustav murmelte etwas von einem besoffenen Aufklärer, mauerte die Bücher aber gewissenhaft in seinem Keller ein.

In der Küche saß nur noch Onkel Toni. Er schrieb den täglichen Kalenderspruch in sein Gegenteil um, was auch einen Sinn ergab, oft überhaupt erst einen Sinn ergab, spielte dann mit sich selbst *Mensch, ärgere dich nicht!*, verzog dabei sein altes, gefurchtes Weißclowngesicht in viele Längs- und Querfalten, schnarrte regelmäßig wie eine Uhr: »Jönnen se einem nit die eijene Jenöchlichkeit«, und fügte anschließend hinzu: »Ich jlaub, ich häng mich auf.«

Onkel Toni besaß ein Büdchen. Er gehörte zur Familie, und weil er es auf der Lunge hatte und keine Arbeit fand, hatte die Familie zusammengelegt und ihm das Büdchen gekauft. Bei Onkel Toni gab es Zigaretten, Zigarren, Feuerzeuge, Feuersteine und deutsche Sicherheitsstreichhölzer, Bier und Limonade, Brausepulver und Bonbons in allen Farben und Geschmacksrichtungen, Lakritzstangen, Lotterielose, Schuhwichse und Taschenlampenbatterien, etwas unauffälliger auch Schnaps für die männliche Stammkundschaft. Aber auch die Frauen tranken hier gern einen auf die Gesundheit, wenn sie Strickanleitungen mit den dazugehörenden Stricknadeln suchten, ein Garnröllchen brauchten, Stecknadeln oder Sicherheitsnadeln. Die Kinder spielten *Eckstein, Eckstein, alles muß versteckt sein*, immer um das Büdchen herum, in dem Onkel Toni saß und sich die Welt durch ein kleines Fenster besah.

Wollte man etwas erfahren, ohne eine Zeitung zu kaufen, stellte man sich eine halbe Stunde neben das Büdchen, und man wußte alles, was im Quartier, in der Stadt, in der Welt geschah, erfuhr zugleich die verschiedensten Interpretationen, wußte also auch, was man glauben durfte und was nicht, was Wahrheit und was Propaganda war. Wollte man etwas erfahren, was nicht in der Zeitung stand, ging man auch zum Büdchen, denn auf Dinge, die nicht in der Zeitung standen, war Onkel Toni spezialisiert. Er wußte Bescheid, und wenn er nicht Bescheid wußte, wußte er doch, wer Bescheid wußte, und den würde er dann mal fragen.

Hier wurden Wohnungen vermittelt, Bekanntschaften gemacht, Ehen gerettet, Stellen gesucht, Fahrräder gegen Briketts getauscht, Uhren gegen Werkzeug und Küchenschränke gegen Doppelbetten, entlaufene Katzen und entflogene Wellensittiche wiedergefunden. All das funktionierte hervorragend, keiner verließ enttäuscht Onkel Toni, es gab für alles und jedes eine Lösung oder zumindest die Hoffnung darauf. Zeitungen gab es bei Onkel Toni nicht mehr, jetzt gab es nur noch eine Zeitung, die hieß *Völkischer Beobachter*, die mußte er aushängen, das ließ sich nicht ändern. Er hatte immer einige Monate drei oder vier Exemplare an der Hinterwand hängen, da zog es sowieso, und sie dichteten die Ritzen ab. Geschickt gefaltet stand da immer der Titel, wer schaute schon aufs Datum, und die halb sichtbaren Schlagzeilen ähnelten sich auf verwirrende Weise. Der Führer sprach, sagte, redete, und da er immer dasselbe sprach, sagte, redete, waren es auch immer dieselben Schlagzeilen, und da er sich in seinen vielen Reden wie ein Waisenkind immer an das Volk wandte und wie ein Heimatloser immer über das Vaterland sprach, sah man nur die obersten scharfen

Spitzen der Buchstaben von Volk, Führer und Vaterland. Je nach Wind und Wetter nahm Onkel Toni alle Vierteljahre einige Ausgaben dieser Zeitung dem Vertrieb ab, der wußte, daß man dieses Blatt hier nicht verkaufen konnte. Natürlich führte Onkel Toni auch andere Druck-Erzeugnisse, vornehm in der Schweiz gedruckt, so groß wie eine Hand, und wenn die Leute sich darüber wunderten, sagte Onkel Toni immer, die Schweiz sei nun mal ein kleines Land. Auf diesen handgroßen Blättern stand außen meist »Persil bleibt Persil«, das war im Quartier bekannt, innen stand etwas anderes, das weniger bekannt war, Meldungen, für die der *Völkische Beobachter* unverständlicherweise keinen Platz mehr gefunden hatte, obwohl es doch die Erläuterungen seiner übergroßen Schlagzeilen waren. So sah man denn an manchen Tagen, an denen Onkel Toni ein kleines unauffälliges Schild heraushängte *Tausch und Verkauf von Briefmarken aller Länder*, im Umkreis des Büdchens überall Menschen, die mit einer Lupe in der Hand ein Stück Papier studierten, obwohl sie eigentlich keine Philatelisten waren.

Eines Tages war das Büdchen abgebrannt. Wer es angezündet hatte, wußte man, es war sogar einer aus dem Quartier, ein Feind der kleinen, unauffälligen Dinge, ein Anhänger großer, weltbewegender Ereignisse, und Onkel Toni saß nun in der Küche und sagte: »Jönnen se einem nit die eijene Jenöchlichkeit. Ich jlaub, ich häng mich auf«, und schrieb die Sprüche der Kalenderblätter um und spielte mit sich selbst *Mensch, ärgere dich nicht!* bis zu dem Tag, an dem er sich wie angekündigt aufhängte. Terboven sprang ganz unangekündigt aus dem Fenster, und der Leihbuchhändler Simon verschwand aus dem Polizeigefängnis ins Nichts.

Den Gestellungsbefehl erhielt Maria so überraschend, wie ihn ihre Mutter erhalten hatte, und so eilig und hastig, wie ihre Mutter im Jahre 1914 zur Zeche Dahlbusch lief, ihren Joseph aus dem Berg holte, um ihn, gewaschen und mit den Sakramenten versehen, an den Tod auszuliefern, lief Maria zu ihrem Friedrich, der vom Leben am *Westwall* die Nase voll hatte und sich gerade als Hersteller von Brotschneidemaschinen für Bäckereien etablieren wollte. Gustav und Fin meinten zwar, Friedrich habe ein Geschick dafür, Produkte herzustellen, die demnächst keiner mehr benötige, Brot werde sich in etwas Rares verwandeln, das man in kleinen Stücken wie Marzipan genieße. Aber Friedrich haßte pessimistische Sätze und Haltungen, diese ewigen Warnungen, diese Prophezeiungen, daß morgen die Welt untergehe, er war ein Mensch, der fest damit rechnete, spätestens morgen das große Los zu gewinnen, und wenn nicht morgen, dann eben übermorgen, das war für ihn die einzig angemessene Lebenseinstellung. Sollte sich das Paradies auf Erden, das die Welt ihm schuldete, denn wozu war man geboren, wider Erwarten und gegen alle Wahrscheinlichkeit und Gewißheit nicht einstellen, hatte man wenigstens in der Hoffnung der Glückseligkeit gelebt, die ihren goldenen Schimmer Tag und Nacht auf Friedrichs Leben warf, das er im voraus und auf Vorschuß genoß, denn jedes Darlehen war ja nur ein kurzfristiger Kredit auf die demnächst zu erwartende Lösung aller Probleme. Er war sein Leben lang verschuldet, ohne daß ihm das jemals etwas ausgemacht hätte, die Zahl seiner Gläubiger und die Höhe des ihm zur Verfügung stehenden Kredits waren unbegrenzt wie seine Hoffnung. Gläubiger, die nach Jahren des Wartens Friedrichs Schulden als uneinbringbar strichen, liehen ihm bei nächster Gelegenheit jede gewünschte Summe. Unwiderstehlich war seine strahlende Lebensfreude, seine herzlichen Umarmungen, sein freundliches Lachen, seine treuen Augen, seine großzügige Geselligkeit, die einen Teil des geliehenen Geldes zusammen mit dem Gläubiger sofort einem gepflegten Frühschoppen zuführte, der zu einem Spätschoppen wurde, der alle Beteiligten, und das waren zum Schluß immer sehr viele, ebenfalls in der Gewißheit zurückließ, spätestens morgen würden sich alle Probleme von selbst lösen. Vielleicht war es diese Leichtigkeit eines unbekümmerten Lebens, die auch traurige Seelen wieder aufleuchten ließ, die diese Freude als Zinsen für das geliehene Kapital nahmen und lieber das Kapital sausenließen, als diesen Friedrich aus ihrem Leben zu vertreiben, denn was war es ohne ihn, ein freudloses, grämliches Sparen auf den Tod.

Friedrich steckte den Gestellungsbefehl gleichgültig ein, das habe Zeit, das werde er sich noch einmal überlegen, darüber werde er sich heute jedenfalls keine Sorgen machen, und es schien sich jetzt schon abzuzeichnen, daß die deutsche Wehrmacht mit Friedrich einige Probleme bekommen würde, zumal sie ihm seine Brotschneidemaschinenfabrik, die als Weltfirma gedacht war, schon in den Anfängen zerstörte. Während Gustav und Fin laut überlegten, was man mit Brotschneidemaschinen in Zeiten ohne Brot anfangen könne, und Gustav wütend mit seinem Spazierstock auf die Maschinen schlug, saß Elisabeth, deren Geld ebenfalls in dem Projekt steckte, in dem Ledersessel des kleinen Büros, das Friedrich samt Inventar übernommen hatte, rauchte eine Zigarette nach der anderen aus einer goldenen Zigarettenspitze und überlegte, wie sie einen netten Abend verbringen könne. Es war ihr egal, ob das Geld verloren war oder nicht, sie konnte sich über so etwas nicht grämen. Als Friedrichs Schwester teilte sie nicht nur seine Lebenseinstellung, sie lebte sie. Mißtrauisch allen Versprechungen gegenüber, hoffte sie nicht auf morgen, sie inszenierte das Paradies schon heute mit einer Schar von guten und weniger guten Freunden, näheren und ferneren Bekannten und angeblich letzten Kavalieren, die sie kunstvoll miteinander verband, so daß immer ein hilfreicher Arm und ein freundliches Lächeln in ihrer Nähe waren. Als Direktrice eines Modehauses verdiente sie viel Geld und gab noch mehr aus. Elisabeth hatte mit ihrer glücklichen Hand das große Los bereits herbeigezaubert, denn das Haus stand trotz der schlechten Zeiten wider Erwarten in voller Blüte. Es exportierte fast seine gesamte Frühjahrs- und Herbstkollektion ins europäische Ausland, das brachte dem verschuldeten Deutschen Reich für seine unseriös finanzierten Pläne Devisen und dem Modehaus Sondergenehmigungen. Elisabeth reiste selbst in Zeiten, in denen kaum noch einer über die Grenze kam, nach Paris, Brüssel und Amsterdam, wußte, wie Franc, Gulden und Dollar aussahen, und verhandelte mit Einkäufern aus dem Ausland in der Bar des Parkhotels. Hochelegant sah man sie in den Cafés auf der Königsallee, im Führring neben den Jockeys auf der Grafenberger Rennbahn, sie raste im offenen Cabriolet zum Nürburgring, verlobte sich dort mit viel Champagner auf der Karosserie eines rotleuchtenden Rennwagens mit einem Rennfahrer, der kurz darauf tödlich verunglückte, verlobte sich mit dem Besitzer einer bolivianischen Zinnmine, der kurz darauf in Belgien als Spion erschossen wurde, verlobte sich mit einem holländischen Kunstkenner und Galeristen, der sich kurz darauf erhängte, weil er gefälschte Impressionisten mit echten Testaten versehen hatte. Elisabeth trug dann Schwarz, weil sie wußte, daß sie das noch attraktiver machte, und leitete damit regelmäßig eine neue Verlobung ein, um den vorausgegangenen Schicksalsschlag leichter zu überwinden. In den Cafés und Restaurants, in den Blumen-, Schmuck- und Parfumläden war sie beliebt wegen ihrer großzügigen Trinkgelder, die sie sogar in den Banken verteilte. Bei jeder Kontoauszahlung ging ein Teil der Summe an das Personal, wie sie sich ausdrückte, sie rauschte wie ein Weihnachtsengel an den Schaltern vorbei, legte überall einen Schein hin, stöckelte hinaus, platinblond und graziös, hinterließ eine Parfumwolke und träumende Gesichter hinter den Milchglasscheiben, die dem Duft nachschnupperten und auf die nächste Auszahlung warteten, die schnell kam, denn Elisabeth war der Meinung, daß eine Bank kein Geld brauche, ein Guthaben auf einer Bank hätte sie als Todsünde betrachtet.

Der Junge kroch zwischen den Brotmaschinen umher, langgestreckte, vergitterte Ungeheuer mit scharfen, sich drehenden Messern, in seiner Phantasie gefräßige Alligatoren, die träge an einem Fluß lagen. In der heißen Werkstatt fühlte er sich wie im Dschungel, er schlich vorsichtig an diesen reglos sich duckenden, auf Beute lauernden geschuppten Panzern vorbei, die eine einmal geschnappte Beute gleichgültig zerteilten. Als er ihnen eine Katze zum Fraß vorwerfen wollte, um die Götter des Dschungels durch ein Tieropfer friedlich zu stimmen, holte ihn eine Ohrfeige Marias in die Wirklichkeit zurück.

Später erzählte sie ihm, er habe diese Ohrfeige nur erhalten, um sich an diesen Moment zu erinnern, es sei ja schließlich der Abschied von seinem Vater gewesen, den er vielleicht nicht mal mehr als Toten wiedersehen würde. Friedrich stellte die Maschinen ab, es war plötzlich sehr still. Gustav benutzte die Stille, um einige Worte loszuwerden, kam aber nicht sehr weit und behalf sich schließlich mit der Erkenntnis, es gebe Momente, in denen man von der Erdkugel abspringen möchte, aber das gehe nun mal nicht. Maria, die ihn wohl trösten wollte, sagte zur Überraschung aller, es sei aber doch schön, daß die Familie immer ihren Prinzipien und Traditionen gefolgt sei, und das bis zum heutigen Tag. Sowohl die Technik wie die Mode seien immer noch in der Familie vertreten, und was ihre Familie betreffe, sie habe Land gewonnen, Kohle gefördert, auch das bis zum heutigen Tag. Die einen hätten es mehr mit der Vernunft, die anderen mit dem Gebet, aber das sei ja vielleicht gar kein so großer Unterschied, zumindest nicht in einem solchen Moment. Gustav, der ihr wohl vor allen seinen Respekt für diese Zusammenfassung bezeugen wollte, sagte, es sei nur tragisch, daß es immer so ende wie in Lucca und in Florenz und in Lyon und in Iserlohn und, er verneigte sich leicht vor Maria, wie in Bombst, in Dabrowa und in Gelsenkirchen. Es war das erste Mal, daß er die Schreckensstationen der Lucacz' mit den Schreckensstationen der Fontanas verband, sie zu einem gemeinsamen Kreuzweg zusammenfügte.

Um eine allzu große Ernsthaftigkeit im Keime zu ersticken, gingen dann alle auf ein Bier in eine Wirtschaft, wo es dann noch sehr schön wurde, der Junge seinen ersten Genever bekam und die umsitzenden Familien mit ihren uniformierten Männern so viel Fröhlichkeit angesichts des Todes nicht begreifen konnten.

Der Junge sah seinen Vater noch einmal in der Nacht. Er stand auf, weil er nicht schlafen konnte, sein Vater saß am Volksempfänger und versuchte vergeblich, diesem schwarzen Trauerkasten einige vernünftige Informationen zu entlocken. Seine Mutter packte Unterwäsche und andere Kleinigkeiten, die sie auf dem Küchentisch ausgebreitet hatte, in einen alten Koffer, dessen Schloß immer wieder aufsprang.

Am anderen Morgen wurde dem Jungen vorschriftsmäßig eine Gasmaske übergezogen, die alle anprobieren mußten, der Junge schrie in der Gasmaske, die so eng war, daß die Haare beim Überziehen abrissen, er schrie in der graugrünen stinkenden Gummihülle, die mit Gewalt über seinen Kopf gezogen wurde, ein Folterinstrument, das Gesicht und Kopfhaut und Ohren und Nase zusammenpreßte, die Luft abdrückte, abschnürte, er schrie, ohne seine Stimme zu hören, suchte verzweifelt und in der Angst, zu ersticken, durch die kreisrunden Augenscheiben, die die Sicht nahmen, die nur zwei kleine Blicklöcher waren, seine Mutter, sah seinen Bruder, der in der gleichen Maske vor ihm stand, sah damit sich in der Maske, die nun seine Maske war, die er überzuziehen hatte in den kommenden Jahren.

Gustav saß mit violetter Zunge und einem Tintenstift in der Hand vor seiner alten Stadtkarte, um die neuen Straßennamen einzutragen, wobei er nach jedem eingetragenen Namen über die Sisyphusarbeit fluchte, die der Staat seinen Bürgern auferlege. Er saß auf einem Hocker vor der Karte, versperrte den Kücheneingang und führte mit ruhiger Hand seinen Tintenstift, mit der Zunge immer wieder gut angefeuchtet, über die Straßen und Plätze der Stadt. Die Karte war an der Küchentür befestigt, war von da auch nicht mehr zu entfernen, weil Gustav bei einer Wohnungsrenovierung zwar gewissenhaft alle Türen lackiert, dabei aber in Gedanken versunken exakt um die Karte herumlackiert hatte. Gustav dachte nicht daran, noch einmal zu streichen. Bei jeder Renovierung wurde immer wieder erneut um die Karte herumlackiert, die Karte hatte damit ihren festen Platz gefunden, klebte auf der Küchentür, wer sie entfernen wollte, hätte sie aussägen müssen.

Die gewissermaßen notariellen Eintragungen der neuen Straßennamen, die er aus historischen Gründen vornahm, aber auch, weil es höchste Zeit war, denn alle anderen hatten schon lange die neuen Stadtkarten, so eine alte Stadtkarte war Hoch- und Landesverrat und konnte den Kopf kosten, diese Sisyphusarbeit, wie er pausenlos stöhnte, sei schwieriger als die Fälschung der Konstantinischen Schenkung. Natürlich hätte er sich auch eine neue Karte kaufen können, aber er hing an den alten Namen, die neuen wollte er sich gar nicht erst merken, aber sie mußten nun einmal eingetragen werden. Die Schwierigkeit lag darin, daß er schon beim letztenmal, und das war erst einige Jahre her, mit dem Tintenstift gearbeitet hatte, so daß jetzt auf dieser alten Karte aus dem Kaiserreich alle wichtigen Plätze und Straßen mit mindestens vier Namen prunkten, denn die Republik wollte mit neuen Namen das Kaiserreich auslöschen, die Spartakisten die Republik und die jetzige nationale Herrschaft alles, was vor ihr war. Auf Gustavs Stadtkarte waren sie aber unauslöschbar mit Tintenstift eingetragen, dadurch alle gleichzeitig versammelt, die kaiserlichen Namen neben den bürgerlichen, den revolutionären und denen der Diktatur, so daß der Graf-Adolf-Platz/Ecke Königsallee sich in Adolf-Hitler-Platz/Ecke Karl-Liebknecht-Straße verwandelt hatte, vom Horst-Wessel-Platz war es nur ein Sprung zur Rosa-Luxemburg-Straße, ehemalige Kaiser-Wilhelm-Straße, die Friedrich-Ebert-Straße hieß nun Litzmannstraße, die Rathenaustraße Theodor-

Körner-Straße, und der Schlageter-Platz lag direkt am Spartakuswall, früherer und jetziger Hindenburgwall, in ruhigen Zeiten neutral und unverfänglich Allee-Straße, ganz früher einmal Boulevard Napoleon. An diese Straße hatten die Bürger der Stadt sinnigerweise ihr Schauspielhaus gebaut, das auf diese Weise immer wußte, was es zu spielen hatte.

Die Karte, auf der sich nur noch Gustav auskannte, auf der nun viele aneinander- und übereinandergesetzte Namen die Karte schraffierten wie ein besetztes Gebiet, wie die Generalstabskarte eines lange andauernden Krieges, der Grenzen, Völker und Nationen hin und her schob und mit seinen Frontlinien überzog, wies neben der räumlichen Ordnung inzwischen auch eine zeitliche Dimension auf, so daß Gustav auf die Frage: »Wie heißt die Straße vor dem Bahnhof?« mit der Gegenfrage antworten konnte: »Wann?«

Als bei einem Luftminenangriff die Türen und Fensterläden der nicht zerstörten Häuser wie ein Schwarm aufgeschreckter Vögel richtungslos über das Quartier flatterten, sich in alle Himmelsrichtungen verteilten, sich hierhin und dorthin wendeten, drehten, wirbelten, stürzten und knallend auf Dächern, Höfen, Straßen und Plätzen landeten, segelte auch Gustavs Küchentür mit der festgeklebten Stadtkarte durch die Luft und platschte nach einem eleganten Flug mit mehreren Loopings, sauberen Rechts- und Linkskurven, die die herumstehenden Menschen in Deckung trieben, auf dem Markt des Quartiers in eine Pfütze, Stadtkarte nach oben, so daß die sich wieder aufrappelnden Menschen einen Kreis um die interessante Stadtkarte bildeten, die mit ihren vielen Straßennamen die Erinnerung belebte. Und die Karte studierend, sahen die Menschen zu, wie die einzelnen Namen, all die angeblich unauslöschlichen Eintragungen, Buchstaben für Buchstaben sich auflösten und ineinander verliefen, ein Namensbrei entstand, eine trübe tintenfarbene Wasserlache, in der die Stadt ersoff.

Auch die Straße, in der Maria wohnte, wurde umbenannt. Viele hatten es gar nicht bemerkt, wer schaut schon auf das Straßenschild der eigenen Straße, aber einige berichteten, daß Männer mit einer Leiter erschienen seien, sie hätten die Leiter hier und da an eine Hauswand gelehnt, seien eifrig hinauf- und hinuntergeklettert, hätten Schilder ab- und angeschraubt, und dann habe ein neuer Name auf dem Emailschild gestanden. Der Name war allen unbekannt, keiner interessierte sich für ihn, man hatte für die verschiedenen Straßen und Häuser seine eigenen Namen, und im übrigen war das hier die Josefstraße am Josefplatz an der Josefskirche, das war eine Einheit, die jedem geläufig war, ein Stück Welt, entstanden mit diesem Quartier. Selbst wenn man das alles umbenannt hätte, diese Namen hätten sich nie verändert, Generationen lang hätte das alles noch den Namen Josef getragen, und da es keine Regierung gab, die ihre Namensumbenennungen lange durchhielt, waren diese alten Namen die ewigen Namen, mit denen die Menschen lebten, geboren wurden und starben, auch wenn auf den Geburts- und Sterbeurkunden zeitweise ein anderer Name eingetragen wurde.

Denn in der Zeit lebt immer auch eine andere Zeit, leben viele Zeiten, aufgehoben in den alten Namen und Geschichten, die alle Zeiten enthalten, weil das Ende einer Geschichte immer der Anfang einer neuen Geschichte ist, die in Wirklichkeit eine ganz alte, allen bekannte Geschichte ist, so daß die Menschen erst beim Erinnern der Namen und der Geschichten die Zeit erfahren. Die Zeit umgibt sie wie ein großer Kreis, dessen Anfang und Ende man nicht bestimmen kann, ein Kreis, der größer ist als das eigene kurze Leben, der aber alle umschließt und das Leben jedes einzelnen bestimmt.

In diesem großen Kreis gibt es viele kleine Kreise, die sich durch die alltäglichen Geschichten unauffällig miteinander verbinden. So sagte Fin, als die ersten Bomben fielen und alle überrascht am Boden lagen und die Köpfe einzogen: »Angefangen hat es mit dem Lari. Das ist jetzt der Segen dafür.«

Der Lari war Bürger der Stadt, verheiratet, zwei Kinder, ein beliebter Steptänzer, Liebling aller Kinder, weil keiner so gut radschlagen konnte wie er, ein junger, lustiger, immer lachender Kerl, der dunkelhäutig und mit einer Weißen verheiratet war, der deswegen aus seiner Wohnung geholt und am Rheinufer erschlagen wurde, indem man sein Lachen im Rheinsand erstickte und ihm die Arme aufs Kreuz drehte, ihn mit Messern erstach und mit Schüssen tötete. All das ging Fin bei der Detonation der Bomben durch den Kopf, und deshalb sagte sie: »Angefangen hat es mit dem Lari.«

Aber der große Kreis, über den Gustav nachdachte, weil das so seine Art war, der erschloß sich ihm eines

Tages in einem Flug von zwanzig Metern, als er gerade vier Flaschen Rotwein aus einem Güterwagen der Gauleitung entwendete. Zu der Zeit zogen schon die langen, grauen, ausgemergelten Kolonnen von Russen, Polen, Tschechen, Franzosen, Belgiern, Niederländern durch das Quartier, arbeiteten in den Fabriken, räumten die Trümmer weg. Gustav sah den Beginn, den Anfang im Quartier, mit Menschen aus ganz Europa, die freiwillig gekommen waren, um hier zu leben und zu arbeiten, eine neue Stadt mit vielen Fabriken erbauten, die jetzt wieder zerstört wurde, weil keiner von ihnen frei war, weder die Fremden noch die Einheimischen, weder die Gefangenen noch die Einwohner. Sie waren unfrei und gefangen in einem System, das sich national nannte und alles Ausländische haßte, nicht begriff, nicht begreifen wollte, daß das hier alles einmal Fremde waren und doch Bürger eines Quartiers geworden sind, freiwillig, und daß sie an diesem Zwangssystem alle gemeinsam, Einheimische und Gefangene, sterben würden und die Stadt mit ihnen. »Das war der Sündenfall«, sagte Gustav, als ihn eine Luftmine von einer Sekunde auf die andere zwanzig Meter weit an einen anderen Ort trug, an dem Tag, an dem auch seine Küchentür mit der Stadtkarte durch die Luft segelte und er sein Leben nur rettete, weil er auf einer Gruppe am Boden liegender KZ-Gefangener landete. »Das war der Sündenfall«, sagte er noch einmal, als sich auf diese Weise der Kreis für ihn schloß, die zusammengepreßten Lungen das Blut in den Kopf drückten, ihn betäubten für die Erkenntnis des hundert Jahre alten Kreises, der in der Freiheit begann und in der tödlichen Gewalt der Unfreiheit endete. Gustav kroch auf allen vieren davon, weil der Gewehrlauf eines der Bewacher auf ihn zielte, zog sich an den Resten einer Hauswand hoch, lief verdreckt, leicht humpelnd und blutend über die Straße und spielte in einer Dunstwolke aus Rotwein, der aus den zersplitterten Flaschen in seine Kleider gedrungen war, den ahnungslosen Betrunkenen.

Als die ersten Bomben fielen, kletterte Gustav mit einem alten Feuerwehrhelm auf dem Kopf und einem Sofakissen zwischen den Zähnen auf das Dach, plazierte das Kissen auf den First, setzte sich rittlings darauf, zog seine Hosenträger über den Kamin, breitete seine Sternenkarte aus, schrie zur Dachluke, aus der Fins Kopf heraussah, als geborener Agnostiker könne er sich unmöglich das göttliche Ereignis eines Weltuntergangs entgehen lassen, ein Ereignis, das alle Fragen mit einem Schlag in Antworten verwandle. Feuer und Schwefel falle vom Himmel, Blitz und Donner beherrsche die Welt, Rauch und Asche steige auf, alle in der Bibel angekündigten Plagen seien jetzt auf einmal zu besichtigen, das müsse man gesehen haben, da setze er sich nicht in den Keller. Ein Weltuntergang wiederhole sich nicht, das sei ein einmaliges Ereignis, das wolle er, Gustav Fontana, der so lange wie ein Wurm auf der Erde herumgekrochen sei, doch noch gerne miterleben, er wolle sehen, wie die Hand Gottes diese Erdenkugel in die Hand nehme und in das All werfe.

Schrie der Luftschutzwart von der Straße: »Komm sofort da herunter, oder ich melde dich!«, warf er mit

Dachziegeln nach ihm und brüllte zurück, wenn schon einmal das seltene Stück *Aufstieg und Untergang Roms* gegeben werde, wolle er, nachdem er den Anfang miterleben mußte, das Ende nicht verpassen. Und so saß er mit eingezogenem Kopf zwischen splitternden Dachziegeln, sich an den Kamin klammernd, dessen Risse immer breiter wurden, im zuckenden Licht vor seinen geliebten Sternen, vor der Andromeda, der Cassiopeia und den Plejaden, vor der Nördlichen und Südlichen Krone und dem Großen und Kleinen Bären, vor der ganzen unendlichen Milchstraße, die im Widerschein des Feuers auf der Erde verblaßte, sich ins All zurückzog, vor den Bomberpulks, den dunklen Sternen einer anderen Milchstraße, die sich vor den alten Sternenhimmel schob, der nicht mehr zu sehen war zwischen den weißen, scharfgeschnittenen Scheinwerferstrahlen, die wie stürzende Säulen hin und her schwankten, der Leuchtspurmunition der Flak, Meteore, die durch die Nacht schossen und in der Dunkelheit erloschen, dem gleißenden Licht der Markierungszeichen, bewegungslos am Himmel stehend, ganz unhimmlische Christbäume zwischen schimmernd herabschwebendem Lametta, Aluminiumstreifen, die von den Bombern ablenken sollten. Gustav, der von diesen Streifen übersät war, verwandelte sich vor den flackernden roten Rauchwolken in eine im Feuerschein leuchtende unirdische Gestalt, die neben dem Kamin saß und schrie: »Das ist nicht Gott, das ist nicht mal der Antichrist, wäre es Gott und wären es seine Zeichen, ich würde auf den Knien nach Compostela rutschen, aber es sind Menschen, und der Teufel bewahre mich davor, ihnen jemals etwas zu glauben, es lebe der Unglaube.«

Und so, mit geballter Faust gegen den Himmel, kam er, als das Haus in Flammen aufging, auf die Erde zurück, in einem einzigen Satz, mit dem brennenden Dachstuhl, mit dem brennenden Treppenhaus, durch die weggesprengte Vorderfront des Hauses sah man, wie er funkenstiebend mit den funkenstiebenden Dachbalken herabrutschte, wie er, im Wettlauf mit den brennenden Balken, durch das brennende Treppenhaus stürzte, in einem einzigen gewaltigen Satz mehr fiel als lief, wie ein feuerspeiender Kobold durch sein Arbeitszimmer sprang, brennende Bücher an sich riß, zurücksprang, mitsamt den inzwischen glühenden Dachbalken und dem flammenden Treppenhaus ins Erdgeschoß fiel, vom Treppengeländer zurückgeschleudert in der Haustür stand und in der Haustür stehenblieb, stehenblieb unter den noch stützenden Mauern. Und das rettete ihm das Leben, sagte er später immer, denn der Dachstuhl schlug direkt vor ihm auf der Straße auf, schleuderte seine Glut zurück in den Himmel und schlug noch einmal auf, und Gustavs Schatten stand nun im Feuer, denn hinter ihm brannte jetzt die ganze Treppe, fiel zusammen, und Gustav, mitten in den Flammen, sprang in großen Sätzen durch das Feuer auf der Straße und war gerettet. Hell leuchtete in Gustavs Zimmer das wandgroße Bühnenbild der Stadt, nun endlich einmal in der richtigen Entfernung zu besichtigen, verbrannte vor aller Augen, langsam, fast gemächlich, als wolle es sich Zeit lassen dafür.

Der Junge, vor dem brennenden Haus stehend, in dem er so viele Bücher gelesen hatte, stand in seinem Erinnern gleichzeitig vor dem brennenden Haus der Lukacz' in Polen und dem angezündeten Haus der Fontanas in Lyon, immer erzählt in den alten Geschichten, und so war er in seinen Geschichten in der Realität. Gustav lag vor ihm am Boden, man hatte ihm die brennenden Kleider weggerissen, die brennenden Bücher aus der Hand geschlagen, seine Wunde am Bein blutete.

Am nächsten Tag fiel Gustav ein, daß noch nicht alles verloren sei. Im Keller eingemauert, lag die Bibliothek des Aufklärers und Leihbuchhändlers Simon mit so wichtigen Titeln: »Wie lege ich eine Wasserleitung« »Wie errichte ich ein Dach« »Was ist Elektrizität«. Sie blieb unversehrt und wurde von Gustav wie eine Heilquelle aus der Wand geschlagen. In den verkohlten Trümmern fand sich auch noch das einzige Buch, das von all den wertvollen Büchern, die die Fontanas gesammelt hatten, übriggeblieben war, ein angesengter und verrußter einbändiger Volksbrockhaus. Gustav schenkte das Buch dem Jungen, es war für ihn der Grundstein der Bibliothek, die er sich in seinem Leben wünschte.

Die Sirenen jaulten, brüllten ihre eintönigen Melodien, an- und abschwellende Gesänge, langgezogenes Wehklagen, tief aufbrummend, schnell hochsteigend in schmerzhafte Höhen, die in den Ohren lagen, ins Gehirn drangen, sich festsetzten, sich nie mehr aus dem Körper entfernten, so daß man sie auch hörte, wenn keine Sirene lief, wenn Stille war, aber das war selten. Da hörte man schon wieder etwas in der Ferne, und gleich danach wieder aufjaulend, aufsteigend die Sirene über einem, dieser stahlharte Ton, der sich auf das Quartier legte, es einschloß, wie die Eisenbahnschienen, die das Quartier umschlossen, ein stählernes Band durch die Luft zogen, das Quartier vom freien Himmel abschnitten, in einen Tonkäfig versetzten, aus dem kein Lebewesen herausfand, in dem die Vögel tot vom Himmel fielen. Dieses Sirenengeheul, unterschiedlich durch den Standort der einzelnen Sirenen, nicht ein einziger Ton, sondern in Sekundenbruchteilen nacheinander einsetzende Töne, diese Gefahr und Alarm und Tod signalisierende Disharmonie, die keinen gemeinsamen Klang ergab, sondern ein ständiges, leicht verzögertes Auf- und Abschwellen der Töne, die in der Ferne nach unten absackten, während die Heulboje der nächsten Sirene ihren monotonen Gesang wieder nach oben jagte, und während sie absinkend Atem holte, erklang in der Ferne ein gellendes, jammerndes Klagen, ein ständiges unaufhörliches Auf und Ab, begleitet von den Sirenen der Polizei, der Feuerwehr, der Krankenwagen, die durch ihre rasche Bewegung das Geheul verstärkten und wieder abschwächten, begleitet von Lautsprecherdurchsagen, deren unverständliche Stimmen sich vom Geheul der Sirenen nicht unterschieden, Nebentöne eines unmenschlichen Konzerts. Ehe die Luft durch die Bomben zerplatzte, zerriß sie unter dem schmerzhaften Stöhnen der Sirenen, Voralarm, Vollalarm, Entwarnung, Voralarm, Vollalarm, Entwarnung gingen ineinander über, so daß manch einer die Orientierung verlor, wahnsinnig wurde, bei Vollalarm aus dem Keller wollte, bei Entwarnung in den Keller stürzte, und man mußte ihn fast totschlagen, damit er wieder zu Verstand kam, den eigentlich keiner mehr hatte, weil das neue Zeitsystem nicht mehr Tag und Nacht hieß, nicht mehr Morgen und Vormittag und Mittag und Nachmittag und Abend und später Abend und späte Nacht, sondern Voralarm, Vollalarm, Entwarnung, Voralarm, Vollalarm, Entwarnung, bis das alles in den Daueralarm überging.

Der Ablauf der Zeit wurde zuerst zerstört, weil Tag und Nacht nicht mehr existierten, nur noch die verschiedenen Alarm- und Entwarnungsstufen, die ineinander übergingen, denn die Bomber kamen, wann sie wollten, und die Jagdbomber kamen später ohne jede Pause, und oft fielen die Bomben noch vor dem Voralarm oder in die Entwarnung hinein, so daß man einen Todessinn entwickelte und oft schon in den Keller lief, bevor Alarm gegeben wurde, oder bei Entwarnung doch noch lieber im Keller blieb, denn auch die Sirenen verloren den Zeitsinn und jammerten nur noch wahllos in die Bombenangriffe hinein, in die Luftminen, Sprengbomben, Brandbomben, Phosphorkanister, die man an ihren Geräuschen schnell unterscheiden lernte, die verschieden starken Druckwellen der Luftminen und Sprengbomben, den kurzen Knall der Brandbomben und das Rauschen der Phosphorkanister, dieses ausgeklügelt zusammengefügte Muster der Bombenteppiche, die alles zudeckten und zerstörten. Und so sah man auf zu den Lichtzeichen, die ruhig über der Stadt schwebten, den Menschen unter ihnen den Tod verkündeten, horchte in den Himmel, um am tiefen Brummen über den Köpfen der Menschen die Zahl der Flugzeuge und die Stärke des Angriffs abzuschätzen, suchte mit den Scheinwerfern, die durch das Dunkel hin und her jagten, den Himmel ab, so wie man ihn früher nach Sternen abgesucht hatte, aber da war nur eine totale Mond- und Sonnenfinsternis. *Guter Mond, du gehst so stille, Weißt du, wieviel Sternlein stehen, Sonne, Mond und Sterne*, das war vor vielen tausend Jahren, ehe die Menschen anfingen, die Sterne zu erkunden, jetzt donnerten da fliegende Festungen, die tiefer kamen, das Brummen ging in ein Dröhnen über, das die Trommelfelle betäubte und alle zum Schweigen brachte, denn die einzelnen Stimmen waren unter diesem Dröhnen nicht mehr zu verstehen, und wenn dann die schwere Flakbatterie aus dem Volksgarten loslegte, ihre Granaten heiser bellend in die Luft schickte, öffnete man schnell den Mund und hielt die Hände vors Trommelfell, sah sich mit aufgerissenem Mund, halb zugedrückten Augen und den Händen auf den Ohren gegenseitig an, zog sich in den Keller zurück, denn was die Flak jetzt nicht vom Himmel herabholte, das kam durch und würde alles abladen, und jeder wußte in diesem Moment, daß er getötet werden sollte, daß man ihn, ja genau ihn, zerfetzen, verbrennen und ersticken wollte, und jeder ging auf seinen Platz in seinem Keller und ergab sich in sein Schicksal, der Boden schwankte und rüttelte, die Kellerwände bewegten sich, Mörtel und Steine wurden herausgedrückt, die Eisentüren bogen sich durch, das Licht erlosch, die Kellerluft verwandelte sich in Staub und Gase, in eine erstickende Hitze, das krachende, berstende Detonieren der Bomben kam immer näher, kam rasend näher in betäubenden Explosionen, lief auf das Haus zu, in dessen Keller in dem Moment die einzigen Menschen der Welt saßen, die wußten, daß sie jetzt sterben mußten, zerfetzt, verbrannt, erstickt, in diesem Weltuntergang, der über dem Haus zusammenschlug in einem einzigen, nie zuvor gehörten und niemals beschreibbaren Geräusch, das aus dem tiefsten Inneren der Erde kam – und sich entfernte, eine kurze, ohnmächtige Stille hinterließ, eine Totenstille, so ruhig wie nie zuvor, weil die Stille nach diesem Geräusch die größte Stille war, die ein Mensch geschenkt bekam, die Stille, die um einen ist, wenn man aus dem Grab auferstehen darf, eine Stille, die den Jungen ein Leben lang begleiten wird, weil er in dieser Stille, für immer unvergeßlich, seinen Atemzug hört und weiß, daß er lebt, daß es sein Atem ist, und der tastend erfährt, daß er nicht alleine überlebt hat in einer schwarzen, tiefschwarzen Nacht, aus der er nichts erfährt, außer daß um ihn noch andere Stimmen sind, Stimmen, die in der Dunkelheit fragen, ob das Haus noch steht oder ob es über ihnen zusammengebrochen ist, sie daher eingeschlossen sind, Stimmen, die fragen, ob die Straße noch da ist, die Stadt, die Welt, die Menschen, Stimmen, die auf ihre Fragen keine Antwort erhalten, die nicht einmal sagen können, wo sie sich genau befinden, die nur wissen, daß hier einige hilflose, wehrlose, leicht zu tötende Menschen ohne jeden Schutz in einem dunklen Loch in der

Erde hocken, die wieder verstummen, weil die nächste Bombenwelle heranrauscht, sich schnell nähert, dröhnend, krachend, berstend über ihnen zusammenbricht, und danach wieder die Stille, in der man ohne nachzudenken spürt, was das ist, Leben, was das ist, Tod, und erfährt, wie man sich danach sehnt, weiterzuleben, und eine, die das nicht verkraften kann, wimmert vor sich hin, schreit los, schlägt um sich, will raus, will in den Tod, und einer wirft sich auf sie, und das Schreien geht wieder in ein Wimmern über, das aufhört, als die nächste Bombenwelle sich berstend nähert, die Explosionen, auf die man sich konzentrieren muß, die Luft ist zum Ersticken, der Boden bebt unaufhörlich, die Wände rütteln und brechen ein, und der Moment ist da, wo man sich lieber doch den Tod als so ein Leben wünscht, und wieder stürzt die Welt über einem zusammen, das ist jetzt wohl der Weltuntergang, da draußen lebt kein Mensch mehr, und das hier ist vielleicht der einzige Keller in der Stadt, in dem noch Menschen apathisch hoffen, langsam erstikken, in der Glut vergehen, mit blutendem Körper und zerbrochenen Gliedern auf ihr erlösendes Ende warten, stundenlang, tagelang, nächtelang, bis einer das Kellerfenster oder die Außentür aufreißt und, umgeben von Rauch und Flammen, schreit: »Rauskommen!« Die Auferstehung vom Tod zum Leben, für wenige Stunden und ohne Hoffnung, denn die hat man verloren, für immer verloren, von ferne hört man ein schweres Brummen, die Sirenen ertönen, der nächste Bombenangriff, ehe alle aus dem Keller sind, kriechen sie wieder hinein, der Tod ist ihnen gewiß.

Anziehen, ausziehen, anziehen, ausziehen, und auch das gab man später auf, man schlief angezogen, blieb in seinem Trainingsanzug, dämmerte auf dem Bett vor sich hin, ließ das Radio laufen, bis die Musik von einem gleichmäßigen Ticken unterbrochen wurde, hörte die Sirenen, war schon wieder auf. Auch der Junge hatte seine Aufgabe, auch er schlief, wenn er überhaupt schlief, nur noch angezogen, beim ersten Sirenenton jagte er hoch, zog die Schuhe an, zog noch den Mantel über, zerrte seinen jüngeren Bruder aus dem Schlaf, zog ihm seine Schuhe und seinen Mantel an, nahm ihn an die rechte Hand, in die linke Hand nahm er den kleinen Koffer mit den wichtigsten Sachen für sie beide, etwas Verpflegung, etwas Wäsche, Medikamente, Angaben über die Eltern, die Ausweise hatten sie in einem Brustbeutel um den Hals hängen, alles für den Fall, daß man sie einmal getrennt von ihrer Mutter aus dem Keller holen würde, für den Fall, daß ihre Mutter tot war, so hatte man es ihnen erklärt, und stolperte, während die ersten Bomben schon einschlugen und die Flak schwieg, um ihre Stellung nicht zu verraten, was bedeutete, daß es jetzt um Sekunden ging, mit dem Koffer an der Wand entlangschrammend und dem schlaftrunkenen Bruder, der nie die Beine richtig voreinandersetzte, in den Keller, geschoben und gedrückt von den Menschen, die vor ihm und hinter ihm die Kellertreppe hinunterrannten, im Dunkeln und ohne jedes Licht, denn schon das Licht einer Taschenlampe löste ein panikartiges Geschrei aus. In wenigen Minuten war er auf seinem Platz im Keller, atmete heftig, erschöpft von der Anstrengung, während Maria in der gleichen Zeit den Weg von der Wohnung in den Keller zweimal zurücklegte, zwei schwere Koffer mit den wichtigsten und wertvollsten Sachen der Familie hinunterschleppte, dann genügte ein Blick zwischen Maria und dem Jungen, der bestätigte, daß alles wie besprochen abgelaufen war, jeder mußte sich auf den anderen verlassen können, beide mußten voneinander wissen, daß das vorher Besprochene genau ausgeführt wurde, denn die Bomben fielen schon fast auf das Haus, von der Kellerdecke rieselte Kalk, Staub, Mörtel, fiel wie ein weicher grauer Vorhang, matt beschienen von der Notbeleuchtung, die jetzt auch ausfiel, der Luftschutzwart warf die Eisentür zu, schloß die großen Hebel, da kam nun keiner mehr herein und keiner mehr hinaus, man war gefangen in einer Höhle, von der man nicht wußte, ob sie sich je wieder dem Licht öffnen würde. Sie saßen auf einer Holzpritsche, eingeengt von ihrem Gepäck, auf dem ihnen vom Luftschutzwart zugewiesenen Platz, eine winzige Ecke in einem kleinen Keller, dessen Decke mit Holzbalken abgestützt war, ein Labyrinth von Balken, Pritschen, Koffern, Menschen unter Wolldekken, in dem jeder seinen amtlich vorherbestimmten Platz hatte und verteidigte, auch Maria, der Junge und sein jüngerer Bruder, der langsam wieder einschlief. Stundenlang saßen sie so, bewegungslos, eingepackt wie Mumien, und wenn die Bombeneinschläge sich ihrem Keller näherten, legte Maria sich über sie, der Junge spürte ihren Atem, erstickte fast unter der Wärme ihres Körpers, der ihn vor der einstürzenden Kellerdecke schützen sollte, und wenn sie sich nach dem Angriff wieder aufrichtete, war es so, als ob man zum ersten Mal die Welt erblickte, noch schattenhaft, im Licht von Kerzen, aber sie war da. Nach der Entwarnung zog der Junge seinen Bruder wieder die Treppe hoch, fiel in seinem Bett erschöpft in einen ohnmächtigen Schlaf, aus dem die Sirenen ihn wieder hochjagten, noch betäubt vom Schlaf führte er die gleichen Handgriffe aus wie vor zwei, drei Stunden, zog sich an, zog seinen Bruder an, nahm den Bruder und den Koffer, stolperte wieder in den Keller, wurde erst im Keller langsam wach, hatte alles im Schlaf ausgeführt, und das zwei-, dreimal in jeder Nacht, und später auch am Tag, bis sie dann endgültig im Keller blieben, ein Höhlenleben entwickelten, das auf engstem Raum aus Schlafen, Wachen, Essen bestand, ein Leben in einem zeitlosen Dämmerlicht, und nur noch gelegentlich nach oben gingen, wenn die Stickluft im Keller nicht mehr zu ertragen war, wenn man frische Luft atmen mußte, Luft, die vom Brandgeruch gebeizt war.

Einmal stürzte Maria die Treppe hinunter, der Junge hörte nur den Schrei, sah seine Mutter im Licht der Notbeleuchtung auf der Treppe liegen, die Menschen trampelten über sie hinweg, die Eisentür zum Luftschutzkeller wurde zugeschlagen, er nahm ihre Hand, zog sie nach oben, drückte sich Stufe um Stufe nach oben, ließ die Hand nicht los, arbeitete sich in dem dicken, viel zu großen Mantel schwitzend, keuchend, sich mit den klobigen, viel zu großen Schuhen abstützend, nach oben, während sich Maria mit der anderen Hand am Treppengeländer hochzog, sie rutschte über den Flur hinter ihm her, sein jüngerer Bruder weinte, stand immer neben ihm, so wie es ihm befohlen war, er schaffte es, seine Mutter in die Wohnung zu ziehen, während sie vor Schmerzen stöhnte, schaffte es, sie auf das Federbett neben ihr Bett zu legen, er schob den Bruder unter das Bett, legte sich ebenfalls darunter und zog seine Mutter nach, das alles, während die Bomben fielen, die er gar nicht mehr gehört hatte. Eine Bombe explodierte im Garten, riß einen Krater auf, der Luftdruck wirbelte die Pappen vor den Fenstern durch das Zimmer, Erde flog in das Zimmer, begrub sie fast, und der Junge dachte, die Erde hält die Splitter ab, die Betten auch, gut, daß keine Glasscheiben mehr in den Fenstern waren. Da keiner kam, keinem ihr Fehlen auffiel, lagen sie zwei Tage und Nächte in dem Zimmer unter dem Bett, die Bombenangriffe rollten über sie hinweg, der Junge wußte nicht mehr, wann Alarm oder Entwarnung war, aus dem Wasserhahn kam nur rostiges Wasser, der Junge riß Stoffetzen vom Fenstervorhang, hielt sie unter das Wasser und kühlte damit die Stellen, auf die Maria zeigte, die Blutergüsse an ihrem Körper, die von den Menschen stammten, die auf ihr herumgetrampelt waren, die Schwellung am Bein, die von dem Sturz stammte. Zwischendurch schlief er mehrmals ein, schreckte immer wieder hoch, sah einmal, wie sein Bruder die Erde aß, hörte immer wieder sein Wimmern, hoffte, daß seine Mutter, die mehrmals versuchte, sich aufzurichten, die aber immer wieder zurückfiel, irgendwann einmal wieder sitzen konnte, wieder stehen konnte, wußte inzwischen, daß nichts zu tun war als zu warten, sah in der leeren Fensteröffnung Tag und Nacht, Dämmerung und Morgengrauen, bis Gustav plötzlich vor ihm stand.

Der Junge konnte nicht mehr sprechen, er brachte keine Sätze über die Lippen, auch einzelne Worte nicht, der Junge stotterte, er verlor seine Sprache, wurde stumm und sprach lange nicht mehr. Maria brauchte Monate, um ihm wieder die ersten Worte und Sätze zu entlocken, sie sprach ihm so lange Geschichten vor, zeigte auf ihren Mund, sprach deutlich und langsam, bis der Junge ihre Sätze nachsprach und langsam wieder sprechen lernte.

Die Monate vergingen und wurden nach den Angriffen benannt und gezählt, Monate im Keller, Monate in der in sich zusammensinkenden Stadt, in der es nach verkohlten Trümmern und verwesenden Leichen roch, bis dann auch ihre Stunde kam. Die Kellerdecke bebte, schwang durch, das Notlicht erlosch, der Lärm war infernalisch, Maria sprang auf, zog ihre Kinder in einem Ruck mit sich, nahm die Hacke, die immer griffbereit neben dem roten Quadrat im Keller stand, schlug mit ihrer ganzen Kraft, mit der explodierenden Wucht ihres Lebenswillens ein Loch in die Mauer, schlug wie besessen zu, öffnete in drei, vier Schlägen den Fluchtweg in dem Moment, als die Mauer hinter ihr, vor der sie und die Kinder immer gesessen hatten, zusammenbrach, nach vorne kippte, auf die Holzpritsche schlug, auf der sie all die Bombennächte verbracht hatten, ihren Platz, auf dem sie noch vor Sekunden gesessen hatten, unter sich begrub. Sie kroch auf allen vieren in das Mauerloch, die Kinder hielten sich an ihr fest, sie schleifte sie mit wie eine Wölfin ihre Jungen, hinter ihr drängten die anderen nach, die, die nicht unter der Mauer lagen, hustend, schreiend, sich auf allen vieren verbissen voranarbeitend durch dieses enge Mauerloch, über Mörtel und herausgebrochene Steine, fast gemeinsam fielen sie in den Keller des nächsten Hauses, stolperten über Körper, die am Boden lagen, suchten durch Rauch und Flammen den nächsten Durchbruch, krochen hinein, hasteten weiter, der nächste Keller, der nächste Durchbruch, keine Stimme war zu hören, man hörte nur das Keuchen der sich voranarbeitenden Menschen, der nächste Keller, der nächste Durchbruch, der Junge und sein Bruder hingen an ihrer Mutter, hatten sich fest in ihr Fleisch gekrallt, in ihren Körper verbissen, der wie ein wildes Tier sich voranarbeitete, ruckartig, stoßartig in den nächsten Keller sprang, mit einem Satz in den nächsten Durchbruch, immer schneller wurde, um sein Leben kroch, lief, hetzte, sich aufrichtete, die Kinder mit beiden Armen packte, fest an sich preßte, durch eine Feuerwand sprang und dann liegenblieb, die Lungen voller Rauch, der Körper angesengt, die Kleider verbrannt, mit hervorquellenden Augen, die weiß und blutig waren. Sie lagen lange auf der Straße ausgestreckt, atmeten, das Atmen war schmerzhaft, jeder Atemzug tat weh, aber das Atmen war das Leben, jeder Atemzug eine Sekunde des Lebens. Wer sich gerettet hatte, wer tot war oder lebte, keiner wußte es, verletzt waren sie alle, aus einer Todesgruft zurückgekehrt in ein vorläufiges Leben, versehen mit dem

Schrecken derer, die schon einmal fast tot waren, mit einem Kainszeichen, das sie nie mehr verlieren sollten, das ihnen bleiben sollte ein Leben lang.

Der Junge bemerkte als erster, daß sie mitten auf der Kölner Straße lagen, da wußte er, daß sie durch viele Keller gekrochen waren, er richtete sich auf, neben ihm lag seine Mutter und röchelte, sein jüngerer Bruder blutete am Kopf. Sie lagen vor einem Trupp Feuerwehrleute, die auf der Straße neben ihrem Löschfahrzeug saßen, in ihrer verdreckten Drillichmontur, mit ihren geschwärzten Gesichtern saßen sie da wie Schaufensterpuppen, in unnatürlicher, verrenkter Haltung, von nichts Notiz nehmend. Aus der Aufschrift auf ihrem Wagen sah man, daß sie aus Gelsenkirchen kamen, um hier die Feuer zu löschen, aber sie hatten das Löschen aufgegeben. Die ganze Straße brannte. In den leeren Fenstern der Häuser waren Flammen zu sehen. Die Dächer waren schon weggebrannt. Oft standen nur noch Teile der Fassaden, die die Glut zurückhielten. Die Luft war voller Staub, Ruß, Dreck, Qualm, Hitze. Vor einem Haus versuchte man vergeblich, Menschen aus einem Keller zu ziehen, sie hingen verbrennend im verschütteten Kellerfenster. Vor einem anderen Haus stand bewegungslos eine Gruppe Menschen, so bewegungslos, als hätten sie da schon immer gestanden, einer von ihnen fiel plötzlich um, die anderen bewegten sich nicht. Dann sah der Junge, nachdem sich seine Augen an das schummrige, unregelmäßige Feuerlicht gewöhnt hatten, daß die Straße voller Menschen war, die alle in einer ungeordneten Bewegung unterwegs waren, oft nur hin und her liefen, sich dabei umrannten, sich nicht ansahen, einfach wieder weitergingen, auf der Stelle kehrtmachten, über Trümmer fielen, ohne es zu bemerken, wieder aufstanden und weitergingen. Das alles geschah stumm und ohne Hast in einer Art bedächtiger Eile, als ob sich alle in einem Traum bewegten, ein Traum, der sie gefangenhielt, aus dem sie noch nicht erwacht waren. Auf dieser Straße, auf der früher alles wie an straffen Fäden gezogen hin- und herschnurrte, liefen die Menschen nun ziellos mit den wenigen geretteten Habseligkeiten umher. Sie gingen weg, kamen wieder zurück, gingen wieder weg, schleppten die geretteten Sachen von einem Platz auf den anderen. Eine Frau zog einen halbverbrannten Kinderwagen ohne Räder hinter sich her. Eine andere Frau trug vorsichtig einige Kleiderbügel, auf denen einmal etwas gehangen hatte. Ein Mann oder eine Frau, es war nicht zu erkennen, hockte vor einem Bündel, einem Kind, das sich nicht mehr bewegte, und bekreuzigte sich immerzu. Ein Soldat mit einem Bein stelzte auf seinen Krücken vorbei. Eine Frau trug einen leeren Koffer, von dem der Deckel abgerissen war. Ein Mensch, auf einen anderen Menschen gestützt, humpelte mühsam vorwärts, zog ein Bein nach. Eine Gruppe von Männern und Frauen näherte sich, vollführte einen unbeholfenen Tanz um einen Menschen, der in ihren Armen hing. Ein Mann zog mit aller Anstrengung ein kleines Holzwägelchen, dessen Räder querstanden, auf dem Holzwägelchen war nichts. Ein Kind mit einer Puppe im Arm drehte sich suchend auf der Stelle. All die Dinge, die da unter großer Anstrengung hin und her geschleppt wurden, waren meist ganz nutzlos, wertlos, man konnte sie gar nicht mehr gebrauchen, man hatte in der Not gar nicht das gerettet, was man sich vorgenommen hatte, sondern einfach irgend etwas gegriffen, bei vernünftigem Verstand hätte man alles sofort weggeworfen, aber die meisten Menschen sahen die Sachen gar nicht mehr, sie hielten sich einfach an ihnen fest, klammerten sich an sie, wie ein Artist auf dem Seil sich an eine Balancierstange klammert, auch wenn er schon fällt, wenn er stürzt, sich aus Gewohnheit an seine Balancierstange klammert.

Der Junge sah, daß ein Mann ein großes glühendes Stück Metall vor sich hertrug, aber das konnte nicht sein, obwohl es genauso aussah, dann dachte der Junge, es sei ein Stück aus dem Goldrahmen des Kinos *Scala*, der immer in allen Farben aufglühte, bevor ein Film anfing, dann sah er, daß es ein Spiegel war, in dem die Flammen sich widerspiegelten, so daß viele erschreckt auswichen, weil da Feuer auf sie zukam. Die Welt darin, die Flammen, die Menschen, alles lief spiegelverkehrt nach hinten weg, in einen fernen Fluchtpunkt, der hinter ihm lag. Je weiter sich der Mann entfernte, desto mehr entfernte sich die Welt, wurde zu einem Lichtpunkt, vor dessen blendendem Widerschein man die Augen schließen wollte, aber nicht konnte, der einen zwang, die Welt von da an durch diesen Spiegel zu sehen. Der Mann mit dem Spiegel war noch lange zu sehen, entfernte sich, funkelte immer noch wie ein Irrlicht, zog sein Licht in Schlangenlinien über die Straße, verschwand dann.

Immer wieder stürzte ein brennendes Haus ein und überschüttete die Straße mit Licht. Erst jetzt bemerkte der Junge, daß das brausende Geräusch der Flammen alle anderen Geräusche übertönte, ein fauchendes, sausendes Geräusch, das selbst den Lärm der zusammenstürzenden Fassaden überdeckte. Die Flammen zogen sich an den Häuserfronten entlang bis zum Ende der Straße, da war der undurchdringliche Abschluß der Welt, dahinter war nichts mehr. Die dunklen, rotvioletten Wolken, die Flammenwand, die alles umhüllte, die Menschen, die wie in Zeitlupe vorüberzogen, alle Bewegungen verlangsamt, sich mühsam wie in Trance bewegend, das Ende der Welt war ein apathisches, fast friedliches Bild. Der Junge hatte das Gefühl, er wäre allein auf der Welt und sähe alles aus einer einsamen Distanz, aus einer anderen Entfernung als bisher, die Menschen und ihre Welt. Alles trieb stumm, geräuschlos, in einer ewigen Stille langsam, ja fast bewegungslos an ihm vorbei, wie ein ruhiger, träger Fluß, der nach einem Unwetter Bäume und Balken, Vieh und Menschen vorbeischwemmt, das, was er in seinen Strudeln gefangenhält, noch einmal zur Ansicht freigibt, ehe es verschwindet, unbemerkt verschwindet, so trieben die Menschen an ihm vorbei, ohne etwas zu wissen oder auch nur zu ahnen, ihr Leben nicht kennend, trieben sie durch die Zeit, da bewegte sich ein Kopf, da ein Arm, da eine Hand, da fiel ein Satz, es war vorbei, ehe es bemerkt wurde, Menschen, die im Strom der Zeit geboren wurden und die in ihm starben, ohne diese Bewegung zu erkennen. Das war das Todesbild, das der Junge nie mehr vergaß, das er sein

Leben lang mit sich trug. Solange er lebte, würde er das vor Augen haben.

Maria stand vor dem Haus, das nun ein sanft gerundeter, staubiger Hügel aus Steinen und Mörtel war, unter dem alles lag, was sie besaß, was sie erarbeitet und erspart hatte, stand da und rührte sich nicht. Die Sonne schien, und alles war friedlich, bis auf den seltsamen Umstand, daß die Straße nicht mehr vorhanden war. Keiner hätte sagen können, wo einmal die Häuserfronten verliefen, die Menschen standen in einer ungefähren Mitte zwischen den Schuttbergen auf der von Schutt bedeckten Straße. Maria weinte nicht, sie sah sich nur alles an, etwas anderes hatte sie vom Leben sowieso nicht erwartet, und das hier, das war nur der Anfang, das wußte sie. Gebrannt hatte es nicht, eine Luftmine war haargenau in den Teil des Hauses eingeschlagen, in dem Marias Wohnung lag, und hatte das Haus zerpulvert. Die Menschen husteten, weil der Sommerwind in seiner lauen Wärme Staubwolken mit sich zog, sie über alle und alles verteilte, so daß die Menschen bald so grau aussahen wie die Straße.

Maria auf dem Felde, sagte Maria leise, und der Junge wußte, woran sie jetzt dachte, was sie meinte, er kannte die Geschichte, es war eine der meisterzählten Geschichten, so traurig und so tragisch und deshalb immer wieder erzählt. *Maria auf dem Felde* war eine von den vielen Marias, die vor ihr gelebt hatten, die mit ihrem Mann Joseph auf dem Feld war, als ihr Haus abbrannte, erst sahen sie die Rauchsäule, dann, auf dem Rückweg ins Dorf, das brennende Haus. Aber Maria baute, noch im hohen Alter, ihre Kate eigenhändig wieder auf, während Joseph verzagte und bei den Nachbarn in der Küche saß und warme Milch trank und aus dem Küchenfenster zusah, baute die Kate wieder auf, deckte sie eigenhändig, saß auf dem Dach und triumphierte, siegte und verlor doch so tragisch, denn die Familie verlief sich. Maria saß allein auf einem Stuhl vor dem leeren Haus und grüßte jeden, der vorbeikam, aber die Familie, inzwischen wie die Wolken in alle Himmelsrichtungen gezogen, fand sich nie mehr zusammen unter diesem Dach.

Der Junge sah einige weiße Blätter, die vom Wind auf den Trümmern des Hauses hochgewirbelt wurden, wie Schmetterlinge umeinandertanzen, er kletterte über die wegrutschenden Steine hinauf, sammelte die Blätter ein, sah sofort, es waren die Briefe seines Vaters von der Front, brachte sie seiner Mutter. Maria lächelte und nahm es sofort als Zeichen, daß Friedrich den Krieg überleben würde.

Einige vermummte Figuren, die aussahen wie unbeholfene, zerfledderte Vögel, suchten die Schutthügel ab und begannen, Bretter aus den Trümmern zu ziehen, die von weitem so aussahen wie das Holz von Marias Kleiderschrank. Der Junge stieß seine Mutter an, die in den Briefen las, und erlebte zum ersten Mal, wie schnell sie aus ihrer Apathie, ihrer Trauer, ins Leben zurücksprang, wenn es darum ging, um dieses Leben zu kämpfen. Wie ein Tier, dem man sein Futter entreißt, jagte sie los, war schon auf dem Trümmerberg, schnappte sich ein Brett, schlug alle anderen in die Flucht und begann nun selbst die Steine wegzuräumen, um zu sehen, was der Luftdruck nach oben geschleudert hatte. Bis zum Abend rettete sie mit Hilfe des Jungen die Hälfte des Kleiderschrankes in verschieden großen Brettern, einige zerrissene Bettlaken, ein zerlöchertes Tischtuch mit ihrem Monogramm, einige zerbeulte Kochtöpfe, verbogene Löffel, Messer und Gabeln und sechs Matratzenteile, einige Federn waren gebrochen oder eingedrückt, aber die Matratzen waren weiterhin zu gebrauchen. Maria glühte vor Stolz, daß sie beim Kauf so auf Qualität geachtet hatte, ihre Schlaraffiamatratzen hatten eine Luftmine und ein einstürzendes Haus abgefedert.

Man hatte Matratzen, Bettlaken, Kochtöpfe, diverse Besteckteile und eine Tischdecke, am Rande des Untergangs, im Kampf um das tatsächlich nackte Überleben genügten ein paar erhaltene Reste, und schon entfaltete die Zivilisation wieder ihre trügerischen Hoffnungen. Noch am Abend gab es eine Suppe aus einer Straßenküche, Gustav hatte Brot organisiert, man löffelte reihum aus eigenen Kochtöpfen an einer Tischdecke, die auf der Straße lag, und wehe, es trat einer auf das Monogramm. Man schlief unter freiem Himmel, den Bürgersteig als Kopfstütze, doch auf eigenen Matratzen. Fin, Gustav, Maria und die beiden Kinder, die Familie war mal wieder fast beisammen, und als die Sirenen heulten, interessierte das keinen, auch als Bomben fielen, schliefen alle weiter, sollten Gott oder seine Stellvertreter auf Erden, die Bomberpiloten, einen Volltreffer beschließen, waren sie eben alle hin, wenn nicht, na dann eben nicht, mit dieser

Einstellung ließ sich gut schlafen, man hatte erst einmal überlebt, und das Weitere würde sich finden.

Gustav entdeckte am nächsten Tag eine neue Wohnung. Sie lag etwas versteckt in einem Hinterhaus, das Vorderhaus war ausgebrannt, nur noch die schwarzgebrannten Fassaden und einige Quermauern standen, man mußte also erst durch die nach Feuer und Rauch stinkenden kahlen Wände klettern, über ausgeglühte Eisenträger balancieren, die einmal einen Boden getragen hatten und nun frei und sehr hoch über einem Keller lagen. Dann sah man schon das Hinterhaus, zwar auch zerstört, aber nur von Sprengbomben, so daß einiges übriggeblieben war, auch eine leidlich eingerichtete Wohnung im zweiten Stock. Darüber und darunter war nichts außer schräghängenden Fußböden vor den bunten Tapeten der Zimmer, die mit ihrem Muster das Haus wie ein Kartenhaus aussehen ließen, nur diese Wohnung im zweiten Stock, die man durch eine herausgeflogene Seitenwand besichtigen konnte, schien sich zu halten. Bis zum ersten Stock kam man über eine Leiter, von da führte der Rest der Treppe, ohne Geländer und seitlich etwas durchhängend, in die Wohnung, von der keiner wußte, wem sie gehörte. Von ihren früheren Bewohnern aufgegeben und verlassen, konnte sich da jeder einrichten, wie er wollte, das war so üblich, ein neues, aus dem Leben entstandenes Gesetz. Vorhanden waren ein Küchenschrank und ein Wohnzimmerbuffet, beide mit Bombensplittern gespickt, ein kleiner Herd, das Schlafzimmer gab es nicht mehr, aber sie hatten ja ihre eigenen Matratzen, die sie nachts auf den Boden der zwei Zimmer legten, die nun zu einem Zimmer wurden, denn die Türen waren herausgeflogen. Strom war nicht vorhanden, Wasser mußte man vom Hydranten auf der Straße holen, die zerstörte Außenwand, dieses unheimliche Loch, würde Gustav zumauern, Steine lagen genug herum. Alle sprangen durch die Wohnung, horchten, ob es im Mauerwerk knisterte, es schien alles noch recht stabil zu sein.

In den Jahren der Erinnerung daran wurde diese *Sommerresidenz*, wie Gustav sie taufte, fast zur Idylle. Die immer wieder frischgemauerte Wand lag nach jedem Luftangriff im Hof, so daß man sich schließlich an das Loch gewöhnte, durch das die Sonne schien, und sich mit einem provisorischen Geländer aus den Brettern des Schlafzimmerschranks begnügte. Gustav hatte eine Bibel gefunden und las laut das Buch Hiob vor. Der Junge sortierte währenddessen auf den einzelnen Steinen der herausgebrochenen Mauer seine umfangreiche Splittersammlung. Splitter zu sammeln war das bevorzugte Spiel aller Kinder, möglichst bizarre und möglichst große Bombensplitter mußten es sein, damit man mit anderen tauschen konnte, wie man früher Briefmarken getauscht hatte. Um wertvolle und schöne Stücke zu bekommen, mußte man sofort nach dem Bombenangriff auf die Straße rennen, die schweren, noch heißen, scharfkantigen Bombensplitter mit einem Handschuh einsammeln, in einem Blechkanister nach Hause schleppen, bevor der nächste Angriff kam. Nur dieser Mut brachte außergewöhnliche Stücke, die von allen bewundert wurden, die kleinen

Splitter konnte jeder einsammeln, die lagen ja sogar in der Wohnung. Wenn er von seinem Spielplatz aufsah, hatte er einen weiten Blick über das zerstörte Quartier, in dem nur noch wenige Hausmauern standen, und auch die waren durchlöchert. Er sah den Horizont, was eine Sensation war, so weit hatte er noch nie gesehen, frei schweifte der Blick über eine Mondlandschaft, die sich durch Gustavs Fernglas, mit dem er eines Tages grinsend ankam und mit dem der Junge sich stundenlang beschäftigen konnte, in unerhört spannende Einzelheiten auflöste. Er sah Menschen, die sich langsam und mühselig durch Trümmer arbeiteten, konnte Gebiete beobachten, die nur von Katzen und Hunden beherrscht wurden, fremdes Gebiet, weißes Land, das der Junge bisher nur aus Gustavs Abenteuerbüchern kannte.

Die Munitions- und Waffenfabriken, die zwischen den zerstörten Wohnhäusern lagen, waren intakt und arbeiteten Tag und Nacht weiter. »Das ist Präzision«, meinten die meisten, »die Amis brauchen die Fabriken noch, die wollen doch mit uns noch gegen die Russen marschieren. Der Kölner Dom und die Fabriken werden nicht bombardiert, das ist alles abgemacht.« Und da auch das Regierungsviertel der Stadt nicht bombardiert wurde, verbreitete sich das Gerücht, die Stadt werde nach dem Krieg Hauptstadt der Niederlande. Die, die ein wenig Holländisch konnten, sahen sich bereits als Übersetzer, viele träumten von Käse, Butter und der holländischen See, die Sache galt als ausgemacht. Die Menschen glaubten fest daran, sie wollten an etwas glauben.

Gustav lachte über so etwas und las laut aus der Offenbarung des Johannes, während der Junge mit seinem Bruder auf zehn, zwölf Meter hohen, fußbreiten Eisenträgern balancierte, unter denen nichts war, nur nackte Kellerlöcher, oder mit Karbid Erdhügel sprengte oder zusammen mit anderen vier Stockwerke hohe Mauern mit guten Ziegelsteinen zum Einsturz brachte, indem sie am Fuß der Mauer so lange Steine herausschlugen, bis die Wand sich knisternd neigte und mit einem Donnerschlag und einer gewaltigen Staubwolke zusammenbrach. Der Mörtel wurde von den Steinen abgeklopft und die Steine tausendstückweise verkauft. Gustav sollte eigentlich auf die Kinder aufpassen, weil Maria mit Fin den ganzen Tag unterwegs war, um irgendwo irgend etwas zum Essen zu besorgen, es gab genug Kinder, die nur noch einen Arm oder ein Bein hatten, weil sie aus Versehen beim Spielen an einen Blindgänger geraten waren, aber Gustav sagte nie etwas. Als Maria mit ihm deswegen einmal Krach hatte, meinte er, daß er kein Anhänger einer ruhigen, ereignislosen, bürgerlichen Erziehung sei, mit der man im späteren Leben nur Schwierigkeiten habe, weil sie Illusionen erzeuge, während hingegen eine Kindheit im Chaos eines Krieges, eine Jugend im Untergang eines Staates durchaus charakterfeste, illusionslose und freie Menschen erschaffe.

Vielleicht waren all diese Spiele nur Versuche, den Tod herauszufordern, weil man immer wieder der einstürzenden Mauer entkam, immer wieder über den Eisenträger gehen konnte, ohne abzustürzen, immer wieder rechtzeitig über einen Blindgänger sprang, entstand die Gewißheit, daß das Leben noch auf einen wartete. Es waren wichtige Tage, Tage der Erkenntnis, was das Leben ist und was es nicht ist, was wichtig ist im Leben und was nicht, Tage der Selbstfindung, ohne sie hätte man sich eigentlich sofort das Leben nehmen müssen.

Der Junge genoß die Dämmerung, wenn er, auf dem zersplitterten Fußboden hockend, die Beine aus dem Mauerloch baumeln ließ, unter denen fünf Meter nichts war, hinter sich hörte er die Stimmen der Familie, am Horizont sah man die Kondensstreifen aufsteigender Nachtjäger, aus der Richtung kamen bald die Bomber, gelegentlich verirrte sich eine Leuchtkugel, stolperte in den Abendhimmel. Im ganzen Quartier hörte man die dumpfen Schläge und die Stimme von Radio BBC, alle Radios waren weit aufgedreht, damit die, die keinen Strom oder kein Radio hatten, mithören konnten, im übrigen Deutschland stand darauf die Todesstrafe, das wußte jeder, aber hier versteckte man sich nicht mit dem Radio unter Wolldecken, hier herrschte ein anderes Gesetz. Der Junge vergaß das nie.

Diese schöne Zeit dauerte nur zwei Monate. Als sie nach einem der vielen Luftangriffe wieder aus dem benachbarten Keller kamen, war nicht nur die Wohnung weg, das ganze Haus war weg, einfach verschwunden, nur die Matratzen fanden sich wieder, drei Straßen weiter, die Matratzen waren unzerstörbar. Sie zogen damit in einen Keller, holten einen Kanonenofen aus einem der zerbombten Nachbarhäuser, der Abzug war die offene Tür, sie konnten ihn nur heizen, wenn diese Tür offenstand, bei den Angriffen saßen sie in der Kälte, und so entwickelte sich ein Höhlenleben, das bis zum Ende des Krieges und weit darüber hinaus andauerte. Sie wurden noch zweimal ausgebombt. Da sie nichts mehr besaßen, konnten sie nichts mehr verlieren. Das ersparte Tränen über Verlorenes. Eine Zukunft ohne jeden Besitz erschien auf einmal aussichtsreich und lebenswert. Falls man mit dem Leben davonkam, leben wollte man. Und man baute sich ein neues, gut abgestütztes Kellerloch. Und feierte darin jeden Geburtstag, den es zu feiern gab, denn ein Jahr weiterzuleben, nur mit dem, was man auf dem Leib trug und was man mit einer Hand tragen konnte, das war eine unerhörte Leistung. Das mußte man feiern. Die wenigen Sirenen, die es noch gab, die inzwischen nur noch blechern ihre Töne leierten, verachtete man.

Und es begab sich zu der Zeit, die man Weihnachten nannte, da der Himmel sich verdunkelte und Feuer auf die Städte fiel, die Häuser zerstörte und ihre Bewohner verbrannte, daß der Junge sich einer Gruppe anderer Jungen anschloß, die an diesem Abend Brandwache in der Josefskirche hatten. Weihnachtsbäume standen am Himmel, Silberstreifen rieselten leise herab, ein silberner Vorhang im schimmernden Licht der Scheinwerfer, die den Himmel erleuchteten, einen hellen Punkt festhielten, sich vereinigten zu einem himmlischen Lichtdom, die schwere Flak aus dem Volksgarten donnerte ihr Ehrensalut in den Himmel, Gott sei gelobt in der Höhe, Leuchtspurmunition zog ihre Feuerwerksbahnen, Gloria in excelsis Deo, und während der Punkt am Himmel grell aufleuchtete und als himmlisches Zeichen auf die Erde fiel, steigerte sich das ferne Brummen und Grollen, die Luft zitterte, schnell näherten sich die Detonationen, die Feuerwand der Brände, die Glasscheiben der Kirche klirrten wie silberne Glöckchen, das Gewölbe der Kirche bewegte sich, die Häuser rund um die Kirche erhoben sich in die Luft, Dachpfannen und Ziegelsteine knallten gegen die Kirchenmauern, zerschlugen die Fenster, die Flamme der auf dem Altar brennenden Kerze schlug seitlich aus, die Motoren dröhnten, die Bomben fielen in immer höheren, schrilleren Tönen, zerrissen in immer dumpferen Explosionen, die alle in der Kirche auf den Boden warfen, auf die kalten Steine, denn es gehörte sich, so lange stehenzubleiben, bis die Explosion einen durch die Kirche schleuderte, hochhob und wieder fallen ließ, an einen anderen Ort trug, so daß man sich erst wieder orientieren mußte. Hell wurde es, taghell, und jetzt war der Zeitpunkt gekommen, zu dem versteckten Grammophon zu kriechen, jetzt war der Moment da, wo man in äußerster Lautstärke, verstärkt durch die Akustik des Kirchenschiffes, Louis Armstrongs Cornet hörte, die glorreiche Einleitung zum *West End Blues*, das Schönste, was es auf Erden gab, ein Halleluja in der untergehenden Welt, Louis Armstrongs Cornet höher als das Klirren der Glasscheiben und das Schrillen der Bomben und das Dröhnen der Motoren, Halleluja, Louis Armstrong, und alle Menschen aus den tausend Geschichten, die man ihm erzählt hatte, schwebten durch das Gewölbe der Kirche, tanzten einen Kreis wie die Engel im Himmel, ein Glorienschein der Ewigkeit, und Marija sah schweigend aus dem Kindersarg, und Gustav rannte mit seinen Büchern durch das Feuer, und Fin schlug sich mit einem Polizisten um ein Stück Brot, und Friedrich fiel an einem Fallschirm vom Himmel, und Maria stand in der Kirchentür, umgeben von roten Flammen, und schrie etwas. Gott und die Welt mochten vergehen, aber Louis Armstrong lebte und blies sein Horn, und seine zärtliche Stimme sang *Oh Jericho*, und es war für den Jungen undenkbar, daß Louis Armstrong jemals sterben könnte.

Die Josefskirche, nach den Begriffen des Quartiers eine sehr alte, sehr schöne und sehr große Kirche, viel älter, schöner und größer als der Kölner Dom, war im vorigen Jahrhundert aus jahrelangen Geldsammlungen unter den Arbeitern des Quartiers entstanden, deren Pfennige sich in Backsteine verwandelten. Dazu bedurfte es auch eines Kirchbauvereins, mit einem Vorstand, von dem die Chronik schreibt: »Einer von ihnen besucht überhaupt keine Gottesdienste, der zweite ist ein vollständiger Rationalist, er kniet nicht einmal bei der Wandlung, und der Dritte ist ein leichtsinniger Mensch.«

So entstand die Kirche mit viel Streit und Krach, unter handgreiflichen Auseinandersetzungen und persönlichen Beleidigungen, unter Ein- und Austritten aus dem Kirchbauverein, mit wechselnden Architekten und Handwerkern unter Verwendung vieler Stile, wie man sie von den Fabriken her kannte, wobei man vergaß, Verträge abzuschließen, so daß der Vorstand nur protokollieren konnte: »Sie bauten im Vertrauen auf die Sache selbst.« Das war eine der Grundweisheiten dieses Quartiers, daß man ohne allzuviel Planung, Überlegung und Absicherung am weitesten kommt, was soviel hieß wie: »Es wird schon werden.«

Der Bau entstand je nach Kassenlage, zog sich über Jahre, blieb gelegentlich liegen, wurde wiederaufgenommen, als man endlich mit dem Turm begann, stellte einer die Frage nach den Glocken. Nach längerem Überlegen war klar, entweder ein Turm oder Glocken, man beschloß daher, den Turm, der gerade die Höhe des Hauptschiffes erreicht hatte, so zu lassen, wie er war, und entschied sich für die Glocken, den Turm konnte man ja immer noch errichten.

Bei der Beschaffung der Glocken erinnerte man sich an die Volksweisheit, daß aus Kanonen gegossene Kirchenglocken niemals und unter keinen Umständen, auch nicht unter Hinzuziehung des übelsten Teufelswerks, sich wieder in Kanonen verwandeln würden. Da man die kommenden Zeiten weise voraussah und sich im Schrottwert gebrauchter Kanonen auskannte, die in den Fabriken des Quartiers ständig Metamorphosen erlebten, gebot die Vernunft einen kühnen Schritt. Man schrieb an Seine Majestät, den Kaiser und König in Berlin, und bat um die unentgeltliche Überlassung von zwölf Zentnern Geschützbronze für den Guß von Kirchenglocken. Seine Majestät geruhte allergnädigst zu genehmigen, und so holte man sich aus dem Artilleriedepot in Straßburg die benötigten Kanonen. Sie verwandelten sich in gesegnete Kirchenglocken, die man auf diese Weise fast umsonst bekam.

Auch der Turm für die Kirchenglocken entstand nach und nach, und die Prophezeiung, daß Metall, einmal dem Kreislauf der Kriege entzogen, für alle Zeiten nur noch friedlichen Zwecken diene, erfüllte sich. Im Ersten Weltkrieg wurde das bis dahin noch ergänzte Geläut zum schönsten weit und breit erklärt, entging darum dem Kanonenschicksal, und auch im Zweiten Weltkrieg blieb es unversehrt. Die Glocken wurden zwar demontiert und abtransportiert, aber man fand sie nach dem Krieg, genau durchnumeriert, auf einem Glockenfriedhof, sie waren erneut dem Umschmelzen entgangen, zufällig, wie es amtlich hieß, aber im Umkreis der Kirche wußten die Menschen, daß es kein Zufall war.

Die Josefskirche wurde in vielen Bombenangriffen total zerstört. Schuld daran waren nach Ansicht vieler vor allem diejenigen, die ein Loch in den Kirchturm geschlagen hatten, um die Glocken abzuseilen, denn so ein Loch, in eine Kirchenwand geschlagen, zieht andere Löcher nach, das wußten alle. Von der Kirche blieb nur eine Ruine, damit paßte sie sich in ihrem Stil erneut dem Quartier an, dessen Häuser auch nur noch Ruinen waren. Und da der Segen, der alle beschützte, offenbar nicht mehr existierte, fielen die Bomben auch in das Josefskrankenhaus, in dem der Junge geboren wurde. Er stand vor dem einstürzenden Krankenhaus und hörte, daß über hundert Menschen darunter lagen, die Ärzte, die Vincentsschwestern, die Mütter mit ihren Kindern auf der Entbindungsstation, Säuglinge, deren Geburtsstunde auch ihre Todesstunde war. Und als ein viermotoriger Bomber vollgeladen mit Bomben neben dem Krankenhaus auf die Häuser am Markt des Quartiers stürzte, fünf Häuser in einen brennenden Sarg verwandelte, hundert Meter entfernt von dem Keller, in dem der Junge saß, da wußten alle im Keller, daß da mehr heruntergekommen war als nur ein paar Bomben. Die Explosion des Flugzeugs warf sie alle durcheinander, sie rannten aus dem Keller, um zu helfen, konnten aber nicht helfen, obwohl die Menschen unter den brennenden Häusern aus ihren Kellerlöchern schrien. Auch Pastor Lefarth, der vor den Kellerlöchern auf der Straße lag und die letzte Ölung über sterbende Augen strich, waren die Wunder abhanden gekommen.

Pastor Lefarth hatte zum Ende des Krieges mehr Seelen im Himmel als auf Erden. Und die Menschen, die nun starben, konnte er nicht auf dem Stoffeler Friedhof beerdigen, der lag unter dem Dauerfeuer der Amerikaner, die mit ihrer Artillerie über den Rhein herüberschossen. Beerdigt wurde im Vorgarten, im Hinterhof, da, wo man starb, falls man überhaupt noch beerdigt wurde. In seiner Kirche, wenn man es wagte, sie zu betreten, denn man konnte jederzeit von herabfallenden Mauerteilen erschlagen werden, blickte man zwischen kahlen, kalten, ausgeglühten Mauern in den offenen Himmel, und auch der sah nicht heilig aus, sondern regnete ganz gewöhnlich seinen Regen herab, seine Messen fanden in einem Heizungskeller zwischen wenigen Getreuen statt, das Meßgewand über einen Trainingsanzug gezogen, gewaschen im dreckigen Löschwasser eines Eimers, denn es gab weder Wasser noch Wärme, noch Licht.

Er starb auf dem Weg zu einem tödlich Verletzten durch ein Artilleriegeschoß der Amerikaner und lag noch lange verblutend auf der Straße. Man hielt ihn für einen Fremdarbeiter.

Hundert Jahre nach dem Beginn der großen Zuwanderung, die das Quartier erschuf, wurden wieder Menschen aus ganz Europa in das Quartier transportiert. Wie früher kamen sie zu Fuß, mit Wagen, mit der Bahn, aber waren sie früher weitgehend freiwillig der Arbeit gefolgt, wurden sie nun zur Arbeit gezwungen. Gefangene, Verschleppte, Zwangsarbeiter, Fremdarbeiter, es fehlte keine Nation vom Atlantik bis zum Ural, vom Nordkap bis zum Mittelmeer. Das Quartier wurde nun endgültig zu einem Ghetto innerhalb der Stadt, eine Welt für sich, eingeschlossen von den haushohen Bahndämmen, durch die nur wenige dunkle Unterführungen ins Freie oder in die Stadt führten. Zwischen den großflächigen Stahlwerken, die nur noch für den Krieg arbeiteten, hauste die Bevölkerung zusammen mit den Zwangsarbeitern in schmalen, ausgebombten Straßen, in Baracken auf dem Fabrikgelände. Sie arbeiteten zu Tausenden zusammen in den Rüstungsbetrieben, lebten zusammen in Häusern und Notunterkünften, ertrugen mit der Apathie der Gepeinigten die Bombennächte, gruben sich gegenseitig im Dämmerlicht des Tages aus den verschütteten Kellern und Bunkern. Jeder Mensch in diesem Lager hatte seine Nummer, war eingeteilt, war Teil dieses Zwangssystems. Die Rüstungsarbeiter hatten eine numerierte und registrierte Bescheinigung, daß sie an der

Heimatfront kriegswichtig waren, die Kriegsgefangenen trugen fast alle noch die Uniformen ihrer alten Armeen, gekennzeichnet durch große Buchstaben, die Zwangsarbeiter waren gekennzeichnet durch Nummern und Abzeichen, die man ihnen auf die Kleidung genäht hatte. Namen hatten sie alle keine mehr.

Am genauesten waren die KZ-Insassen gekennzeichnet. Der Ordnungssinn, der zuvor schon die Bevölkerung in einer Vielzahl von Uniformen und Organisationen erfaßte, hatte hier eine so gründliche Ordnung geschaffen, daß die daraus entstandene Verwirrung total war. Die KZ-Gefangenen waren übersät mit Zahlen, Zeichen, Symbolen in allen nur denkbaren Kombinationen und in allen Farben des Regenbogens, so daß der auf diese Weise ausgezeichnete Mensch kein Mensch mehr war, sondern ein klassifiziertes Etwas, dessen Namen und Geburtsort und Alter vielleicht noch auf einer Karteikarte standen, dessen Person aber auf der Straße eine anonyme Gliederpuppe war, dem äußeren Anschein nach ein Mensch, bei näherem Hinsehen ein kahlgeschorenes, verhungerndes Wesen in einem gestreiften Kittel, das von niemandem identifiziert werden konnte, weil kein Mensch die Unzahl der Zeichen kannte. Das war Aufgabe der Wärter, deren Uniformierung auch nicht immer Aufschluß gab, zu welcher Truppe sie gehörten, was natürlich beabsichtigt war, niemand sollte diese Ordnung durchschauen können, jeder sollte möglichst wenig wissen, nur so war die Ordnung aufrechtzuerhalten. Näherte man sich den Gefangenen, richtete sich ein Gewehr auf den Neugierigen, sein

Ausweis wurde kontrolliert, die Nummer, die Stempelzeichen darin, von einem SS-Mann mit einer Nummer und verschiedenen Zeichen auf der Uniform, der den Neugierigen wieder auf seine Seite der Ordnung zurückstellte. Und wenn daraus ein numeriertes Protokoll entstand, waren alle Nummern untereinander aufgeführt, standen auf einem Blatt, landeten in einem numerierten Archiv in Berlin, in dem alle als Gefangene geführt wurden.

Der halbe Quieter war einmal ein ganzer Mann. Mit den ruhig ausholenden Bewegungen eines Feldmarschalls, der seine Truppen sicher durch das unübersehbare Getümmel einer Schlacht dirigiert, stand er meist auf einem Sandhaufen und warnte seine Männer verantwortungsbewußt vor der herannahenden Gefahr. Die Gefahr bestand in den Straßenbahnwagen der Rheinbahn, die allzu rasch auf Gleisbaustellen zufuhren, in denen die von Quieter befehligten Männer alte Gleise durch neue ersetzten, hämmerten, schweißten und fluchten, wenn sie immer wieder bei einer heiklen Arbeit auf Quieters Zuruf neben die Gleise treten mußten, um einen nun langsam fahrenden Straßenbahnzug vorbeizulassen. Das war Quieters Aufgabe, die er mit Ernst erfüllte, unübersehbar stand er auf seinem Sandhaufen, eine erhobene Hand bremste den Straßenbahnzug, die andere Hand führte ein blinkendes Signalhorn an den Mund, dessen Tröten seine Männer warnte. Dann schlug er die eine Hand an die Mütze, um den Fahrer zu grüßen, und gab mit der anderen Hand letzte warnende Anweisungen an seine

Männer, verbunden mit einem »Achtung!«, das sämtliche Passanten erschreckte, denn er verfügte über eine im Männergesangverein des Quartiers ausgebildete Stimme. In den Pausen sang er auf seinem Sandhaufen mit kleinem gespitzen Mund und verhalten dirigierend die Arie des Sarastro aus Mozarts *Zauberflöte*, seine Lieblingsarie, die er vollendet beherrschte, und hielt so sich, seine Arbeiter und die Spaziergänger bei Laune. Es kam, was kommen mußte, wie viele hinterher sagten, weil im Leben immer das kommt, was kommen muß, alles stehe im Buch des Lebens, Schicksal sei Schicksal, die Diskussion über den Vorfall dauerte jedenfalls lange, und auch Quieter rätselte mit. Dabei war es ganz einfach. So wie Artisten einmal in ihrem Leben danebengreifen, tausendmal sicher das Seil überqueren und doch einmal die Balance verlieren, so geschah es auch hier. Hunderte von Straßenbahnwagen hatte Quieter verantwortungsvoll und sicher durchgelassen, und nur dieses eine Mal, war es die Hitze des Tages, waren es die immer gleichen Bewegungen, waren seine Gedanken zu sehr bei der Arie des Sarastro, verlor er die Balance, der Sandhaufen unter ihm gab nach, Quieter bemerkte nichts und rutschte grüßend und trötend unter die Räder der gerade vorbeifahrenden Bahn. Übrig blieb das, was man danach den halben Quieter nannte, ein Mann, der in einem Rollwägelchen durch das Quartier kariolte und sich unbändig über seine *sehr anständige* Unfallrente freute. Immer wieder erzählte er seine Geschichte, die inzwischen lang geworden war, die Leute weinten über sein Schicksal und hatten gleichzeitig Tränen vor

Lachen in den Augen, weil jeder sich vorstellen konnte, wie Quieter da vom Sandhügel ruhig dirigierend und nichts bemerkend – es war zum Lachen und zum Heulen. Quieter, der nun ein bekannter Mann war und sein zweites Leben genoß, tat das, was er immer getan hatte, er paßte auf andere auf. Schon frühmorgens fuhr er durch den Volksgarten, achtete darauf, daß die Wege sauber waren, pickte mit seinem Stock, mit dem er sein Wägelchen kräftig voranstieß, herumliegendes Butterbrotpapier und alte Zeitungen auf, meldete der Müllabfuhr größere Unreinlichkeiten, achtete darauf, daß die Kinder nicht allzuhoch in die Bäume hinaufkletterten oder zu weit in den See hinausschwammen. Das hätte er gerne bis an sein Lebensende getan, wenn nicht im Buch des Lebens, Schicksal ist Schicksal, aber der halbe Quieter wußte noch nichts davon, obwohl der Bote, der ein großes Unglück, eine Tragödie ankündigt, doch immer zuerst getötet wird – wenn nicht eines Abends der halbe Quieter aufgeregt durch die Straßen gerollt wäre, vor Läden und an Kneipen hielt und das Unheil verkündete: »Die bauen da ein KZ.« Er informierte weiter ausführlich Tag für Tag, es fiel daher sofort auf, als er ausblieb, man suchte ihn und fand ihn im Volksgarten tot in einem Graben, in dem er mit seinem Wägelchen lag.

Das KZ lag im Volksgarten neben dem Stoffeler Friedhof, zwischen dem Stoffeler Kapellchen und der Konzertmuschel mit dem träumenden See, der von Vergangenem erzählte, davon, wie Maria in einem

Ruderboot Friedrich ihren Heiratsantrag machte, von den sommerlichen Ruderabenteuern und den winterlichen Schlittschuhläufen des Jungen, während die Muschel des Musikpavillons stumm blieb, gelegentlich hörte man von dort die Mundharmonika eines Soldaten, meistens das unharmonische Echo der Bomben, der Flak, der Schüsse aus dem KZ. Auf der Ballonwiese hatte sich eine schwere Flakbatterie eingegraben, für Verliebte war da kein Platz mehr, der Park war zu einer Todeslandschaft mit abgeholzten Bäumen und Splittergräben zwischen Gemüse- und Kartoffelanpflanzungen geworden. Nur auf dem Stoffeler Friedhof herrschte Leben, er wurde benötigt wie nie zuvor, die Erde nahm geduldig all die Toten auf, Helden und Opfer versanken in ihrer unerschöpflichen mütterlichen Güte, die jeden in ihre Arme nahm, Gebein zu Gebein, Asche zu Asche, ohne Musik und Totenrede, hastig und in aller Eile und in Angst vor dem nächsten Bombenangriff. Die frischen Gräber paradierten in ordentlichen Reihen, bildeten Quadrate und Rechtecke, nannten sich Feld achtzehn, neunzehn, zwanzig, genauso durchnumeriert und exakt geordnet wie die Baracken des KZs neben dem Friedhof, dessen Tote hier täglich eingeäschert wurden. Die vierzehn Nothelfer des Stoffeler Kapellchens schwiegen, wie die Menschen schwiegen.

Alle Bewohner des Quartiers kannten das KZ, gingen am Tag an den hohen Stacheldrahtzäunen vorbei, der über ihre Köpfe reichte, sahen in der Nacht die Scheinwerfer auf den Wachtürmen, die das Lager taghell erleuchteten, die nur bei den Luftangriffen erloschen, sahen jeden Morgen, wie die Häftlinge in ihren gestreiften Anzügen, die zerrissen an ihnen herunterhingen, in ihren aufgeplatzten Schuhen, die von den Füßen mitgeschleift wurden, in Gruppen von dreißig, vierzig, fünfzig Mann schwere Pferdewagen in die Innenstadt zogen, um dort verschüttete Keller freizulegen, Blindgänger auszugraben, Trümmer wegzuräumen, Bombentrichter in den Straßen mit Schutt aufzufüllen. Abends kamen sie mit ihren Pferdewagen zurück, ausgemergelt und vornübergebeugt schleppten sie in Kisten ihre Toten mit, wankten, oft in Kolonnen zu hundert, wieder ins Lager zurück, kilometerweite Wege der Demütigung, des Hungers, der Angst, des Todes. Die Menschen in der Stadt fuhren mit der Straßenbahn an ihren Gesichtern vorbei, nur getrennt durch eine Scheibe, die stumme Blicke zuließ auf Gefangene, die im eisigen Regen zitterten, auf kurzgeschorene, gelbliche, bis auf die Knochen abgemagerte Schädel, in erloschene Augen. Die Gesichter der Menschen in der Straßenbahn wandten sich wieder ab, die Augen waren versteinert, die Frauen weinten, für jeden Spitzel war die Stille in der Bahn ein Schrei.

In dem KZ waren Deutsche, Russen, Ukrainer, Polen, Tschechen, Slowaken, Jugoslawen, Niederländer, Belgier, Franzosen, Norweger, Dänen, Ungarn, Italiener, Österreicher. Die Menschen des Quartiers lebten mit ihnen zusammen, Haus an Haus, Wand an Wand, viele Tausende waren in Kriegsgefangenenlagern, Zwangsarbeiterlagern, KZ-Außenlagern untergebracht, in Fabrikhallen, Schulen, Gaststätten, getrennt nach Nationalität, nach Mann und Frau, und mittendrin die Menschen des Quartiers. Der Mensch ist geboren, um mitzuleiden und anderen Menschen zu helfen, in einem System, das diese menschlichen Regungen mit dem Tode bestrafte, sie ein für allemal unterdrücken wollte, wurde diese dem Menschen angeborene Regung zur hohen Kunst entwickelt. In den Fabriken, wo man zusammenarbeitete, war es einfacher, dieser Neigung nachzugehen, selbst unter der Aufsicht fanatischer Aufseher und Bewacher, auf der Straße mußte man sich schon mehr einfallen lassen. Man konnte eine gerade angezündete Zigarette so wegschleudern, daß sie den Gefangenen der Kolonne direkt vor die Füße flog, ohne daß man es selber bemerkte. Man konnte in Zeitungspapier gewickelte Lebensmittel in Sichtweite der Kolonne in Mülltonnen verstecken, so daß sie im Vorbeigehen mitgenommen werden konnten. Man konnte bei Aufräumungsarbeiten nach einem Luftangriff einen Suppentopf in die Trümmer stellen, das mußte man aber so machen, daß die KZ-Gefangenen es bemerkten und die SS-Bewacher nicht, das war schwer, und manch einer mußte im letzten Moment abdrehen, weil ihn ein SS-Mann fixierte. Man konnte unter den Eisenbahnunterführungen die Kolonnen abpassen, die sich in der Enge der Tunnel dicht an den Menschen vorbeizwängen mußten, die SS verlor in diesem Gedränge und in der Dunkelheit der Unterführungen für kurze Zeit die Übersicht, so daß man den Gefangenen schnell etwas zustecken konnte. Jeden Abend standen hier Menschen, die auf die ins Lager zurückkriechende Kolonne warteten, die immer gerade zufällig vorbeikamen und ganz zufällig ein Päckchen verloren, ohne daß es ihnen weiter auffiel.

Die Kinder waren noch geschickter, sie spielten so lange scheinbar intensiv und selbstvergessen Fußball neben den KZ-Gefangenen, die zerstörte Häuser sicherten, Schutt wegräumten, Bahngleise reparierten, bis der SS-Posten ihnen den Rücken drehte, dann warfen sie das Brot, das sie zerteilt dabeihatten, in die Kolonne. Wenn der SS-Posten auf dem Absatz kehrtmachte und sie wieder im Auge hatte, spielten sie schon wieder, warteten auf den nächsten Dreh des Postens, dann flogen Stücke einer langen Mettwurst in die Kolonne, während mit großem Geschrei das Spiel weiterlief, Pässe geschlagen wurden, Steilvorlagen, Tore bejubelt, über die mit dem Tormann ein heftiger Streit ausbrach, so daß man das Spiel abbrach und nach Hause lief, um wieder Brot zu holen.

An die Polinnen, die die Straßen reinigen mußten und die immer in der Mitte der Straße hintereinandergehen mußten, auch bei Bombenangriffen und Artilleriebeschuß, auch wenn die Bomben oder die Splitter in ihre Reihen schlugen und sie töteten – an die Polinnen kam man nur heran, wenn man den Posten mit Schnaps oder Zigaretten bestach, damit er sie für eine Stunde zum Schuttwegräumen abkommandierte, dann konnte man ihnen etwas neben die zertrümmerten Steine legen.

Es gab Heldentaten, von denen nie einer berichtet hat, weil die, die ihr Leben riskierten, das mit einer Handbewegung abtaten. Hatte man erst einmal die

Adresse eines Gefangenen, zugeflüstert im Vorbeigehen, zugeflüstert beim Aufräumen der Wohnung, des Kellers, des Ladens nach einem Bombenangriff, konnte man seine Familie informieren, konnte Pakete für ihn annehmen und deren Inhalt beim nächsten Einsatz rasch verteilen, hinter einer Wand, einem Mauervorsprung, einer Treppe. Es gab Menschen, die für Minuten sogar Telefonverbindungen herstellten, so daß ein Gefangener ein paar Sätze mit seiner Frau, seiner Mutter, seiner Schwester austauschen konnte. Es gab Menschen, über deren Auslandspostschein, den nur wenige hatten, ein reger Briefwechsel zwischen Gefangenen und ihren Angehörigen in viele Länder lief. Es gab Menschen, die ausgebrochene KZ-Gefangene versteckten, obwohl die SS das ganze Quartier durchsuchte. Es gab Menschen, die Deserteure versteckten, junge Soldaten, die den Krieg nicht mehr ertrugen. Beides gelang nicht immer, und die, die ein Herz hatten und anderen helfen wollten, wurden zusammen mit denen erschossen, die sie versteckt hatten.

Es gab Menschen, die Treffen zwischen Gefangenen und Angehörigen ermöglichten, weil sie für bestimmte Arbeiten angeblich bestimmte Gefangene brauchten, die dann in einem Zimmer auf ihre von weither angereiste Frau trafen, die man vorher informiert und versteckt hatte. Einer zerschlug einige Dachpfannen seines Hauses, ging zum Lagerkommandanten, forderte einen bestimmten Gefangenen an, einen Zeugen Jehovas, der hier für seinen Glauben büßen mußte, weil nur der ein Dach, das beim Luftangriff zerstört worden sei, richtig reparieren könne, und während der Gefangene in der Dachstube auf seine in einem Schrank versteckte Frau traf, hielt der geschädigte Hausbesitzer die SS-Wache, die den Gefangenen begleitete, an der Haustür fest, verwickelte sie geruhsam in ein Feierabendgespräch, während auf dem Dach ein anderer herumkletterte, laut fluchte und mit den Dachziegeln herumwarf. Nach einer Viertelstunde war es dann vorbei, der Gefangene erschien wieder, verschwand mit der SS, und das zerstörte Dach wurde leise repariert.

Es gab Geschichten und Gerüchte, die keiner so recht glauben wollte, von denen aber viele doch Genaueres wußten, *unglaubliche Geschichten* nannte man sie. Sie wurden von Eisenbahnern erzählt, die von langen Güterzügen mit Juden sprachen, die in ferne, unbekannte Orte fuhren, sie wurden von Soldaten erzählt, die von Erschießungen hinter der Front sprachen, sie wurden von Ärzten erzählt, die von Krankenhäusern sprachen, in denen Wachsoldaten lägen, die von dem, was sie gesehen hätten, wahnsinnig geworden seien.

Unglaubliche Geschichten, die auf unerkennbaren Pfaden durch das Quartier wanderten, sich verbanden mit dem, was man täglich vor Augen hatte, und mit dem, was viele wußten, dem Abtransport der Juden vom Schlachthof der Stadt. Ein dunkles Halbwissen verbreitete sich, Furcht und Angst vor den ungewissen Dingen, die da im verborgenen geschahen und die nach dem Krieg keinen wirklichen Frieden mehr zulassen würden.

Der Junge saß oft mit anderen in den Schrebergärten neben dem KZ, zwischen den Kaninchenställen hörten sie die Schallplatten, die sie mit dem Plattenspieler immer mitschleppten, Bessie Smith und Louis Armstrong, während nicht weit von ihnen ein SS-Mann Gefangene herumhetzte, die mit einer Schubkarre Sandhügel aufschütten mußten, höher als das Lager, und dann diesen Sandhügel abtragen und hundert Meter weiter wieder aufschütten mußten und danach wieder abtragen und wieder auf der alten Stelle aufschütten mußten. Währenddessen langweilte sich der SS-Posten und überlegte wahrscheinlich, ob er einen von denen auf der Flucht erschießen sollte, was schon geschehen war, da brauchte er nur die Kappe des Gefangenen von dessen Kopf wegzureißen und in die Luft zu werfen, lief der Gefangene seiner Kappe hinterher, knallte es schon, denn das war eindeutig ein Fluchtversuch, oder ob es ihm mehr Spaß machen würde, einen von denen am Abend nackt an einen Pfahl zu binden, ihn mit Wasser zu übergießen und die Nacht über erfrieren zu lassen, auch das war schon geschehen. Jeden Morgen wurden die Toten aus den Baracken geworfen, lagen übereinander auf der Erde, das Krematorium rauchte den ganzen Tag.

Der Junge wußte nicht, daß ihm solche Schikanen auch noch bevorstanden, daß auch er das alles noch erleben würde, er konnte noch nicht sagen, was das für ihn bedeutete, formulieren konnte er das alles erst viel später, aber er fühlte, daß das, was er da sah, auf dieser Welt immer geschehen würde, daß es aber auch immer Musik und Bilder und Bücher geben würde, das andere, das er noch nicht so genau bezeichnen konnte. Er hatte eine Abneigung gegen Menschen, die von dem kommenden Paradies auf Erden erzählten, die davon redeten, daß der Mensch glücklich sein werde, er hatte das Gefühl, daß diese Leute lügen, aber er konnte es ihnen natürlich nicht beweisen. Er fühlte nur, es würde immer das geben, was er da sah, die menschliche Bestialität und Sinnlosigkeit, die mit dem Tod endete, und das andere, und das war immer und ewig und endete nicht mit dem Tod.

Früher hatten sie, nachdem sie ihre Platten in einem Gebüsch zwischen Flakbatterie und KZ abgespielt hatten, sich oft auf den TURU-Platz zurückgezogen, auf dem einmal der schönste Fußball der Stadt gespielt wurde, er lag direkt hinter dem Bahndamm am Volksgarten, aber auf dem TURU-Platz stand jetzt eine Baracke mit Zwangsarbeitern aus Polen. Auch Varna war nicht mehr da.

Varna war einer von diesen langen dünnen Kerlen, von denen man nie recht wußte, was sie machten. Eine Hand immer in der Hosentasche, in der anderen immer eine Zigarette, die er in der hohlen Hand rauchte, den Hut halb im Nacken, schlenderte er von Kneipe zu Kneipe. Sein Vater stammte aus Prag, Varna war im Quartier geboren, fühlte sich aber als Prager. Einen Stadtplan von Prag in der äußeren Jackentasche, so gefaltet, daß das Wort Prag für jeden zu lesen war, warf er mit tschechischen Straßennamen um sich, die er aus seinem Stadtplan hatte, und fühlte sich mitten im Quartier wie in Prag, das er noch nie gesehen hatte.

Er war hübsch, hatte Umgangsformen, sagte mitten in einem Streit: »Wenn Sie gestatten, würde ich Ihnen gerne die Frage stellen, wozu die Meinungsverschiedenheit, es ist immer die Frage, warum man sich streitet, man muß sich bedenken, man muß sich befragen, wie leicht tut man einem ein Unrecht, wie leicht bereut man seine Taten, und hinterher tut es einem leid, und es wäre alles gar nicht nötig gewesen.« Über so einen Satz mußte man erst nachdenken, da vergaß so manch einer den Streit, die Keilerei blieb aus, obwohl man sich doch fest vorgenommen hatte, dem anderen die Faust aufs Kinn zu setzen. Solche überlangen Sätze, die keiner verstand, die ihn selber aus jeder mißlichen Situation heraushielten, vergaß Varna leider beim Fußball, im Hauptberuf war Varna nämlich Fußballanhänger des Vereins TURU. TURU war der Verein der Studenten und Akademiker, seine Farbe war ein königliches Blau, das sich dezent und für das Auge angenehm vom grünen Rasen abhob. Die Spieler siezten sich selbstverständlich auch während des Spiels, fiel ein Tor, hörte man schon einmal ein »Gratuliere, Herr Doktor«, und der so geehrte replizierte, sich leicht verneigend, »Danke Ihnen für die Vorlage, Herr Studienrat.« Fußball mit Handkuß nannten das die Anhänger von Fortuna, der ein Arbeiterverein war, aber der Fußballplatz von TURU lag nun einmal neben dem Volksgarten, direkt hinter dem Eisenbahndamm, sein Stammpublikum bestand daher aus den Arbeitern des Quartiers. Die Ästhetik des von TURU gepflegten und geschätzten Spiels war ein schöner Gegensatz zum ruppigen Ton in den Fabriken, und deshalb wurden wohl auch die TURU-Spieler, die samtweich den Ball streichelten, ihr Spiel in einer filigranen Technik aufzogen, von ihrem Publikum besonders energisch verteidigt, wenn so ein öder Treter eines Gastvereins mit seinem Holzbein dazwischenfuhr und mit einem nicht anzusehenden Foul das elegante Spiel von TURU zerstörte.

Varna war nach einem solchen Foul einmal, alle hatten es gesehen, auf das Spielfeld gerannt, um dem gegnerischen Spieler den passenden Kinnhaken zu versetzen, kam aber nicht dazu, weil er voll in einen Fußballstiefel lief. Die Tragik wollte es, daß es der Fußballstiefel des Gefoulten war, den er rächen wollte. Varna ging schweigend zurück zu seinem Platz an der Eckfahne, wo er immer stand, weil man ein Fußballspiel diagonal sehen müsse, wie er an der Theke dozierte, und hielt den Mund fest geschlossen. Auch nach dem Spiel preßte er die schmalen blutigen Lippen aufeinander, sagte kein Wort. Als er in der Vereinskneipe auf die Toilette ging und den Mund vor dem Spiegel öffnete, fielen ihm bis auf einige Stummel alle Zähne aus dem Mund. Von da an sprach Varna nur noch das Allernotwendigste. Hielt er den Mund, war er immer noch ein schöner Kerl, öffnete er ihn, war er ein alter Mann. Mit der Zeit entwickelte er aber, als Ausgleich zu den fehlenden Worten, die ihm früher so überreich zur Verfügung gestanden hatten, eine derart starke Mimik, daß er jedes Gespräch durch die pausenlose Arbeit seiner Gesichtsmuskeln in einen spannenden Dialog verwandelte. Schweigend saß er dabei, aber seine Stirnfalten, seine Augenbrauen, seine

Augen, seine Backenknochen, seine Nasenflügel, seine Lippen, sein Kinn waren in ständiger Bewegung, sein interessanter Vogelkopf entwickelte eine enorme Halsartistik. Er drehte den Kopf, wie er wollte, und war stumm beredter als je zuvor, stellte Fragen mit einem herausfordernden Blick, zweifelte mit seinen Augenbrauen, stimmte mit vorgestrecktem Kinn zu und lachte mit hochgezogenen Mundwinkeln, stand auch so wieder neben der Eckfahne, und seiner Mimik konnte jeder sofort entnehmen, was er vom Spiel hielt. Wenn er nicht in der Kneipe der Iren saß, wo sich die trafen, deren Väter aus Irland eingewandert waren, und sich mit ihnen über Querpaß- und Steilpaßspiel stritt, meistens mit Fettstiften auf einer Ansicht von Dublin ausgetragen, die dunkel verräuchert unter Glas hing, saß er meist im Volksgarten, weil er sich nicht weit vom TURU-Platz entfernte, um ja kein Training zu verpassen, und ruckte mit seinem Kopf hin und her.

Auf dem Weg dorthin lief er auf eine übersehene und nicht entschärfte Zeitzünderbombe und verwandelte sich in Sternenstaub. Das Loch, das er in der Straße hinterließ, füllte sich nach und nach mit Wasser, man ließ es so, wie es war, weil man anderes zu tun hatte, auch eine gewisse Scheu stellte sich ein, genauso wie auf einem Friedhof. Kinder spielten nicht in diesem Loch, die Erwachsenen schauten nachdenklich hinein, es wurde so etwas wie ein heiliges Stück Erde, genannt Varnas Loch, zu einer Wegmarke, an der man sich orientierte, rechts ging es in den Volksgarten, links zum Markt, geradeaus in die Stadt. Das waren die neuen Orientierungspunkte im Quartier, von denen es jetzt viele gab, sie waren nicht nur geographisch exakt, sie erzählten auch das Geschehene, jeder kannte ihre Bedeutung, fand sich danach zurecht, räumlich und zeitlich, jeder kannte die Richtung von Varnas Loch zu Odysseus' Mauer.

Odysseus war ein kleiner Kerl, fast durchsichtig, Haut und Knochen, ein Klappergestell, das von einer Jockeybluse zusammengehalten wurde, und kam aus Ungarn. Alle nannten ihn Odysseus, weil er einmal zehntausend Reichsmark vierzig zu eins auf einen Außenseiter, ein Pferd namens Odysseus, gewonnen hatte, aber das war zu der Zeit, in der man ihn noch als Jockey engagierte und er wußte, wer gewann. Odysseus behauptete von sich, er pflege die Grafenberger Pferderennbahn, aber alle wußten, er folgte sonntags den Fußstapfen der Pferde, trat die von den Hufen aufgerissenen Löcher in der Grasnarbe zu, signalisierte seinen Bekannten tiefes, mittelschweres oder hartes Geläuf, denn mit den Pferden war er per du, er wußte, welches harten Boden oder Regenpfützen liebte, was über Platz und Sieg entschied. Er kannte auch alle Jockeys, Futtermeister, Trainer und Rennstallbesitzer, wußte, ob der Auswieger ein Pferd zu tief eingestuft hatte, das dann mit einem Jockeylehrling und seiner Gewichtserleichterung eine unverhoffte Chance hatte, plötzlich unbedingt auf Sieg zu wetten war, wenn das Geläuf stimmte, aber da war er ja zuständig.

Er hatte einmal gute Tage gesehen, sogar einen eigenen Rennstall besessen, der allerdings nur aus einer

Stute bestand, die er mit der Hoffnung, sie als Dreijährige ins Derby zu schicken, ersteigert hatte. Leider entpuppte sich die Stute als absoluter Flieger, bei tausend Meter war sie immer Längen vor dem Feld, bei 1600 Meter Längen dahinter, an 2400 sommerliche Derby-Meter war nicht zu denken, und die Jockeys rieten ihm, die Stute im Herbst beim 3600 Meter langen *St. Leger* zu melden, als Pacemacher für die anderen Rennpferde, die bei einem so langen Rennen nach dem Start gerne bummelten.

Von diesem Schicksalsschlag und vom Hohn der anderen verbittert, betrat er eines Morgens den Stall mit einem Eimer Farbe, strich seine Stute dunkelbraun und schickte sie unter dem Namen einer bekannten Steherin ins Rennen. Er wettete den voraussichtlichen Sieger, alle anderen die vermeintliche Steherin. Als die aber bei tausend Metern mal wieder abrupt stehenblieb, sich schweißüberströmt ins Hellbraune färbte, platzte die Sache, und der Rennstallbesitzer Odysseus war seinen Rennstall und seine Jockey-Lizenz los.

Jetzt schleppte er meistens Pferdeteile durchs Quartier, Reste eines Gestüts, an dessen Endverwertung er beteiligt war. Mit einem Pferdekopf auf dem Rücken kam er an der Ecke von Danneborg, dem holländischen Kaffeegeschäft, unter eine einstürzende Mauer. Sie erschlug ihn. Die Ecke hieß von da an Odysseus' Mauer.

Von Odysseus' Mauer zu Varnas Loch führte ein Weg, den ein von der Feldpolizei aufgestöberter Deserteur in seiner Angst blind gefunden hatte. Er rannte einfach los, sie schossen hinter ihm her, er lief quer durch die Trümmer, aufwärts über Schuttberge in Höhe des ersten Stocks eines Hauses, abwärts durch Keller und deren Durchbrüche, die wieder ins Freie führten, und verschwand. Er hatte den schnellsten und sichersten Diagonalweg durch das Quartier entdeckt, der sich danach zu einem Trampelpfad ausweitete. Es gab viele Wege dieser Art. Da die alten Straßen verschüttet waren und die Häuser zerstört, entwickelte sich ein neues Wegesystem, Pfade durch eine leere Welt, die jeder im Kopf hatte und auch in völliger Finsternis fand, mit Wegweisern aus Mauervorsprüngen, Fensterhöhlen, Kellerlöchern, Pfade durch eine versteinerte Wüste, die Fremde nicht erkennen konnten. Jeder falsche Schritt nach rechts oder links, jede Abweichung vom nächsten Anlaufpunkt konnte den Tod bedeuten, den tiefen Fall in eine Kellerhöhle, den Absturz über eine Mauer, die Sackgasse eines in sich zusammensinkenden Treppenhauses. Andererseits wurden auf diese Weise neue Wege entdeckt, Abkürzungen, die durch den mit Schnapsflaschen gefüllten Keller einer ehemaligen Drogerie führten, durch das mit Eingemachtem gefüllte Gemäuer eines zerstörten Wohnhauses. Die neuen Pfade wurden nach den damit verbundenen Funden benannt, so wie man früher eine Straße Seidenstraße, Diamantenstraße, Bernsteinstraße nannte.

Der Junge kannte mit einigen anderen einen unentdeckten Ausgang aus dem Quartier. Ein Tunnel, der unter der Eisenbahnlinie hindurchführte, war eingestürzt, galt als unbegehbar, war abgesperrt, aber sie hatten im Dunkel am Ende der schrägliegenden Betonflächen und Eisenträger ein kleines Loch entdeckt, das sie vorsichtig vergrößerten, ein wenig abstützten. Wenn sie hier den Kopf heraussteckten, sah es fast so aus wie auf der alten Zeichnung, die Gustav einmal besessen hatte und auf der ein Mensch neugierig den Kopf aus dem Erdkreis in das Weltall steckt. Schnell und unbemerkt konnten sie aus dem Quartier in den Volksgarten verschwinden, ebenso schnell und unbemerkt konnten sie aus dem Volksgarten zurück ins Quartier, zwei Welten, zwischen denen man sich gekonnt und zum Erstaunen der Erwachsenen hin- und herbewegte.

Sie hatten ihre Ausblicke im fünften Stock zerstörter Häuser, von denen nur noch die Mauern standen, aber einige Teile der Treppen schwebten wie eine Hängebrücke zwischen den Mauern, der Rest war mal innen, mal außen über Mauerteile und Fensterlöcher zu erreichen. Sie kannten Keller, in die keiner hinabstieg, weil nur noch das senkrechte Fundament vorhanden war, wer aber den Mut hatte, die drei Meter hinunter ins Dunkle zu springen, der fand unten eine aus Holzresten zusammengenagelte Leiter, durch die man wieder ans Tageslicht gelangte. Es gab auch Keller, die nur halb eingestürzt waren, da zwängte man sich durch das Kellerfenster hinein und versuchte, ganz langsam und sehr vorsichtig unter den schräghängenden Schuttmassen Kohlen oder Briketts herauszuziehen, immer auf dem Sprung, denn es kam der Moment, wo die Trümmer des Hauses nachrutschten, den Keller mit einem gewaltigen Getöse zuschütteten, und dann mußte man durch das kleine Kellerfenster schon wieder draußen sein.

Und wenn sich einer verstecken wollte, ein paar Tage verschwinden mußte, so konnte er mitten im Quartier, fast direkt am Markt, sich in Luft auflösen. Da stand noch die Ruine des Josefskrankenhauses, Stockwerk für Stockwerk sah man die Reste, leere Etagen, die ins Freie hingen, keiner ging dahin, keiner kam da hinauf, aber der Junge und einige andere wußten, daß der Schacht des Speiseaufzugs fast intakt war, im ersten Stockwerk anfing, bis zum Dach führte, und wenn einer nicht zu dick war, und das war um diese Zeit keiner, konnte er sich mit Händen, Armen, Füßen und Beinen wie in einem Kamin nach oben schieben. Die Feldpolizei stand dann ratlos herum, denn daß sich einer in Luft auflösen konnte, das war nur in Märchenbüchern möglich. Aber nun war die Welt zum Märchen geworden, zu einem vielfach erzählten Todesmärchen, denn jeder durfte sagen: »Wenn wir heute nicht sterben, dann leben wir noch morgen.«

Mit diesem täglichen Stoßgebet, das die geduldige und alles erduldende Ausdauer von Generationen enthielt, lebten die Menschen in diesem Gewirr von Fluchtwegen, in dieser Höhlenstadt, in diesem Labyrinth mit seinen unentdeckten Ausgängen und seinen unsichtbaren Verstecken, mit seinen zerstörten Wohnungen und Kellern, noch einmal unterteilt durch Verschläge, Betten, halbverbrannte Schränke, auf Wäscheleinen hängende Tücher, durch aufgestapelte Steine, die wie in frühen Zivilisationen zusammengefügt waren und durch ihr Eigengewicht hielten, untereinander verbunden durch mauerschmale Pfade, in Schuttkegel geschlagene Treppen. Fenster wurden zu Türen, durch die man in die Tiefe der Keller stieg, in Hohlräume ohne Licht, die durch ein Loch belüftet wurden, eine Höhlenstadt mit Kreidezeichen an ihren Mauern, Pfeile, Markierungen, Hieroglyphen, die der Orientierung dienten, eine ständig wechselnde Höhlenmalerei, denn die Menschen mußten oft ihre Keller wechseln, hinterließen ihre Zeichen, damit man sie in ihrer neuen Höhle finden konnte. Schaute man von einem Balkon, der aus unerklärlichen Gründen wie eine Opernloge an einer freistehenden Mauer hing, auf dieses Höhlensystem hinab, hatte man den Eindruck, als ob hier Tausende von Menschen auf der Suche nach einem neuen Troja sich durch die verschiedenen Schichten der Zivilisation in die Erde gruben.

Nachts mit den vielen Kerzenlichtern war es ein eigenes Sternensystem, am Tag eine von Stimmengewirr erfüllte Welt, in immer neuen Variationen erzählt und berichtet, ein immer gleiches Muster vorwärtsstrebender Lebenslinien und zurückschauender Geschichten, ein in sich selbst zurücklaufender und doch ewig weiterführender Mäander, der sich mit dem täglichen Geschehen verband in Schleifen und Windungen wie ein müder Fluß, von weit her kommend, aus den Bergen, die schneebedeckt in der Dunkelheit der alten, uralten Erinnerungen liegen, sich ständig verändernd, Berge umkreisend, Flüsse aufnehmend, tote Wasser ausscheidend, mit der Gewalt seiner Bewegung vorwärtsdrängend, dem toten Gestein ausweichend, durch die Ebene seinem Ende entgegenströmend, dem schweigenden Meer, in dem die Kontinente, Inseln der Erinnerung, träumend schwanken wie angebundene Kähne, um wieder aufzusteigen zu den schneebedeckten Bergen.

Die Menschen spürten die vorbeigleitende Zeit ihres Lebens, versuchten, sie aufzuhalten durch ihre tausend Geschichten, die sie ansammelten wie einen Schatz, versuchten, die Zeit in den ineinander verflochtenen Kreisen und Halbkreisen ihrer Geschichten, deren Anfang und Ende immer gleich war, zu fassen, zu bündeln, zu ordnen zu einem Wissen, zu einem Glauben oder wenigstens zu einem Rätsel für die, die nach ihnen kamen. Denn daß es Menschen nach ihnen gab, wie es Menschen vor ihnen gab, das war die einzige Gewißheit, die man in dieser Welt haben konnte. Und so schrieben sie an die zerborstenen Mauern ihrer zerstörten Häuser, an die stehengebliebenen Mauerpfeiler, die die Eingänge zu ihren Todesgruften waren, mit Kreide oder mit Hammer und Meißel, als handle es sich um Pyramiden der Ewigkeit, ganze Familienchroniken, ganze Menschheitsgeschichten, ein Mäander aus Lebenszeichen und Todesmeldungen, wie aus den alten mythischen Zeiten: »G. K. in Eller. W. K. tot in Rußland. Heinz und Anne in Benrath. Mutter tot. Werner vermißt. Wo ist Koffer Familie Weber. Willi Lazarett Königsberg. Erna mit Kind in Bayern. Ruth bei Braun. Schulz Keller Bogenstraße. Wo ist Familie Hermann.« Und manchmal stand da sogar an einer umgestürzten Wand in eckigen harten Buchstaben die über Tod und Verderben triumphierende Kreideschrift: »Alle sind gerettet.«

Die erschossene Frau lag im Park und rief: »Man hat mich erschossen«, Frauen, die Holz sammelten, die den Satz erst gar nicht verstanden, liefen in die Richtung des monotonen, sich gleichmäßig wiederholenden Satzes: »Man hat mich erschossen«, liefen in Richtung eines Gebüsches und fanden dort *Die erschossene Frau*. Sie trugen sie ins ehemalige Parkcafé, das ausgeräumt und ausgebombt wie eine romantische Ruine zwischen zerfetzten Bäumen stand, legten sie auf eine Matratze, und *Die erschossene Frau*, die aus der Nase und dem Mund blutete und hinten im Genick ein rotes Loch hatte, sagte: »Man hat mich erschossen.« Sie erzählte bei vollem Bewußtsein, daß sie einen Fahnenflüchtigen versteckt habe, das sei entdeckt worden, dann hätten Soldaten sie aus der Wohnung geholt und hier im Park mit einem Genickschuß erschossen, zusammen mit zwei anderen Soldaten, und die lagen auch da und waren tot, aber sie lebte und sagte immerzu: »Man hat mich erschossen.«

Die erschossene Frau hätte noch ein langes Leben gehabt, wenn nicht einer, der noch an Ordnung glaubte, der nicht begriffen hatte, daß nur die Unordnung Leben retten konnte, der Polizei ordnungsgemäß den Fall gemeldet hätte. Die Polizei rief ordnungsgemäß die Heeresstreife an, die Heeresstreife als Garant der Ordnung kam mit einem Feldwebel, der eine Beinprothese trug, er hinkte und schwenkte seine Prothese dabei in einem Halbkreis nach vorne, das gab ihm etwas Mechanisches, Unerbittliches. Mit seinem Totenschritt kam er näher, pinkelte erst einmal, ließ dann die Frau herausholen, und dieselben Männer, die die

Frau erschossen hatten, nahmen sie wieder mit, zwängten sie in einen Wagen, sie wehrte sich und schrie, aber sie nahmen sie ordnungsgemäß mit. *Die erschossene Frau* wurde nie mehr gesehen, keiner wußte, wer sie war, sie blieb in Erinnerung als *Die erschossene Frau.*

Die Heeresstreife erschien kurz vor Ende des Krieges im Quartier, beschlagnahmte eine der wenigen noch nicht zerstörten Wohnungen und war von nun an für die Ordnung im Quartier zuständig. Von ihren Ordnungspatrouillen kam sie mit Mehl und Zucker, Schmalz und Würsten zurück, schleppte die vielen Säcke und Eimer in die Wohnung, handelte damit, besaß Lebensmittel, die die Menschen seit Jahren nicht mehr gesehen hatten, besaß echten Cognac und alte französische Weine in einer Menge, daß man meinen konnte, das Kriegsziel des Deutschen Reiches sei die Anschaffung von Wein und Cognac gewesen. Sie besoffen sich, holten schwankend, kotzend, pissend, sich an ihren Karabinern festhaltend, alte Männer, die nicht zum Volkssturm wollten, und Sechzehnjährige, die nicht mehr an die Front wollten, aus ihren Verstekken, holten Frauen, die ihre Männer, Väter, Brüder, Söhne versteckten, aus ihren Wohnungen, trieben sie gefesselt auf einen Lastwagen, karrten sie durch die Gegend, folterten sie, schlugen sie blutig und erschossen sie irgendwo. Sie waren die letzte und sinnfälligste Ordnungsmacht des Dritten Reiches, das den Weltuntergang nach den Regeln der Opernkunst inszenierte, den heldischen Liebestod für Volk, Führer und Vaterland, Männer, die sich im Suff jeden Tag gegenseitig beförderten, zu Offizieren ernannten, aus einem ganzen Arsenal von Kriegsorden, die sie in einer großen Kiste mit sich herumschleppten, die tollsten heraussuchten, sich umhängten und salutierten und Heil Hitler schrien, in einer von ihnen inzwischen vollständig zerstörten Wohnung, die voller Blut war, Blut an den Wänden, Blut auf dem Boden, in der sie Frauen eine Gardinenkordel um den Hals zogen, damit sie schon mal das Erhängen genießen konnten, in der sie junge Männer gefesselt niederknien ließen und hinter ihnen mit dem Abzug der Maschinenpistole spielten, das knackende Geräusch, das den Tod ankündigte. Und der Feldwebel mit dem amputierten Bein schnallte jeden Tag seine Prothese an, zog den Kradmantel über seine Uniform, legte den Karabiner um, soff sich voll und marschierte los, um Menschen zu foltern, zu erschießen, zu erhängen, marschierte seinen Todesschritt auch noch, als die Amerikaner schon vor der Stadt lagen, als man schon die Panzer brummen hörte, marschierte weiter mit dem alten Lied, das er immer gesungen hatte: »Und wenn alles in Scherben fällt.« Er folgte dem Befehl seines Führers: »Denn heute gehört uns Deutschland«, folgte dem Befehl des Tötens, war der verkörperte Tod.

Opa Winter war Jude, ein kleiner, weißhaariger, immer höflicher und hilfsbereiter Mann mit einem Schnurrbart und einem kauzigen Lächeln, mit gutmütig zwinkernden Äuglein, die immer zu sagen schienen: »Das wird schon wieder. Das kriegen wir wieder hin. Alles nicht so schlimm. Es wird schon alles gut werden.« Opa Winter reparierte alles und war daher ein sehr begehrter Mann, eigentlich war er Klempner, aber im Laufe seines Lebens und mit fortschreitender Zerstörung des Quartiers wurde er auch Schlosser, Schreiner, Glaser, Dachdecker, stand oben in der Dachrinne und winkte, fuhr mit seinem Kärrchen durch die Straßen und grüßte jeden, tröstete Alte und Kinder, die weinend in den Resten ihrer zerstörten Wohnungen hockten, und sagte: »Alles nicht so schlimm, wird alles wieder gut.«

Alle kannten Opa Winter, und alle wußten, daß er Jude war. Er trug keinen gelben Stern auf seiner Kleidung, weil er das nicht wollte und weil das im Quartier auch nicht nötig war. Er besaß gefälschte Papiere, keiner fragte ihn danach. Er wohnte weiter im Quartier, sicher wie in Abrahams Schoß, auch als die Juden der Stadt in langen Zügen vom Schlachthof abtransportiert wurden. Er sagte: »Die kriegen mich nicht«, zog mit seiner Karre durchs Quartier, und weil er keine Lebensmittelkarten bekam, beschäftigten ihn die Menschen mit vielen kleinen Aufträgen, die sie ihm gut bezahlten, damit er nicht hungern mußte, und Opa Winter zwinkerte mit den Augen, lächelte unter seinem Altmännerschnurrbart und sagte: »Wird schon alles gut werden.«

Opa Winter wohnte, auch das wußten alle, beim Herkules, der eine Wirtschaft betrieb und im Quartier als der stärkste Mann der Welt bezeichnet wurde. Er war vielfacher Deutscher Meister, Europameister, Weltmeister und Olympiasieger im Gewichtheben, Stemmen und Ringen und einfach ein Koloß, ein Herkules. Er hatte so viele Siege errungen, daß er selber nicht mehr sagen konnte, wie viele, die vielen Welt- und Europameisterschaften, die vielen Olympiasiege gerieten ihm durcheinander, die deutschen Meistertitel zählte er schon gar nicht mehr. Vor seinen Kämpfen trainierte er gerne öffentlich zur Freude der Zuschauer mit Billardtischen, die er mit vier Mann belud, anhob, um die eigene Achse drehte und geräuschlos wieder absetzte, wobei er ein Gesicht machte, das allen Zuschauern mitteilte, daß so etwas die leichteste Sache der Welt sei. Hinter seiner Theke hing, eingerahmt von Diplomen und Siegerkränzen, eine Sammlung von Gold-, Silber- und Bronzemedaillen, deren Gesamtgewicht auf mindestens zwei Zentner geschätzt wurde. Dazwischen hingen Bilder, die Herkules im Trikot zeigten, behangen mit Medaillen, stand er breitbeinig da, die Arme ausgebreitet und rechtwinklig nach oben gebogen, bildeten Nacken, Schulter und Oberarme eine hügelige Landschaft, ein Muskelgebirge, das in zwei großen Fäusten endete. Die zwei Arme packten zu, wenn ein Gast in seiner Wirtschaft einem anderen »Schäle Kopp, fiese Möpp, dummes Arschloch!« zurief, worauf der Schreier ungehindert in einem schönen Steig- und Sinkflug durch die Kneipe in das kalte Luftloch der Straße segelte, ungehindert deshalb, weil sich der stärkste Mann der Welt für diese Zwecke eigens eine Schwingtür hatte einbauen lassen, die das freie, segelnde Schweben erst so richtig ermöglichte.

Wenn der Junge abends einen Krug Bier für Gustav beim Herkules holen mußte, trödelte er oft eine

Stunde herum in der Hoffnung, einen solchen olympischen Hinauswurf mitzuerleben, denn das geschah oft, weil viele Gäste ihn provozierten, und Gustav verzieh ihm dann das abgestandene Bier, dessen Schaum der Junge auch noch abgetrunken hatte, wenn er dieses Schauspiel in allen Einzelheiten seines Ablaufs erzählte.

Herkules war Opa Winters bester Freund. Wenn die zwei durchs Quartier gingen, konnte sich jeder die Geschichte von David und Goliath vorstellen, nur daß David und Goliath hier Freunde waren. Opa Winter wohnte im Haus des Herkules in einer Dachwohnung, und wenn die SA erschien, und das tat sie oft, um Opa Winter abzuholen, stand sie zunächst einmal vor dem stärksten Mann der Welt, der sie vor die Tür setzte. Und wenn sie doch die Treppe hochliefen, weil es viele waren, mehr, als auch ein Herkules festhalten konnte, drückte er auf eine Klingel. Opa Winter wußte Bescheid, sprang aus dem Fenster und tanzte leicht und klein, wie er war, über die Dachrinnen ins Nachbarhaus. Sie bekamen ihn nie.

Als es kaum noch etwas zu essen gab, fuhr Opa Winter mit seinem gefälschten Ausweis über die Rheinbrücke an allen Kontrollpunkten vorbei ins Linksrheinische, ließ sich dort seine kleinen Reparaturen mit Speck, Brot, Kartoffeln und Butter bezahlen und verteilte diese Schätze an die Menschen im Quartier, so daß ein höflicher, gutmütiger Jude mitten im Krieg viele Menschen vor dem Verhungern rettete. »Es wird schon alles gut«, sagte er und verkündete allen mit der Überzeugung eines Propheten: »Nach dem

Krieg werde ich Bürgermeister. Dann geht es euch allen gut. Dann bekommt ihr Butter, Eier und Speck, soviel ihr wollt.«

Als er beim Herkules nicht mehr wohnen konnte, weil das bei der Stadt nun einmal aktenkundig war, nahmen ihn andere Familien auf. Er lebte mit ihnen in ihren Wohnungen, mit Einverständnis der Hausbesitzer und der Nachbarn, obwohl alle wußten, daß die Todesstrafe darauf stand, aber sie nahmen ihn auf und nahmen ihn bei den Luftangriffen mit in den Keller, obwohl auch das bei Todesstrafe verboten war. Wurden die Wohnungen ausgebombt, fand er andere Wohnungen, in die er einziehen konnte, er erschien mit seinem Köfferchen, brachte ein paar Blumen mit, lächelte, zwinkerte mit den Augen: »Wird schon alles gut werden.«

Als die meisten Wohnungen zerstört waren und die Menschen in Kellern und Höhlen lebten, lebte er zunächst in einem Gartenhäuschen, das man ihm zur Verfügung stellte, und später in einer Erdhöhle auf einem kleinen Gartengelände, in dem der Junge mit anderen Jungen auf der Suche nach etwas Eßbarem herumstromerte. Oft trafen sie dabei auf Opa Winter, sie wußten, Opa Winter versteckt sich hier, weil er Jude ist, es war für alle das Selbstverständlichste von der Welt.

Die Heeresstreife, die auf der Suche nach Fahnenflüchtigen, nach jungen Männern, eigentlich noch Kindern, die sich vor ihrem ersten Einsatz fürchteten, und nach alten, an Körper und Seele zerschundenen Soldaten, die sich verkrochen hatten, um nicht noch in den letzten Kriegstagen zu sterben, das Quartier mit Hausdurchsuchungen und wahllosen Erschießungen terrorisierte, fand auch Opa Winter. Ihr entkam keiner, ihr Todeswille herrschte unumschränkt. Zwei Tage bevor die Panzer der Amerikaner über die Hauptstraße und den Markt des Quartiers in die Stadt einfuhren, erhängten sie ihn am Markt, wählten bewußt diesen Platz, um dem Quartier ihre Macht zu zeigen, am Luftschacht eines Bunkers, in dem Hunderte von Frauen mit ihren Kindern saßen, damit alle in diesem Quartier Opa Winter hängen sehen konnten.

Drei Männer in Kradmänteln mit umgehängten Karabinern, darunter der Feldwebel mit der Beinprothese, schleppten ihn, der immer wieder hinfiel, über den Platz, banden eine Schlinge an den Luftschacht, während er mit blutunterlaufenem Gesicht, dick geschwollenen Lippen, verletzten Augen, zerschunden und geschlagen, danebenstand. Sie hoben ihn hoch, legten ihm den Strick um den Hals und ließen ihn los, sie wiederholten das, weil es beim ersten Mal nicht klappte, der Körper zuckte ein paarmal und war dann ruhig.

Die Frauen, die schreiend und protestierend aus dem Bunker kamen, wurden von einem vierten Soldaten mit einer Maschinenpistole wieder in den Bunker zurückgejagt. Dann hängten sie Opa Winter ein Schild um *Ich bin ein Volksverräter* und marschierten als letzte Einheit der deutschen Armee ab, angeführt von dem Feldwebel mit der Prothese, der in seinem staksigen Stechschritt der Truppe pflichtbewußt voranschritt. Das war an einem Sonntagmorgen. Opa

Winter hing den ganzen Tag dort. Auf einem großen Platz, auf dem ihn alle sehen konnten, auch sein bläulich zerschundenes Gesicht mit der heraushängenden Zunge. Er hing ruhig und in Frieden, umgeben von den Ruinen der ausgebrannten Häuser, die die Totenwache hielten.

Varnas Loch, Odysseus' Mauer, Quieters Graben, Lefarths Todesstraße, Opa Winters Luftschacht, der Park der erschossenen Frau wurden neben den neuen Verbindungspfaden zu einem Geflecht von Gedenkstätten, Tabuzonen, Vergangenheitsgeschichten, das sich über die alten Straßennamen legte, eine neue Orientierungs- und Erinnerungsebene bildete, neue Geschichten, die an die alten Geschichten anschlossen, eine Welt menschlicher Traditionen, in denen neue Generationen aufwachsen konnten.

Und auf einem Balkon, zwischen Fensterhöhlen, saß Homer, ein halbblinder Kriegskrüppel ohne Arme und Beine, den man füttern mußte und mit durchfütterte, jeden Tag ein anderer, und schrie wie ein Papagei auf der Stange, weil ihm nur noch seine Stimme geblieben war. Er lebte nur, wenn die Menschen stehenblieben und ihm zuhörten, wie ein alter Erzähler aus vergangener Zeit, existierte nur als Erzähler seiner Geschichten und schrie sie durch die Nacht, auch wenn alle schliefen oder in den Bunkern saßen und keiner ihn sah und hörte. Er schrie, damit er wußte, daß er lebte, schrie und schreit noch heute zwischen den neuen Straßen und den Hochhäusern aus Glas, Stahl und Beton, die man einfach auf die alten Erinnerungspfade setzte, auf die alten Tabuzonen und Gedenkstätten, damit die Menschen alles vergessen und nicht mehr wissen, was geschehen war, und nicht mehr wissen, warum und wozu sie leben.

Dem Jungen fiel das Atmen schwer. Er wurde von Maria aus dem Keller getragen, sie setzte ihn auf einen Stuhl inmitten der Trümmer. Gustav saß vor dem Pyramidentor, wie er es nannte, einem stehengebliebenen Portal, auf dessen Steinen Zeichen, Symbole, Hinweise in nur für Eingeweihte lesbaren Hieroglyphen aufgemalt waren. Er hatte sich aus den herumliegenden Steinen einen Thron gebaut, saß wie eine Sphinx vor dem Eingang, hinter dem eine Kellertreppe ins Dunkel führte, und redete laut, wie er es in letzter Zeit immer öfter tat: »Jesselmeer, die Stadt der Ratschputen, die legendäre Stadt, die verlassene Stadt, ewig in der Zeitlosigkeit, in der Erinnerung fern und nah, groß in der Vergangenheit, Mahnung an die Zukünftigen.«

Vögel kreisten über der Stadt, deren Rufe man noch nie gehört hatte, Geier, Seeadler, Kondore, auf zerstörten Häusern saßen Papageien und schreiende Affen, afrikanische Zwergziegen und asiatische Wildschafe liefen durch die Stadt, Wasserbüffel und Flußpferde lagen in den Straßen, Zebra- und Antilopenherden trabten von einem Stadtteil zum anderen. Gustav, der Jäger vor seiner Höhle, holte eine Pistole hinter dem Kanonenofen im Keller hervor und ging auf Antilopenjagd. Die alten Phantasiegeschichten von Tierjagden in Afrika, dem Enkel erzählt, wurden Wirklichkeit in der Stadt. Der Zoo war bombardiert worden. Der große Vogelkäfig war nur noch ein verdrehtes Eisengestänge, Löwen und Elefanten lagen zerfetzt in ihren Gehegen, Giraffenteile hingen an den Zäunen, die langen Beine schlenkerten im Luftdruck der explodierenden Zeitzünderbomben, die in Abständen hochgingen. Gustav stieß auf eine indische Kuh, die gerade kalbte, hatte plötzlich einen schreienden Affen am Hals, der aus einer Hauswand auf ihn herabsprang, sich an ihm festklammerte. Gustav, ein steinzeitlicher Jäger auf der Jagd nach Fleisch für seine Familie, mußte sich der Tiere erwehren, die ihm, hungriger und erschreckter als er selbst, nachliefen. Konnte man Zebras essen? Keiner wußte es so recht. Die Antilopen waren schon wieder in einem anderen Teil der Stadt. Gustav kehrte ohne Fleisch zurück, steckte die Pistole wieder hinter den kalten Ofen, setzte sich auf seinen Thron vor dem Pyramidentor und sagte: »Und der Herr sprach: Es reut mich, daß ich den Menschen gemacht habe.«

Die Sirenen krächzten weiter, der Ton kroch in die zerstörten Wohnungen, in die Keller, setzte sich in den Menschen fest, machte alles grau und stumpf, An- und Abschwellen, Ebbe und Flut, ständige Last auf den Schultern der Menschen, die mit schmalen Gesichtern gebückt durch die Hügellandschaft der Trümmer schlichen, halbverhungert in verlassenen Gebäuden herumsuchten, oft nicht mehr wußten, was sie suchten. Mit nervösem Augenzucken, vom Rauch geröteten Augen, von Explosionen tauben Ohren, in zerrissener Kleidung, das Haar weiß vom Mörtelstaub, eine Generation von Hundertjährigen, wurden sie am Leben erhalten durch die Sirenen, die täglich neuen Schrecken, bis sie nicht mehr aufstanden oder auf der Straße tot umfielen, vor Hunger und Entsetzen in den Tod fielen.

Friedrich, zwangsverpflichtet, durch die Zeitläufte und das Weltgeschehen auf eine große europäische Reise geschickt, die über sechs Jahre dauern sollte und leider keine Bildungsreise war, in einer Uniform, die er nicht mochte, in einen Krieg, den er für unnötig hielt, hatte die großartigen Zeiten gründlich satt, die ihm jede normale Existenz verweigerten und ihm nun auch noch das Familienleben und die Freunde genommen hatten. Überdies hatte er keinen Sinn für militärische Ordnung, für Befehle und Disziplin und was es sonst noch an Erfindungen gab, um möglichst viele Menschen mit möglichst wenigen Worten in eine Reihe zu stellen, wo sie sich abzählen durften, *Habtacht* und *Augengeradeaus*, zu Kolonnen zu formieren, *Rechtsschwenktmarsch, Linksschwenktmarsch, Vorwärtsmarsch, Imgleichschrittmarsch.*

Friedrichs bevorzugte Gangart konnte man mit Flanieren umschreiben, er erschien zu spät beim Appell, war beim Zapfenstreich selten in der Kaserne, das ganze Theater lag ihm nicht. Er liebte das Leben in seiner legeren Form, Uniformen gehörten für ihn zum Karneval, und daß er bei einem Urlaubsspaziergang in der Stadt alle zehn Meter einen Offizier grüßen mußte, brachte ihn so in Rage, daß Maria ihn in die nächste Wirtschaft zog. Auch der Junge, der neben ihm ging, spürte die Wut, immer härter fuhr der Arm mit der steifen, kratzigen Uniform in die Höhe, schnellte zurück, immerzu ließ ihn sein Vater, der ihn an der Hand hatte, los, um die Hand an die Mütze zu führen, worauf er sie wieder zurückschnellen ließ und der Junge sie wieder festhielt.

Friedrich war ein Ungehorsamer und ein Ungläubiger in einer Zeit des absoluten Gehorsams und des totalen Glaubens an den Sieg einer Idee. Er mißtraute grundsätzlich jedem, der von einer Idee sprach, und erst recht denen, die von einer Idee so erfaßt waren, daß sie ihr unbedingt die Welt unterwerfen wollten. Friedrich hatte die angeborene Eigenschaft, mit allen Menschen dieser Welt, gleich welcher Nation oder welchen Glaubens, sofort Freundschaft zu schließen, friedlich und gesellig sein Bier zu trinken, er wollte keinen erschießen. Er konnte auch nicht begreifen, warum so viele Menschen sich danach drängten, für Deutschland zu sterben, was wollte Deutschland mit so vielen Toten, war Deutschland nur für Tote ein schönes Land?

Er war Sanitäter, in den Lazaretten war weniger Drill und mehr menschliche Hilfe vonnöten, alles schien vernünftiger, sinnvoller, ein Verletzter war ein Verletzter, ein Sterbender ein Sterbender, und die Offiziere waren Ärzte, mit denen konnte man auskommen. Er fuhr einen Sanka, einen Sanitätskraftwagen, raste zwischen Artillerieeinschlägen über freie Felder zur Front und zurück ins Lazarett, schleppte Verwundete auf ihren Tragen, hörte ihre Schreie, watete im Blut. Er machte in diesem Zweiten Weltkrieg das gleiche, was Gustav, sein Vater, im Ersten Weltkrieg tat, als er die Verletzten in umgebauten Straßenbahnwagen durch die Stadt begleitete.

Niemals konnte der Junge ihm ein Wort über den Krieg entlocken, da konnte er fragen, so lange er wollte, sein Vater sprach nie darüber. Aber immer öfter passierte dann wahrscheinlich das, was in der Militärsprache Befehlsverweigerung hieß, zu Degradierung und Bunker führte, denn Friedrich hatte bei jedem Urlaub einen anderen Rang. Es waren kleine Geschichten, wie die Familie aus verschiedenen Angaben erriet. Einmal war er wohl entgegen dem Befehl über weiche, verschlammte Wiesen gefahren, die unter Beschuß lagen, statt befehlsgemäß über den sicheren, aber härteren Knüppeldamm, auf dem die Verwundeten sich in ihren Schmerzen zu Tode geschrien hätten. Ein andermal hatte er den Befehl verweigert, zunächst einen Offizier zu einem Befehlsstand zu fahren und danach erst die Verwundeten ins Lazarett. In einer ähnlichen Situation hatte er einen Offizier aus dem Wagen geworfen, einmal war es wohl auch zu einer Schlägerei gekommen, mehr war nicht zu erfahren.

Eines Tages erschien Friedrich überraschend in der Stadt mit Bordeaux und Burgunder bester Qualität, erzählte allen, daß er Fronturlaub habe, Sonderurlaub wegen Tapferkeit vor dem Feind, genoß das Leben mit Maria in guten Lokalen bei alten Freunden, verschwand kurz darauf, ohne Maria ein Wort zu sagen, dafür erschien die Feldpolizei und fragte nach Friedrich, aber Maria wußte ehrlicherweise von nichts. Tage später erschien Friedrich wieder, unbekümmert, lachend, hatte erneut Urlaub und Heimweh nach dem

Quartier und Rotwein aus Frankreich, verschwand in der Nacht, dafür kamen wieder die Feldjäger. Für den Jungen war es wie das Hütchenspiel: Wenn Friedrich weg war, war die Feldpolizei da, wenn die Feldpolizei weg war, war Friedrich da.

Maria war ratlos, und Gustav sagte: »Das ist kein Fronturlaub«, und Fin sagte: »Das ist ganz was anderes.« Dann kam die Nachricht, man habe ihn in Lyon gefaßt, der Stadt, aus der die Fontanas als Hugenotten nach Deutschland geflüchtet waren, um dem Tod zu entgehen. Man werde ihn vor ein Militärgericht stellen.

Das Militärgericht trat in der Kaserne einer kleinen deutschen Garnisonsstadt zusammen. Maria fuhr mit dem Jungen dorthin, erhielt Zutritt, nahm den Jungen mit. Erst gab es deswegen Scherereien, aber Maria hielt den Jungen fest an der Hand, zerrte ihn an dem Posten vor der Tür vorbei, der Junge verlor einen Zahn, weil er mit dem Kopf an den Gewehrkolben des Postens schlug, der Junge schrie, Maria schrie den Posten an, dann ließ man sie endlich hinein. In dem Raum war es still, er hatte etwas Dunkles, Muffiges, wie das Klassenzimmer einer alten Schule. Auf der einen Seite stand ein mit einer Fahne behängter Tisch, ein blutroter Altar, auf der anderen Seite standen ein paar Stühle. Eine Gruppe Offiziere kam, setzte sich an den Tisch, gleichzeitig kam sein Vater mit zwei Wachposten, die sich stramm neben ihm aufbauten, während er Maria und dem Jungen zuwinkte. Der Junge hielt den herausgeschlagenen Zahn in der Hand, dachte an den Roller, den sein Vater ihm bei seinem letzten Urlaub mitgebracht hatte, von ihm selbst gebastelt, mit Kugellagerrädern von der Luftwaffe, dann verlas einer der Offiziere einen kurzen Text, Friedrich wurde wieder abgeführt. Es war vorbei, ehe der Junge verstand, worum es ging.

»Das ist so gut wie ein Todesurteil«, sagte der Posten an der Tür und führte sie beide in ein Zimmer mit vergitterten Fenstern. Maria durfte ihren Mann noch zehn Minuten sprechen. Der Junge war wieder dabei, weil Maria ihn nicht losließ, ihn mit der Hand eisern festhielt, als klammere sie sich an ihn. Friedrich war gutgelaunt und begann sofort Pläne zu entwerfen über das, was er und Maria nach dem Krieg alles anfangen würden. Der Junge saß in der Ecke des Zimmers auf einem Holzstuhl, der bei jeder Bewegung knarrte, und der Junge versuchte, ruhig zu sitzen. Er hatte immer noch den Zahn in der Hand, der Posten in der Ecke gegenüber sah ihn an, begann dann unter seinem Helm allerlei Grimassen zu schneiden, schielte, verdrehte die Zunge, blies die Backen auf, drückte mit einer Hand seine Nase seitlich, spielte einen wunderbaren Clown, der aber von dem Gespräch zwischen Friedrich und Maria nicht ablenken konnte.

Beide saßen sich an einem Tisch gegenüber, der Junge hörte die Worte Diesseits und Jenseits, die kannte er, ohne sich viel darunter vorstellen zu können, die Worte fielen oft, wenn die Fontanas und die Lukacz' zusammensaßen. Die Lukacz' zeigten dann immer mit dem Rosenkranz in der Hand gegen die Zimmerdecke und sagten, dort im Jenseits werde es Gerechtigkeit geben, während Gustav wutschnaubend seine Armeepistole hervorholte, mit der Pistole auf den Fußboden zielte und sagte: »Gerechtigkeit wird es nur im Diesseits geben.«

Der Streit zwischen Friedrich und Maria wurde lauter, beide sprachen gleichzeitig, auch der Posten schielte jetzt mehr auf das Ehepaar. Maria sprach vom Jenseits, in dem man sich wiedersehe und auf das er sich vorbereiten solle, Friedrich sprach vom Diesseits, in dem er sich sehr wohl fühle, und weigerte sich, über das Jenseits überhaupt einen Gedanken zu verlieren. Er sprach von seinen Zukunftsplänen, von der schönen Zeit nach dem Krieg, er kenne inzwischen viele Franzosen, herrliche Sachen gebe es in Frankreich, die werde er importieren, und während er mit gefesselten Händen seine Pläne darlegte, die für ihn, wie bei allen Fontanas, mit dem Verkünden fast verwirklicht waren, lediglich die Frage, wie das Firmenschild zu gestalten sei, war noch zu überlegen, sah Maria, die so viel Phantasie nicht aufbringen konnte, den Tod vor Augen und erinnerte Friedrich an das Urteil. Friedrich wurde wütend, das Urteil sei doch lächerlich, das sei doch nur für die Front gesprochen, damit nicht alle wegliefen, das sei schlimmstenfalls unerlaubtes Entfernen von der Truppe, was er da gemacht habe. Da man Soldaten brauche, werde man ihn begnadigen, und damit er nicht in eine Strafkompanie an die Ostfront komme, habe er sich schon freiwillig zu den Fallschirmjägern gemeldet, zu den *Grünen Teufeln*, da kenne er einen, der werde ihn anfordern, die brauchten kleine, wendige, kräftige Leute. Sorgen brauche sich Maria überhaupt keine zu machen, wenn sie noch ein paar Kerzen im Stoffeler Kapellchen anzünden wolle, habe er nichts dagegen, das könne nicht schaden. Dann wurde er vom Posten wieder abgeführt, wobei er dem Jungen noch einen Blick zuwarf, der wohl besagen sollte: »Deine Mutter spinnt mal wieder.«

Alles geschah so, wie Friedrich es vorausgesagt hatte. Schon kurze Zeit später schwebte er als *Grüner Teufel* vom Himmel herab auf Florenz, die alte Heimat der Fontanas, aus der sie nach Lyon geflohen waren, schickte Fotos, auf denen er in seiner Fallschirmjägeruniform vor Tempelsäulen neben einem Maschinengewehr zu sehen war, entspannt wie ein Weltreisender, der sein Ziel erreicht hat, schickte Maria aus Lucca, der Stadt, aus der die Fontanas nach Florenz flohen, eine Postkarte mit dem Volto Santo, dem Heiligtum der Stadt, einem Kruzifix aus den Zedern des Libanon, das vor undenkbaren Zeiten am Strand angeschwemmt wurde, Anfang aller Geschichten, Ursprung aller Phantasien. Der Gekreuzigte breitet die Arme aus, als wolle er fliegen, doch der Balken, an den man ihn genagelt hat, läßt ihn nicht los, braungebrannt, mit langen Haaren und einem langen Bart, betrachtet er mit leicht schiefgelegtem Kopf, mit einem erstaunten Gesicht und traurigen Augen die Menschen, als sei er doch sehr verwundert und erschrocken über diese Welt.

Elisabeth, zwangsverpflichtet, saß in einem Bunker der Stadtverwaltung, in dem das Chaos eines untergehenden Reiches und einer nicht mehr vorhandenen Stadt auf stabilen Schreibmaschinen im Einfingersystem erfaßt und registriert wurde. Die Zeit als Direktrice eines Modehauses gehörte einer Vergangenheit an, von der man erzählte: »Weißt du noch...«, wie alles in der Stadt ein »Weißt du noch...« war, zerstört, verschüttet, schon halb vergessen. Die Verwaltung, angetreten, eine blühende Stadt zu regieren, stellte nur noch Totenscheine aus, hackte sie in die Schreibmaschinen, eiserne schwarze Urnen, die den Tod amtlich bescheinigten. Manchmal brachte Elisabeth einen Durchschlag mit, manchmal ein paar Notizen, und gab sie Fin, die damit sofort verschwand, wohin, wollte keiner wissen. Fin erschien auch schon mal in der Verwaltung, und während sie vor Elisabeths Schreibtisch eine Geschichte erzählte, die weitläufige Erklärungen verlangte, holte Elisabeth eine Akte, legte sie offen vor Fin auf den Schreibtisch und führte dann am Telefon, das ein museumswürdiger Kurbelapparat war, Dienstgespräche.

Elisabeth wußte immer, wo die Front verlief, was tatsächlich geschah, wie es wirklich stand. Und was sie nicht in der Verwaltung erfuhr, erfuhr sie von Offiziersfrauen, alten Kundinnen ihres Modehauses, das nun ein Schuttkegel war. Während in den Zeitungen und im Radio nur Meldungen vom kurz bevorstehenden Endsieg zu lesen und zu hören waren, tippte Elisabeth auf ihrer Schreibmaschine ganz andere Berichte und Anordnungen:

»Betrifft: Bericht über den Großangriff in der vorletzten Nacht. Es fielen 908 Sprengbomben, 124 Minenbomben, 312 Phosphorkanister, 26 500 Phosphorbrandbomben, 190 000 Brandbomben aller Art, 8200

Brandbomben mit Sprengsatz, 188 Blindgänger, davon 83 detoniert, entschärft oder entfernt. Gesamtfläche der Brandstelle: 8 mal 5 Kilometer. Bisher wurden festgestellt: 1444 Großbrände, 1840 mittlere Brände, 5500 Kleinbrände. Personenverluste: Gefallene 1054, Verwundete 2159, Vermißte 106, Obdachlose 140 000. Zerstörte und schwerbeschädigte Wohngebäude 9709, mittelschwer beschädigt 6140, leicht beschädigt 16 009. Zerstörte und schwerbeschädigte öffentliche Gebäude 106. Zerstörte und schwerbeschädigte Industrieanlagen 104. 5 Krankenhäuser, mehrere Kirchen, Schulen und sonstige Kulturstätten zerstört oder beschädigt. Sämtliche Versorgungswerke der Stadt wurden durch den Angriff schwer beschädigt, ebenso das Rohrnetz, so daß zu Beginn des Angriffs die Versorgung mit Strom, Wasser, Gas und Elektrizität schlagartig ausfiel, ebenso das Telefonnetz, der gesamte Nahverkehr ist durch Zerstörungen an den Schienen und Stromleitungen lahmgelegt. Durch die vielen Brandherde war die Staub- und Rauchentwicklung über der Stadt schon nach kurzer Zeit derart heftig, daß nur die Hauptschadensstellen festgestellt werden konnten. Die Toten, die meist unter den Trümmern verschüttet waren, wurden entweder durch die herabstürzenden Trümmer erschlagen oder erstickten infolge der Staub- und Rauchentwicklung und mangelnder Luftzufuhr. Viele Personen waren bis zur Unkenntlichkeit zerstückelt und vielfach durch die unter den Trümmern herrschenden Brände stark verkohlt. Die eingesetzten Kräfte kostete es einige Überwindung, diese Leichen, die nach kurzer Zeit schon stark in Verwesung übergegangen waren, zu bergen. Die Ausgabe von Alkohol und Rauchwaren an diese Kräfte war dringend erforderlich. An die Bevölkerung wurden folgende Sonderzuteilungen vergeben: Mit Genehmigung des Reichsbeauftragten für die Zigarettenversorgung an die Inhaber von Kontrollkarten für den Einkauf von Tabakwaren, die vom Wirtschaftsamt der Stadt ausgestellt und mit dem Siegel der Stadt versehen sind, für die Inhaber von Männerkarten 10 Zigaretten, für die Inhaber von Frauenkarten 5 Zigaretten. Es wurden weitere Sonderzuteilungen auf Lebensmittelkarten ausgegeben: 50 Gramm Bohnenkaffee, ein halber Liter Branntwein für alle Versorgungsberechtigten über 18 Jahre, ein Viertelpfund Süßwaren für Jugendliche bis zu 18 Jahren, ein Ei pro Kopf. Darüber hinaus wurde eine weitere Sonderzuteilung bewilligt: 150 Gramm Fleisch, 950 Gramm Brot, 90 Gramm Butter, 1 Büchse Kondensmilch. Am Tag nach dem Angriff waren die Dienststellen der Stadt mit 37,46% der beschäftigten Personen besetzt.«

Elisabeth, trotz allem immer mit der seltsamen Eleganz der Frauen dieser Jahre, die sich nicht hängenlassen wollten, die ihren Kopf hochhielten, die aus Tuchresten und umgefärbten Militärstoffen, aus verschlissenen alten Kleidern und Mänteln neue Kleider und Mäntel schneiderten, mit passender Kappe und Schal, exquisite Modelle, die als hochmodern galten, eine Mode aus Flicken und Resten, karierten Tüchern und bunten Lappen, mit Schuhen aus Holz und Stoff, eine Mode gegen die Einheitsuniform der Männer – Elisabeth schleppte ihre Schreibmaschine von einer ausgebombten Dienststelle zur anderen, denn die Schreibmaschinen waren das Kriegswichtigste überhaupt. Sie erhielten den deutschen Behörden die Illusion, das Deutsche Reich zu regieren. Aber immer öfter saß Elisabeth, statt die vorgelegten Berichte abzutippen, still und bewegungslos vor der Schreibmaschine, sah starr auf die Risse in der Wand, die sich vor ihren Augen öffneten, aufplatzten, vergrößerten, eine Landkarte ferner Kontinente, fremder Länder, unbekannte Grenzen einer anderen Welt. Kollegen tippten sie an, um sie aus ihrem Tagtraum zu wecken, sie fiel dabei vom Stuhl, rappelte sich wieder auf und tippte weiter die vielen Berichte, schielte dabei auf die Risse in der Wand, saß wieder bewegungslos. Eines Tages blieb sie im Keller sitzen und ging nicht mehr an ihre Schreibmaschine, ging überhaupt nicht mehr in die Stadt, die Risse zogen sich durch die Stadt, und sie starrte darauf, ferne Kontinente, fremde Länder, unbekannte Grenzen.

Gustav, zwangsverpflichtet wie alle, die noch in der Stadt lebten, Zwangsarbeiter oder zwangsverpflichtet, einen Unterschied gab es nicht mehr, die Bewachung war gleich, die Lebensmittelration war gleich, der Tod war gleich, saß in einem kleinen Verschlag neben Maschinen, die aus der zerstörten Maschinenhalle in ein Kellergewölbe ausgelagert waren. Ein unterirdisches System von Maschinen und Menschen, Zwangsarbeitern und Zwangsverpflichteten, mit babylonischer Sprachenvielfalt, dunkel, feucht, lärmend, Stickluft unter Ventilatoren, Notbeleuchtung in langen Gängen, eine tosende Unterwelt, denn die Maschinen liefen ununterbrochen, stanzten, frästen, drehten Stahlteile, die alle kriegswichtig waren, auch wenn man im einzelnen gar nicht wußte, wofür sie gebraucht wurden, liefen weiter, auch wenn die Bomben fielen, und erst im allerletzten Moment, wenn die Bomben auf dem Fabrikgelände einschlugen, die Bunker und Notausgänge zu verschütten drohten, durfte Gustav die Drehbänke, Fräsmaschinen und Stanzen ausschalten. Das war seine Aufgabe, dafür saß er in seinem Verschlag an den Schaltern, und neben ihm saß ein verwundeter Soldat mit einem Gewehr, der den Befehl hatte, Gustav zu erschießen, wenn er vorzeitig die Produktion lahmlegen sollte, und das auch getan hätte, weil man sonst ihn erschossen hätte.

Amerikanische, britische und kanadische Divisionen verbanden sich, der Ruhrkessel schloß sich zu einer Falle, in der die Flüchtlingstrecks, die vor der Roten Armee nach Westen flohen, und die Flüchtlingstrecks, die vor den Amerikanern nach Osten flohen, sich begegneten, im Kreis umherzogen, sich ineinanderdrehten, mit den Resten der deutschen Armee, die von einer Front zur anderen marschierten oder in langen Fahrzeugkolonnen vor dem Feind flüchteten. Allesamt verdreckt, erschöpft, verstört, in einem tödlichen Strudel gefangen, ein Menschenstrom, der sich gegenseitig in die Tiefe zog, Soldaten und Bevölkerung, Flüchtende und Kommandierende, so daß Front und Heimat eins wurden, von Angst und Panik und Propaganda umhergejagt, vom Feind immer mehr in die Enge getrieben.

Die Stadt sollte die letzte Festung dieses Kessels werden, sollte mit wehender Fahne untergehen. Volkssturm und Hitlerjugend, Vorwärtsmarschierende und Zurückweichende, Flüchtende und Gefangene, KZ-Kolonnen und Flüchtlingstrecks irrten durch die Straßen, lagerten auf Plätzen, schlugen sich um ein Stück Brot, rissen sich die Kleider vom Leib. Die amerikanische Armee stand in der einen Hälfte der Stadt vor der gesprengten Rheinbrücke und schoß in den anderen Teil der Stadt, während die deutsche Artillerie von dieser Seite des Rheins in den gegenüberliegenden Teil der Stadt schoß, ein über Monate sich hinziehendes Artillerieduell zwischen den beiden Stadthälften. Der Beschuß wurde nur unterbrochen von den Angriffen der Jagdbomber, die im Tiefflug über die Stadt brausten. Die Menschen krochen, Deckung suchend, an den zerstörten Häusern entlang, sprangen auf, liefen im Zickzack über freie Plätze und Straßen, warfen sich wieder hin, warfen sich übereinander, einer den anderen schützend. Die Jüngsten und Schnellsten krochen aus den Kellern, hasteten durch die Trümmer, jagten nach etwas Eßbarem, rasten wieder zurück, warfen sich auf diese oder jene Seite der Straße, je nachdem, welche Artillerie schoß und wie die Granaten einschlugen oder ob die Jagdbomber mit ihren Bordkanonen auf sie niederstießen und eine Feuerspur zogen. Arme, Beine, Köpfe lagen auf der Straße, gehörten keinem mehr, zerfetzte blutende Körper klebten an den von Einschüssen überzogenen Mauern. Militärtrupps trieben Menschen vor sich her, die Panzersperren errichten mußten, Schützengräben ausheben,

Schanzen bauen, freistehend im Beschuß der Artillerie und der Jagdbomber, Zwangsarbeiterinnen und Zwangsverpflichtete, die zu Dutzenden dabei umkamen, buchstäblich in die Luft flogen und zerrissen auf die Erde niederschlugen, während neben ihnen weitergegraben werden mußte, das eigene Grab gegraben werden mußte.

Und während die Menschen im Ruhrkessel wie hungrige Tierrudel umherstreunten, Soldaten und Zivilisten sich auch in der Kleidung vermischten, die sie sich gegenseitig abnahmen, Millionen zusammengepfercht auf einem kleinen Stück Erde, auf dem es nichts mehr zu essen gab, das abgegrast, abgeweidet war, Baumrinde, Weidenkätzchen, Blätter, Gras, Erde in sich hineinstopften, einander in den Schlamm traten, gemeinsam in die Erde versanken, erdenschwer sich nicht mehr weiterbewegen konnten, sich zu Tausenden unter freiem Himmel nebeneinander auf die Erde legten, die Lebenden neben die Toten, die sich der Erde endgültig anvertraut hatten, die nicht mehr beim Morgenlicht aufstehen mußten, Nahrung suchen mußten, die liegenblieben, erdfarben und in sauberen Reihen, wie ein frischgepflügtes Feld in der aufgehenden Sonne dalagen und sich nicht mehr bewegten, von Erde bist du, zu Erde wirst du, fielen Blätter vom Himmel.

Bedrucktes Papier, abgeworfen mit den Bomben, das mitteilte, daß dieses Gebiet bis zur vollständigen Vernichtung der Kriegsindustrie ein Schlachtfeld sei, daß Frauen und Kinder auf einem Schlachtfeld nichts zu suchen hätten, und deshalb werde die Zivilbevölkerung aufgefordert, diese Todeszone zu verlassen. Den Toten war es egal, den Lebenden war es so egal wie den Toten, wer in einer Todeszone lebt, ist ein Toter, auch wenn er sich noch aus alter Gewohnheit fortbewegt, die Reflexe des Lebens zeigt, und viele aßen das Papier, steckten es in den Mund, kauten und schluckten es hinunter und waren satt für einen Tag.

Auch die deutschen Befehlshaber kamen zu der grundlegenden strategischen Einsicht, daß die Menschen auf dieser Erde nur störten. Um das deutsche Vaterland verteidigen zu können, mußten die Menschen, die in diesem Land wohnten, von der Erde verschwinden. Und sie erließen den Befehl an die Zivilbevölkerung, daß sie die Festung, wie die Stadt sich jetzt nannte, aus militärischen Gründen sofort und total zu räumen habe und in Trecks nach Osten ziehen solle, damit man in dieser Festung ungehindert die Fahne des Widerstandes aufpflanzen könne. Doch die Menschen gingen nicht. Dieser Befehl, der nichts anderes war als das logische Befehlsende von Tausenden von Befehlen, war der Befehl, der nicht mehr auszuführen war. Apathie und Widerstand vereinten sich zur stärksten Waffe der Menschen, sie harrten aus und ertrugen alles.

Da beschloß der Führer seinen letzten Befehl, er nannte ihn *verbrannte Erde*, und seine Armee, die die Menschen verteidigen sollte vor einem Feind, befolgte ihn, um die Überlebenden endgültig zu vernichten. Die Armee sprengte die Fabriken, die Straßen, die Brücken, die Eisenbahnlinien, die Versorgungsleitungen, die Elektrizitäts- und Wasserwerke, das Quartier wurde von der Stadt abgeschlossen, war wieder eine Insel wie vor hundert Jahren, keiner konnte mehr hinaus oder herein, über die Bahndämme oder die Gleise zu klettern war der sichere Tod.

Heldentaten gab es, die man auch Homer auf seinem Balkon nicht geglaubt hätte, obwohl man ihm als einzigem alles glauben durfte, weil er seine Geschichten wie ein Kirmesausrufer mit dem Zusatz erzählte: »Alles wahr, alles erlebt, alles geschehen.« Junge Frauen warfen sich, wenn die Artilleriegranaten einschlugen, mitten auf der Straße auf ältere Frauen, die Kinder hatten, einen Mann hatten. Alte Männer schickten die jungen Soldaten in den Keller und zogen die von den Pionieren angebrachten Sprengladungen aus den Fabrikmauern, zerstörten die Zünder, immer in der Gefahr, selbst in die Luft zu fliegen oder wegen Sabotage auf der Stelle erschossen zu werden. Frauen und Männer entschärften Zeitbomben und Blindgänger, angeleitet von einem französischen oder polnischen Gefangenen, der glaubte, sich darin auszukennen, aber in seinem gebrochenen Deutsch oft nicht recht mitteilen konnte, ob man den Schraubenschlüssel nun linksherum oder rechtsherum ziehen sollte. Hunderte von Zwangsarbeitern und geflüchteten KZ-Gefangenen wurden in Verstecken untergebracht, wurden ernährt von Leuten, die selber kaum etwas zu essen hatten, und die, die die Stadt übergeben wollten, die mit den Amerikanern schon verhandelten, wurden noch hastig vor dem Abzug der Armee standrechtlich erschossen, und das Urteil gilt bis heute.

Dem Jungen fiel das Atmen schwer. Ein Zustand, der Tag und Nacht anhielt. Er lag in einer Ecke des Kellers und las, lag in einer engen Bücherhöhle, las all die Bücher, die die Familie für ihn gesammelt hatte, aus zerstörten Häusern und Kellern und von der Straße, auf die sie durch den Luftdruck der Bomben geflogen waren, vom Feuer versengt, vom Wasser aufgequollen, mit abgerissenem Einband. Von *Tom Sawyers Abenteuer* nur der Anfang, *Candide* ohne das Ende, *Robinson Crusoe* mit herausgerissenem Mittelteil, *Schwejk* in losen Blättern, *Tote Seelen* auf jeder Seite mit Tinte beschmiert, Bücher mit Widmungen, die sich für den Jungen mit dem Buch verbanden, Widmungen von Menschen, die vielleicht schon tot waren, an Menschen, die vielleicht nur noch in ihren Widmungen lebten. *Der lieben Sarah zu Pessach von Moischele, München 1901. Zum 50. Geburtstag von Gretchen, Köln 1920. Zur Erinnerung an die schönen Tage in Berchtesgaden, Walter, Juni 1938.* Auch mit Widmungen, die den Besitz anzeigten, als könne man Bücher auf ewig besitzen: *Dieses Büchlein ist mir lieb, wer mir's stiehlt, der ist ein Dieb. Kurt bin ich getauft, dies Buch hab ich gekauft, Brink bin ich geboren, wer's find, ich hab's verloren. Lederstrumpf* hatte auf dem Titelblatt eine Anschrift aus Berlin mit Datum 27.11.06 und dem Aufkleber des Ladens, in dem das Buch gekauft worden war, *L. Juergens, Papierhandlung, Alexander-Platz.* Der *Lederstrumpf* lag nach einem Luftangriff auf der Straße, und der Junge schrieb an den ehemaligen Besitzer, daß das Buch nun bei ihm sei, erhielt aber nie eine Antwort. So verband sich der *Lederstrumpf* für ihn mit dem

Alexander-Platz und einem Menschen in Berlin, und der Junge überlegte, ob der Inhaber das Buch selbst gekauft hat, oder ob einer das Buch gekauft hat, um es ihm zu schenken. Wie sich überhaupt die Schicksale der Menschen, die sich in den Büchern verewigt hatten, mit den Geschichten in den Büchern verbanden, der Inhalt seiner Bücher, die er auswendig kannte, mit den Geschichten der ehemaligen Besitzer, die er dazuerfand, so daß sein *Lederstrumpf* über den Berliner Alexander-Platz spazierte. Schlug er ein Buch auf, blieb die Zeit stehen, so wie man den Arm des Plattenspielers immer wieder auf Anfang stellen konnte, immer wieder Louis Armstrong hören konnte, immer wieder die Bilder Paul Klees in dem halbverbrannten, aufgequollenen Bildband betrachten konnte, Bilder, in denen keine Zeit war, nur der Augenblick, so schlug er seine Bücher auf, die er immer wieder von vorne las, für die meisten um ihn herum unbekanntes Land, das sie nicht betreten mochten, für ihn ein sicheres Refugium, dessen Tore ihm immer offenstanden, das er unbehelligt von der Last der ihn umgebenden Realität und befreit von der Last seines Körpers jederzeit betreten konnte, herzlich begrüßt von Personen, die ihn kannten, wie er sie kannte. *An einem Orte der Mancha, an dessen Namen ich mich nicht erinnern will, lebte vor nicht langer Zeit ein Junker, einer von jenen, die einen Speer im Lanzengestell, eine alte Tartsche, einen hageren Gaul und einen Windhund zum Jagen haben. In Westfalen, auf dem Schloß des Herrn Barons von Thunderdentronckh, lebte vor Zeiten ein Jüngling, ein ausnehmend sanfter und gutherziger Mensch, von der Natur liebevoll mit einem Gesicht bedacht, dem man schon von weitem sein gutes Herz ansah. Es war ein bitterkalter scharfer Dezembertag des Jahres 1793, die Sonne im Untergehen, da bewegte sich langsam ein Schlitten den gewundenen Weg hinauf, der zur Hochfläche eines jener Berge führt, die in dem Quellgebiet des Susquehannah sich nebeneinander, aneinander drängen.* So war er aufgehoben in einem Raum fern der Welt, in dem die Dinge verschwanden, in einer endlosen Dauer, unerzählbare ewige Erinnerung.

III Die Krähen schwebten über der zerstörten Bahnhofshalle, die nun ohne Dach war, stießen schreiend in Schwärmen auf die Menschen herab, zogen wieder hoch, eine dunkle Wolke, die aufstieg und niedersank, hastig und hektisch ihre Kreise zog, um die ausgeglühten verbogenen Eisenpfeiler, um den ausgebrannten Bahnhofsturm mit der großen Uhr, deren Zeiger auf einer falschen Zeit bestanden.

Der Junge saß auf dem Bahnsteig neben dem Schließkorb und beobachtete seinen Bruder, der auf der Bahnsteigkante balancierte, ihn dabei aus den Augenwinkeln ansah, weil er wußte, daß er das nicht sollte. Auf den Schließkorb mußte man nicht aufpassen, den konnte nur Maria anheben, das Weidengeflecht knarrte, ächzte und knackte dann und kam erst nach Stunden wieder zur Ruhe. Der hellgelbe geflochtene Korb enthielt die letzte Habe der Familie Fontana, die notwendigste Kleidung für Maria und ihre beiden Söhne, Wäsche zum Wechseln, Bettwäsche und die Bücher des Jungen. Von allem zuwenig für eine lange Reise, wie Landstreicher würden sie herumlaufen, hatte Maria gesagt und nahm wieder einige Blusen, Pullover und Röcke, die sie für sich eingepackt hatte, heraus, um noch Bücher einzupacken. Darüber wurde nicht gestritten oder groß palavert, zwischen Maria und dem Jungen gab es eine stillschweigende Übereinkunft, daß die Bücher das Wichtigste seien, man werde versuchen, das Leben zu retten und die Bücher, alles andere könne zum Teufel gehen.

Auf der anderen Seite des Schließkorbes saß Gustav und sagte: »Sie könnte jetzt aber bald kommen.« Maria war mal wieder unterwegs, weil es an irgendeinem Bahnhofskiosk auf irgendwelche Marken etwas gab, was man irgendwann und irgendwo eventuell gebrauchen konnte. Maria hatte es sich wie alle Frauen angewöhnt, sich an jede Schlange anzustellen, die sie sah, keiner wußte, was es gab, aber wo eine Schlange war, da gab es auch etwas, ob man es gebrauchen konnte, wußte man nicht, aber man konnte es dann zumindest tauschen. Das, was man früher Einkaufen genannt hatte, war in ein Organisieren und Hamstern und Tauschen umgeschlagen, das die meisten Frauen den ganzen Tag beschäftigte.

Der Bahnsteig war überfüllt mit Soldaten, die sich in Gruppen mit ihrem sperrigen schweren Marschgepäck und ihren Karabinern durch die Menschen drängten, zu Zügen rannten, über Menschen sprangen, die auf dem Boden lagen und schliefen. Feldpolizei marschierte in Doppelposten auf und ab, Sanitäter trugen Verletzte quer über die Schienen, Rote-Kreuz-Helferinnen drängten jedem ihren heißen Tee auf, Kinder schrien, alles war in Bewegung, auch die Schlafenden richteten sich immer wieder auf, sahen auf die Uhr, fielen zurück, schliefen weiter, wirkten wie aufgezogene Puppen, die nicht mehr abzustellen waren. Zivilisten kamen, zeigten verstohlen Schnapsflaschen oder Zigarettenschachteln, Unteroffiziere brüllten Befehle, kontrollierten Papiere, grüßten Offiziere, die, ein Bein vorgestellt, die Hand locker am Koppelschloß, sich von ihren Frauen oder Freundinnen verabschiedeten mit kurzen flüchtigen Umarmungen, jeder Kuß löste ein Johlen der Soldaten aus, die aus den Fenstern der Züge hingen. Leutnants trugen ihren Dolch spazieren, Spanienkämpfer die Troddel an ihrem Käppi, Gebirgsschützen ihre Narvikspangen, Panzersoldaten ihre schwarzen Uniformen mit Zeichen für die Zahl der Abschüsse, Afrikakämpfer ihre hellen Uniformen mit dem Kretaschild, Marinesoldaten die Namen ihrer Schiffe auf den Mützen, Luftwaffenoffiziere ihre Ritterkreuze, die Feldpolizei ihre blanken Brustschilde. Jeder hatte eine Aufgabe, jeder hatte einen Befehl zu erfüllen, jeder war uniformiert und ausgezeichnet und gehörte zu einer bestimmten Einheit, die aus irgendeinem Grund von einem Ort in einen anderen Ort verlegt wurde, von einem Land in ein anderes Land, warum, wußte keiner. Alles war in einer unüberschaubaren Bewegung, flüchtig geordnet durch die ein- und ausfahrenden Züge, die an großen Spruchbändern vorbeifuhren, *Räder müssen rollen für den Sieg*, an Plakaten, die mitteilten *Pst, Feind hört mit* oder einen schwarzen Mann zeigten, der *Kohlenklau* hieß.

Der Schließkorb war dagegen ein ruhender Pol, zumal Gustav jetzt sein Bein darauf gelegt hatte, ein Gepäckwagen war umgekippt und ein Koffer an sein Bein geschlagen, Gustav fluchte, er hatte das Hosenbein hochgekrempelt, die Wunde war zu sehen, begann sich zu verfärben, die dünne Haut darüber war nahe daran aufzuplatzen. Er rieb sich die wunde Stelle mit Johannisöl ein, das er immer dabeihatte, während der Junge seinen Bruder beobachtete, der weiter auf der Bahnsteigkante balancierte.

»Paß auf deine Mutter auf«, sagte Gustav, sein Bein massierend, »sie ist unvernünftig.«

Der Junge nickte. Er mußte immer öfter auch auf sie aufpassen. Sie hatte die Neigung, sich ohne Bedenken in das nächste Unglück zu stürzen, sie überlegte nicht, sie handelte, der Junge mußte oft für sie eine Situation durchdenken, sie fragte ihn auch, aber dann tat sie doch wieder das, was ihr gerade in den Sinn kam.

»Hat sie auch ihren Hausaltar dabei?« fragte Gustav.

Der Junge nickte.

»Dann kann ja nichts schiefgehen«, sagte er und verzog das Gesicht, weil ihm das Bein weh tat.

Maria hatte das letzte Bild ihres Vaters in der schlechtsitzenden Uniform, aufgenommen kurz vor seiner Abfahrt nach Verdun, und das letzte Bild ihrer Mutter, aufgenommen in der Granatenfabrik, eingepackt. Dazu den vom Papst gesegneten Rosenkranz aus Korallenperlen und das kleine Bild der Heiligen Maria Mutter Gottes von Tschenstochau. Sie hatte alles obenauf in den Schließkorb gelegt, auf dem jetzt Gustavs Bein mit der Wunde ruhte.

Der Junge ärgerte sich, daß Gustav immer darüber lästerte. Maria war eigentlich nicht fromm, er hatte sie nie beten gesehen, sie ging auch nie in die Messe, auch sonntags nicht. Die Reliquien, die sie immer bei sich hatte, waren Andenken an Geschichten aus der Vergangenheit. Mit ihrem Herrgott, wie sie ihn immer nannte, hatte sie gelegentlich eine private Aussprache, dazu gehörten Kerzen im Stoffeler Kapellchen, aber was sie da mit ihm aushandelte, wußte der Junge nicht, sie sprach nie darüber.

Ein Offizier, der Gustavs Bein verständnisvoll und sachkundig ansah, fragte: »Vierzehnachtzehn und wo?«

Gustav antwortete stolz: »Neunzehn Hindenburgwall« und sah ihm strahlend in die Augen.

Der Offizier ging weiter, drehte sich aber noch ein paarmal um.

»Nach dem Krieg graben wir das Musterbuch aus«, sagte Gustav, »das liegt gut verwahrt unter den Trümmern, eingewickelt in Ölpapier in der eisernen Werkzeugkiste, geschützt gegen Erdbeben, Feuer und Wasser. Und dann werden wir noch ein schönes Kapitel über diesen Krieg hineinschreiben, mit Vernunft und Klarheit gegen die Dummheit.«

»Nach dem Endsieg«, sagte der Offizier, der wieder vorbeikam.

»Selbst dann«, sagte Gustav.

In der letzten Zeit sprach er oft davon, das Musterbuch weiterzuschreiben, und sah den Jungen dann immer aufmunternd an, als wolle er ihm sagen, es geht weiter, das hier ist nicht das Ende, es geht weiter, und immer sagte er wir, wir schreiben, wir tragen da noch ein schönes Kapitel ein, und der Junge hatte das Gefühl, daß er gemeint war, daß er das aufschreiben solle. Und vieles um ihn herum zog deshalb an ihm vorbei wie ein Kapitel eines alten und ewigen Musterbuches.

Der einfahrende Personenzug, der zur Hälfte aus Güterwagen bestand, löste eine Schlacht aus, ein Getümmel von Menschen und Gepäck, in das auch Soldaten mit dem Gewehr in der Hand keine Ordnung mehr bringen konnten, sie wurden einfach unter den Zug gedrückt. Es ging weniger um die Fensterplätze, die waren ohne Scheiben und mit Pappe vernagelt, es ging um die Sitzplätze, wer keinen hatte, mußte stehen oder sich in den Güterwaggons auf seinen verschnürten Pappkoffer setzen, und da keiner wußte, wie lange die Fahrt dauern würde, wie viele Tage und Nächte, wie viele Wochen, war ein Sitzplatz lebenswichtig.

Maria, die gerade noch rechtzeitig angerannt kam, benutzte den Schließkorb als Rammbock, der Junge hielt sich mit einer Hand an ihrem Mantel fest, krallte sich in ihr Fleisch, mit der anderen zog er seinen Bruder hinter sich her, der sich an ihn klammerte. Maria zog sie in den Zug, sie stolperten beide hinter ihr her, fielen beinahe, wurden von ihr weitergerissen, wurden im Zug fast erdrückt, schrien, Maria schrie, die anderen schrien, alle schrien, jeder quetschte jeden an die Wand, war bereit, ihn totzutreten, um einen Sitzplatz zu erobern, den nur die Starken und Jungen sich erkämpfen konnten. Die Älteren, die Schwächeren standen hilflos im Gang, wußten mit ihrem Koffer nicht, wohin, wußten nicht, wie sie sich festhalten sollten, wie sie die Fahrt ununterbrochen stehend überleben sollten, und beschwerten sie sich deswegen, wurden sie angeschrien: »Sie sind alt, haben das Leben hinter sich, ich hab noch Kinder zu versorgen«, und das hieß ganz klar, du wirst jetzt vielleicht draufgehen, aber ich muß noch weiterleben.

Maria hatte einen Sitzplatz ergattert, der Junge und sein Bruder saßen auf ihrem Schoß, der Schließkorb stand hochkant zu ihren Füßen und versperrte allen Nachrückenden den Eingang zum Abteil, man konnte ihn nicht hochwuchten, weil in den Gepäcknetzen Menschen lagen, die ihren Platz verteidigten. Der Zug fuhr mit einem Ruck an und warf alle noch einmal durcheinander, draußen auf dem Bahnsteig hörten sie die Stimme Gustavs, die irgend etwas schrie, aber sie verstanden es nicht. Die meisten Menschen um sie herum weinten, sagten, sie wären lieber in ihrem Keller geblieben, sagten, sie wären lieber von einer Bombe getötet worden, eine alte Frau mit einer zersplitterten Brille, die man an den Haaren wieder aus dem Abteil gezogen hatte, stand mit einem Haarbüschel in der Hand vor dem Schließkorb im Gang und schrie: »Ich wollte, ich wäre tot«, und schrie immer nur diesen einen Satz: »Ich wollte, ich wäre tot. Ich wollte, ich wäre tot!«

Der Bahnhof der nächsten Stadt wurde bombardiert. Sie rannten zwischen brüllenden Kommandos und den Explosionen der Bomben aus dem Zug und eine Treppe hinunter, rannten weiter, weil der Bahnhofsbunker schon überfüllt war, auf den Bahnhofsvorplatz, auf dem umgekippte Straßenbahnen brannten, wurden von Soldaten in einen Keller gestoßen, der voll war mit schreienden, wimmernden, jammernden Menschen. Der Junge geriet in Panik, weil er dachte, das sei nun das Ende, sein Bruder schrie, er schrie, Maria zog sie beide am Genick durch den Keller, sie kroch wie eine Katze über Menschen, arbeitete sich durch, bis sie an einer festen Außenmauer saß, direkt neben einem Durchbruch. Sie sah sich ständig nach allen Seiten um, sagte, wir kommen hier wieder raus, wir kommen hier wieder raus, und erzählte die Geschichte von der *Maria im Stollen*, hastig, in Stichworten, denn der Junge kannte sie auswendig: die Geschichte von der *Maria im Stollen*, die ihren Joseph ins Leben zurückholte, der verschüttet in der Grube lag, eingeklemmt zwischen gebrochenen Stempeln und dem rutschenden Berg, nach Luft schnappte, Maria vor sich sah, ihr etwas zurief, schrie, man hörte ihn schreien, fand ihn, zog ihn aus dem Berg, nie wurde klar, ob Maria wirklich im Stollen gewesen war, aber Joseph hatte sie gesehen, und Maria schwieg. Es krachte furchtbar, Menschen umklammerten sich, die Decke wippte wie eine Schaukel, das Haus über ihnen mußte eingestürzt sein, sie drückten sich in die Kellerecke, sie warteten. Der Junge konnte sich später nicht mehr erinnern, wie lange sie dort gesessen hatten, eine Stunde oder eine Nacht, er wußte es nicht mehr. Wasser lief in den Keller, umspülte ihre Füße, stieg an, sie hörten ständig das Wasser rauschen und erinnerten sich der vielen Berichte von Ertrunkenen, die in ihren Kellern im Wasser der geborstenen Wasserleitungen ertrunken waren. Irgendwann wurden von außen Holzbohlen unter die Kellerdecke getrieben, die Kellerlöcher wurden aufgeschlagen, sie wurden herausgezogen, man warf ihnen eine Decke über den Kopf, weil die Luft zum Versengen heiß war, sie stolperten, fielen hin, sie standen wieder auf, schauten unter ihrer Decke hervor, standen auf einer Reihe ordentlich nebeneinandergelegter Toter, die, vom Feuer verkohlt oder vom Wasser aufgeweicht, auf ihr Massengrab im Löschkalk warteten, während ein zusammengetragener Haufen von Köpfen, Beinen, Armen, geteilten Rümpfen von KZ-Gefangenen mit großen Schaufeln auf einen Lastwagen geladen wurde. Ein Offizier mit der Pistole in der Hand schrie ununterbrochen: »Weitergehen, weitergehen, weitergehen!« Sie rannten zurück in den Bahnhof, der noch glühte, Löschtrupps rollten Schläuche ein, es war warm wie im Hochsommer, der Zug stand noch da, vom Militär bewacht, die Lokomotive war explodiert, ihre Dampfröhren waren wie Spinnenbeine auseinandergerissen, der Zug von Splittern durchlöchert. Soldaten verteilten Schnaps, auch an die Kinder, jeder wurde gezwungen, aus der Flasche einen großen Schluck zu nehmen, sie kletterten wieder in ihren Wagen, fanden ihren Schließkorb, vor dem die alte Frau lag, die ständig geschrien hatte, sie wolle lieber sterben, nun war sie tot und wurde an den Füßen aus dem Wagen geschleift, in der zusammengekrallten Faust hielt sie immer noch ihr Haar. Nicht alle kamen wieder zurück, man wartete nicht, wer im Zug war, war im Zug, der jetzt langsam aus dem Bahnhof geschoben wurde. Kinder wurden vermißt, Gepäck wurde vermißt, alles schrie durcheinander, der Zug glitt langsam auf ein Abstellgleis im Freien, aus der offenen Tür konnte man die Stadt brennen sehen, Maria zeigte ihnen die Türme des

Doms, die schwarz in den Himmel ragten, sich nicht bewegten, wie zwei Berggipfel dastanden. Der Junge vergaß nie das Bild dieser beiden Türme über der brennenden Stadt.

Der Zug fuhr durch Deutschland, fuhr viele Tage und Nächte, er kroch langsam durch abgedunkelte Städte, stand wartend vor brennenden Fabriken, zog an Feldern vorbei, auf denen Gefangene arbeiteten, bewacht von Soldaten, überquerte im Schrittempo die Flüsse auf Behelfsbrücken, neben denen Flakbatterien lagen, tauchte in dunkle, nasse Wälder ein, blieb stundenlang auf freier Strecke in einer unbekannten Gegend stehen. Oft mußten sie dann aus dem Zug springen und sich auf den Bahndamm legen, Flugzeuge brausten über sie hinweg, dann krochen sie wieder auf allen vieren in den Zug, fuhren weiter, fuhren endlos weiter, ohne zu wissen, wohin.

Die Frauen in diesem Zug erzählten sich ihre Geschichten, Geschichten von gefallenen Söhnen, vermißten Ehemännern, verlorenen Eltern, Todesgeschichten aus allen Erdteilen, Geschichten vom Land, vom Himmel und vom Meer, von ausgebrannten Panzern, abgeschossenen Flugzeugen und verschollenen U-Booten, Geschichten von zerstörten Häusern und Wohnungen und den auf ewig verlorenen Dingen, an denen ihr Herz einmal hing, von denen die herumgezeigten Fotos nur noch ein blasses Abbild der Erinnerung waren, zusammen mit den Fotos der Männer über die Köpfe der Kinder weitergereicht, begleitet von Namen wie Westfront, Ostfront, gefallen in Smolensk, gefallen in El-Alamein, verletzt in der Bretagne, verletzt in Belgrad. Briefe wurden hinterhergereicht, über die Köpfe der Kinder hinweg vorgelesen, letzte Briefe, letzte Grüße, die Gewißheit des Todes, immer wieder vorgelesen, mit lauter Stimme, hundertmal, tausendmal, Tag und Nacht durchzogen die Geschichten den Zug, wanderten von vorne nach hinten und kamen wieder zurück. Und da war keine, die all diesen Geschichten nicht eine besonders tragische hinzufügen konnte, so daß all diese Geschichten zu einer einzigen Geschichte aus Tod und Verderben und Schmerz und Trauer wurden, die sie alle zusammenführte. Und die, die sich beim Einsteigen noch gegenseitig totschlagen wollten, teilten ihr letztes Brot, legten sich gegenseitig ihre Mäntel über, weiter rollte der Zug, fuhr durch Deutschland, und die, die ihm auf den morgenfrühen Feldern nachsahen, winkten nicht, und Dörfer und kleine Städtchen duckten sich in der Abenddämmerung, stellten sich schlafend, wollten nichts hören von den Geschichten, die da vorbeirollten, schlugen ihr Kreuz in der Hoffnung, der Zug möge niemals anhalten, vor allem nicht bei ihnen.

Sie wurden in süddeutschen Kleinstädten ausgeladen, standen mit ihren Pappkoffern, Rucksäcken und verschnürten Bündeln auf den Bahnhofsvorplätzen, angegafft von der Bevölkerung, deren Sprache sie nicht verstanden, die herbeigerannt kam, als sei eine Jahrmarktstruppe mit vielen Abnormitäten angereist und zu besichtigen. Feindlich standen sie sich gegenüber, denn diese seltsam vermummten Frauen und Kinder waren nicht auf der Durchreise, gaben keine einmalige Galavorstellung, um danach wieder in der Nacht zu verschwinden, sie wollten dableiben, sie forderten sogar eine Unterkunft. Da sie keiner freiwillig aufnahm, wurden sie vom Bürgermeister in dieses oder jenes Haus eingewiesen, aber oft gab der Hausbesitzer dem Mann, der der Kolonne vorausging, Geld, dann wurden sie weitergeführt, bis sie endlich, hier und da, in einem kleinen Zimmer landeten, ein Bett, ein Schrank, ein Stuhl, eine Waschschüssel.

Es war Abend, als der Junge aus dem Fenster des ihnen zugewiesenen Zimmers in einen Hof sah, in dem ein Mann eine große Blutlache mit einem Wasserschlauch wegspritzte. Als er am Morgen aus dem Fenster sah, wurde eine Kuh brüllend und sich wehrend an einem Strick in einen weißgekachelten Raum gezogen, ein Mann mit einer Gummischürze setzte ihr einen armgroßen Gegenstand an die Stirn, die Kuh fiel um und zappelte am Boden liegend mit ihren Beinen, als wolle sie immer noch weglaufen. Man hatte Maria und ihre beiden Kinder im Schlachthaus untergebracht, jeden Morgen brüllten und zappelten die Tiere, jeden Abend wurde das Blut weggespritzt, der Junge hatte blutrote Schuhe, weil der Weg zur Straße nur über diesen Hof führte.

In den engen verwinkelten Straßen des Städtchens, die immer im Dunkeln lagen, die der Stadt etwas Hexenhaftes gaben, etwas Heimtückisches, konnte man die evakuierten Frauen nicht nur an ihrer abgetragenen, dürftigen Kleidung erkennen, man erkannte sie vor allem an ihren Bewegungen, hastigen, schnellen, fahrigen Bewegungen, an die sie in ihren zerstörten Städten gewöhnt waren, immer im Laufschritt durch die Straßen jagend, auf der Suche nach etwas, das es in der nächsten Minute vielleicht nicht mehr gab. Aber hier gab es alles, und die Einwohner gingen mit bedächtigen Schritten, anständig gekleidet, so wie es sich gehörte, durch ihre altvertrauten Gassen und Winkel, durch die schon ihre Großväter dickbäuchig, breitbeinig und gottesfürchtig gegangen waren. Sie schüttelten den Kopf über so viel unnötige Hektik, über so viel Nervosität, und beklagten sich beim Pfarrer und beim Bürgermeister über die Plage, die sie nun heimgesucht habe, und fragten, ob man diese Weiber mit ihren Kindern nicht wieder abschieben könne.

Der Junge schlief mit seiner Mutter und seinem Bruder in einem Bett, neben der Tür stand der Schließkorb, den Maria mit einer schönen Decke in einen Tisch verwandelt hatte, mehr Platz war nicht. Sie konnten sich nur nacheinander anziehen und waschen, wenn einer die Schranktüren öffnete, mußte der andere ins Bett kriechen. Jede Nacht schreckte der Junge hoch, hörte im Schlaf die Sirenen, sprang aus dem Bett, zog sich an, zerrte seinen Bruder aus dem Bett, zog ihn an, wollte mit ihm aus dem Zimmer rennen. Darüber wurde Maria wach, sie holte beide zurück und erklärte jede Nacht mit ihrer beruhigenden, wohltuend angenehmen Stimme, hier gebe es keine Sirenen. Der Junge konnte sich das nicht vorstellen, er konnte sich eine Stadt ohne Sirenen, ein Leben ohne nächtliches Sirenengeheul nicht vorstellen, er war auf diese Sirenen trainiert, hörte sie im Tiefschlaf, sprang weiterhin aus dem Bett, fügte sich dann Marias Stimme, die ihn zurückrief, Marias Stimme, der er vertraute, der er glaubte, die ihn beruhigte, die immer wiederholte, hier gebe es keine Sirenen.

Natürlich gab es auch hier Sirenen, die gelegentlich aufjaulten. Das wurde eine Übung genannt, und die Menschen gingen weiter, als wäre nichts geschehen, sie gingen oft ganz besonders langsam, um zu beweisen, daß sie sich durch eine Sirene nicht erschrecken ließen. Der Junge, der sofort in den nächsten Keller rannte, wurde ausgelacht, und in den kleinen Lebensmittelläden wurde den Frauen gesagt, die Städter hätten überhaupt keine Nerven. Sie schnitten mit einem breiten Messer ihre Butterrollen durch und meinten, sie täten sich vor nichts fürchten, sie könne man nicht erschrecken, seine Ruhe dürfe man sich nicht nehmen lassen.

Hier war seit hundert Jahren nichts passiert, einmal war eine Kuh aus dem Schlachthof weggelaufen, das Tagblatt erinnerte jedes Jahr daran, und der Junge, der an jedem Vormittag vor dem vergitterten Aushang des *Tagblatts* stand, um die Meldungen zu lesen, fand nie eine Meldung über die Bombardierungen im Reichsgebiet, immer nur Gedanken des Führers und Gedanken des Gauleiters und Gedanken des Ortsbürgermeisters und schwäbische Geschichten: *Als einmal der Teufel einem Schwab erschien.* Hier herrschte Frieden, hier gab es keinen Krieg, hier gab es nur ein verhetztes Ausland, eine jüdisch-bolschewistische Verschwörung, die dem deutschen Mann seinen Acker und sein Haus nehmen wollte und der deutschen Frau ihre Ehre. Die Soldaten marschierten durchs Städtchen und sangen: »Schwarzbraun ist die Haselnuß, schwarzbraun bin auch ich, ja bin auch ich, schwarzbraun soll mein Mädel sein, geradeso wie ich.« Die Parteimitglieder stolzierten wie Gockel durch die Straßen und über die Promenade mit den hohen Bäumen, standen auf dem Marktplatz, besahen sich die Welt, die ihnen gehörte, über die sie herrschten, die ihnen schon immer gehörte, aber jetzt durften sie es offen zeigen, und schrien, genauso, wie ein Hahn auf seinem Mist kräht, um anzuzeigen, daß der Mist sein angestammtes Eigentum ist, alle paar Minuten ein »Heil Hitler«, brüllten die evakuierten Frauen und ihre Kinder an, die lediglich Guten Tag sagten, warum sie nicht mit Heil Hitler grüßten, brüllten mit Kegelbruderstimme und vor Jähzorn roten Stammtischköpfen. Die Frauen waren den Hitlergruß aus den großen Städten, aus denen sie kamen, nicht gewohnt, der Junge hatte ihn überhaupt noch nie gehört, bei Aufmärschen mal, am 1. Mai, aber als Tagesgruß vom Morgen bis zum Abend noch nie, sie sagten weiterhin Guten Tag, sie wurden weiterhin angeschrien, mitten auf der Straße, mitten auf dem Marktplatz, es heiße Heil Hitler, und wurden der örtlichen Parteileitung gemeldet, die sie vorlud und ermahnte, sie sagten weiterhin Guten Tag.

Maria ging mit ihren beiden Kindern gerne ins Café, das war der Höhepunkt der Woche und etwas ganz Wunderbares, der Junge träumte vorher und nachher von dieser Stunde. Herausgeputzt saßen sie in dem besten Café der Stadt, in dem auch die Einheimischen saßen, die Frauen allerdings in der Überzahl, dazu Offiziere mit ihren argwöhnisch beobachteten Damen: ein Café, in dem alles alt und gediegen war, die Einrichtung, die Holztäfelung, die Stofftapete mit ihrem grünen Rankenmuster, die grünen Plüschsessel, die Marmortischchen. Sonntags spielte ein Geiger mit Klavierbegleitung hinter einem großen Notenständer, in der Woche hörte man Musik aus dem Radio, das neben einer Voliere stand, die bis zur Decke reichte und in der bunte Vögel herumhüpften, die Musik mit ihrem Gezwitscher begleitend. Hier gab es, zur Verwunderung Marias, Kuchen und Kaffee, ohne Marken, nur gegen Bezahlung, serviert auf geblümtem Porzellan. Sie lauschten der Radiomusik, sie hatten kein Radio auf ihrem Zimmer, klatschten zusammen mit den anderen dem Geiger ausgiebig Beifall, bewunderten die bunten Vögel in ihrer Voliere und genossen es, in dem warmen Raum in Plüsch zu versinken, heißen Kakao zu trinken, Erdbeertorten zu loben, leise miteinander zu reden. Während sein Bruder still vor sich hindämmerte, weil er versprochen hatte, nicht herumzuschreien und nicht durch den Raum zu laufen, versuchte der Junge, mit seiner Mutter ein Gespräch zu führen, wie es die anderen Erwachsenen taten. Maria ging darauf ein, beugte sich vor, sprach mit ihm nachdenklich über dieses und jenes, und der Junge gab sich Mühe, mit ebenso gedankenvollen Vorschlägen für das tägliche Leben den fehlenden Ehemann zu ersetzen, denn es war ihm unangenehm, daß Maria hier mit ihnen alleine saß, von den Nachbartischen kamen oft mißbilligende Blicke.

Sie versuchten, diese Stunde zu genießen, wußten aber nicht, daß sie in dieser Umgebung nur »über nichts« reden durften, wie der Junge das später nannte, also nur über das Wetter, über Verwandte oder Bekannte, über die Kunst des Operettensängers, der gerade im Radio zu hören war. Die wirkliche Welt war in dieser Gesellschaft ausgeschlossen und durch eine Scheinwelt ersetzt, deren Sprachregelung der Junge nie begreifen sollte. Er war gewohnt, über die Wirklichkeit zu reden, über das, was er und andere erlebt hatten, aber das war hier verpönt, über so etwas sprach man nicht. Man sprach in einer steifen, unnatürlichen Haltung, als wäre man in seinem Plüschsessel aufgespießt, als säße man schmerzerfüllt auf Nägeln, als hätte man Angst, jeden Moment vom Sessel zu fallen und sich auf dem Boden wiederzufinden, und so rutschte man auf der Kante hin und her, erhob sich ganz unnatürlich und setzte sich noch unnatürlicher, ein Akt der Selbstfesselung, der oft ins Lächerliche umschlug, weil gerade durch das umständliche Aufstehen und Setzen der Sessel oft wegrutschte. Der Junge hatte das zunächst für Zufall gehalten, erst in der Erinnerung bemerkte er, daß das Wegrutschen des Sessels zum Zeremoniell gehörte, das gerade noch rechtzeitige, den Sturz verhindernde Auffangen am Marmortischchen, das in einen Satz über das Wetter, über die Verwandten und Bekannten, über die Kunst des Operettensängers, der gerade im Radio zu hören war, überging, in die Formalität inhaltsleerer Sätze.

Die Gespräche, die der Junge mit Maria führte, waren offenbar so provozierend, daß eines Tages ein Herr von einem Marmortischchen herüberschrie, das sei Greuelpropaganda der Alliierten, und eine Frau rief, sie würden der Front in den Rücken fallen und Deutschland verraten, und eine andere Frau rief, man werde sie anzeigen, wenn sie weiter darüber sprächen, und dann kämen sie dahin, wo sie hingehörten, in ein Lager. Sie wurden in dem Café nicht mehr bedient, und Maria erklärte ihren Kindern, daß sie über die Bombennächte und die Zerstörungen in der Stadt, über den Hunger und die Toten und die KZ-Gefangenen nicht mehr sprechen dürften, nur noch unter sich auf ihrem Zimmer, aber nicht mehr auf der Straße oder in einem Café.

Sie schwiegen, sie sagten nichts mehr, sie gingen allein durch die Straßen, beobachtet von Frauen in geblümten Kleidern, mit kleinen Hütchen auf ihren Haarknoten, beobachtet von Männern mit Weste, steifen Hemdkragen, altmodischen Jacken und hochgeschnürten Lederschuhen, die herabsahen auf Maria und ihre Kinder, die in zu klein gewordener Kleidung und mit selbstgeflickten Holzsandalen von den Spazierstöcken der Männer und den Blicken der Frauen an die Hauswände gedrückt wurden. Der Junge hatte nur diese Holzsandalen, er hatte keine Lederschuhe, und er haßte diese Schnürstiefelmenschen, die sich als Volksgenossen bezeichneten und ihn mit ihren Lederschuhen am liebsten in den Rinnstein getreten hätten, die ihnen verboten, die Wahrheit zu sagen, die ihnen verboten, von dem zu sprechen, was sie erlebt hatten, die kein Wort hören wollten von dem, was geschehen war, die ihnen nachschrien, weil nur sie, nur sie allein in ihren ausgewählten Worten und vorgeschriebenen Sätzen wußten, was Wahrheit ist und immer bleiben wird.

Sie reisten ab. Die Bomben in der zerstörten Stadt waren ihnen lieber, im zerstörten Quartier durfte man alles sagen, und der Junge schwor, sich das alles zu merken und es nie zu vergessen, den Menschen, die, angeblich im Namen der Wahrheit, ihn mit ausgewählten Worten und vorgeschriebenen Sätzen traktierten, nie mehr etwas zu glauben.

Sie wurden erneut evakuiert, in andere süddeutsche Städte voll alteingesessener Harmonie, hinter der sich Haß verbarg, Haß auf alles Fremde, Haß auf die Zeit, die früher besser war, man hatte *Sieg Heil* geschrien und fand nun Kriegsflüchtlinge vor dem Haus und schlug die Tür zu. Sie reisten zurück in ihre Kraterlandschaft, wurden wieder abtransportiert, kamen wieder zurück, wurden wieder in Züge gesteckt, die durch Deutschland krochen, landeten mit anderen Frauen und Kindern in einem Barackenlager, in dem auch Kriegsgefangene lebten, Franzosen und Polen, mit denen man sich verstand, mit denen man sich verbündete, einige Zeichen genügten, und sie wußten, welcher Bauer Brot und Speck und Eier und Kartoffeln gegen Eheringe, Ohrperlen und Armbanduhren eintauschte. Der gemeinsame Feind waren die Wachen am Eingang, die jede Tasche kontrollierten und das eingeschmuggelte Essen beschlagnahmten, vor den Augen der Frauen und Kinder die Eier austranken und den Speck in sich hineinstopften. Ohne die Hilfe der

Kriegsgefangenen, die nachts über den Zaun kletterten und die in den Feldern versteckten, gehamsterten Lebensmittel ins Lager brachten, hätten sich viele aus Verzweiflung über dieses Lagerleben aufgehängt.

Maria putzte in Villen, die nebeneinander auf einem Hügel standen, sie war von Tür zu Tür gegangen, hatte gefragt, ob sie gegen Verpflegung arbeiten könne, hatte hier und dort zögernd Einlaß gefunden in eine Welt aus Spitzendeckchen, wolkigen Gardinen und dicken Teppichen, in der alles geschont wurde, was man besaß, weil man es schon so lange besaß und auf keinen Fall verlieren wollte. Die Hausherrin saß unbeweglich in einer Ecke der Sitzgarnitur, schaute auf die polierten alten Schränke, schaute auf das Muster des frischgebohnerten Bodens, erhob sich mühsam, ging steif um alte Vasen und Gummibäume herum, zog die Vorhänge mit der wandernden Sonne immer weiter zu, weil das Sonnenlicht den alten Bildern schade, riß ein Blatt vom Kalender ab, sagte: »Die Zeit vergeht so schnell« und bereute jeden Tag den großmütigen Entschluß, fremden Menschen zu helfen, weil dieses Pack aus dem Lager doch alles stehlen würde, wenn man es nicht im Auge behielt.

Von unten, aus den Fenstern der Baracken im Tal, überfüllt mit Menschen, die auf übereinanderstehenden Feldbetten in kleinen Stuben schliefen, getrennt durch einen schmalen lichtlosen Flur, so daß immer alle Türen offenstanden, weil sich die Menschen sonst umgerannt hätten auf dem Weg zur Kochstelle, zur Wasserstelle, zur Toilette, von da unten sah man auf ein Schloß, das vergessen auf einem Hügel lag, im

Mondschein ein dunkler unheimlicher Klotz, tags im Licht der Sonne funkelnd, die sich in den vielen Fenstern spiegelte. Der Junge lag am offenen Fenster auf einer Pritsche, um Luft zu bekommen, und schaute stundenlang auf das Schloß, das so unerreichbar hoch war, das sich in seiner Phantasie zu einem schwebenden Gegenstand entwickelte, der sich jederzeit von der Erde lösen konnte, ein Phantasiegebilde, das über allem schwebte.

Maria spazierte mit ihren beiden Kindern dort hinauf, ein steiler Weg, der durch ein dunkles Tor führte, von da in einen kiesbedeckten dämmrigen Innenhof, ein steingrauer Würfel mit Türmen an den Ecken, efeubewachsenen Mauern, Fenstern mit rotweißen Holzblenden, in einer Ecke ein Durchgang zu einer Terrasse, auf die die Sonne schien, von der aus man auf den Fluß blickte und auf die Baracken, die von hier oben wie ein Ameisenbau aussahen.

Der Schloßherr kam aus einer der vielen Türen, stellte sich als Graf Eberhard vor, war froh, mal wieder Menschen zu sehen, wie er sagte, ein schmaler, freundlicher, weißhaariger Herr, der sich beklagte, daß er hier doch sehr einsam sei, und um Wiederholung des Besuchs bat. Maria ging nun öfter mit ihren Kindern auf das Schloß, Graf Eberhard erwachte aus seinem Dornröschenschlaf, und da er den Jungen mochte, zeigte er ihm nach und nach das ganze Schloß, an einem Tag hätte man das auch nicht geschafft. Dem Jungen wurde schwindlig in dieser spiegelnden Aneinanderreihung leerstehender, schön möblierter Zimmer, in denen sich auch der Graf gelegentlich verlief, weil auch er nur selten durch das Schloß ging, und oft stand er vor einer Tür und wußte nicht, wohin sie führte. Der schönste und für den Jungen unvergeßlichste Saal aber war die Bibliothek. Als er sie betrat, wußte er, wenn es einen Himmel geben sollte, würde er so aussehen, unbedingt, er war ganz sicher. Er ging auf Zehenspitzen über das leicht knarrende Parkett, um die Stille nicht zu unterbrechen, das Schweigen der Bücherrücken, die, in Leder gebunden, zwischen polierten Holzsäulen standen. Wendeltreppen führten zwischen Marmorsäulen zu einer Büchergalerie, über der vergoldete lateinische und griechische Inschriften von schwebenden Engeln präsentiert wurden. In den Fensternischen standen hölzerne Lesepulte mit Stühlen davor, und jedes Buch durfte man nehmen, auf eines der Pulte legen, aufschlagen und das ewig wiederholbare Wunder der Entdeckung der Welt durch das langsame Umblättern von Buchseiten erleben, die auf jeder Seite an nie Vergangenes, stets Gegenwärtiges erinnerten, die die Zeit aufhoben, weil alles im Moment des Lesens geschah. Stunden der Stille, des ruhigen Atmens und des Wissens auf einer Insel des Friedens. Und Graf Eberhard legte ihm stolz die Chronik des Bauernkrieges vor, ein schwerer Band mit alten Stichen, und zeigte ihm durch das Fenster, wo die Bauern vor dem Schloß bei der großen Schlacht ihr Leben lassen mußten. Über die alten Stiche hinweg, über die verschnörkelten Buchstaben hinweg hatte man durch die Butzenscheiben den Ausblick vom Himmel hinab in die Hölle der im Sumpf des Flusses erstochenen, erstickten, ertrunkenen Bauern.

Sie reisten abermals zurück, wurden nach kurzer Zeit wieder auf offenen Militärlastwagen mit anderen Frauen und Kindern abtransportiert, fuhren Tag und Nacht, hielten nur, um von Soldaten Verpflegung zu erhalten, wurden an einem Morgen, durchgeschüttelt und halb erfroren, auf einer Straßenkreuzung in einem Dorf abgesetzt und saßen dort den ganzen Tag, einige Frauen mit Kindern und ihren Koffern. Die Dorfbewohner fanden sich langsam ein, standen in einem Kreis schweigend um sie herum, gafften, staunten, bis ein hinkender schielender Mann heraussprang, »Bombenweiber« schrie und wieder in den Kreis zurücksprang, der sich kichernd schloß. Andere taten es ihm nach, es wurde zu einem dunklen, angsteinflößenden Ritual, immer mehr Männer und Frauen sprangen vor, riefen »Bombenweiber« und retteten sich wieder mit einem Sprung zurück in den Kreis. Bauern drängten sich nach vorn, begutachteten sie wie Schlachtvieh, verschwanden wieder, kamen zurück, nahmen nach langem Feilschen mit dem Ortsvorsteher, mit viel Zögern und Überlegen einige Frauen mit, die ein älteres Kind hatten, das auf dem Feld helfen konnte. Maria saß mit ihren beiden Kindern auf dem Schließkorb, keiner näherte sich ihnen, als brächten sie Pest, Cholera, Typhus ins Dorf, man gab ihnen nichts zu trinken, zu essen, hätte sie am liebsten mit Mistgabeln und Sensen aus dem Dorf gejagt. Es dämmerte, die Bauern verzogen sich in ihre Höfe, Lichter brannten in den Fenstern der alten Häuser, sie saßen allein auf der Straßenkreuzung. Maria fixierte den Kirchturm, marschierte zum danebenliegenden Pfarrhaus und sagte dem Pfarrer, wenn sie nicht sofort ein Zimmer bekomme, werde sie in der Nacht das ganze Dorf anzünden. Nach einer Stunde, es war schon dunkel, kam ein Mann und sagte im Vorbeigehen, sie könnten mitkommen. Er ging und drehte sich nicht mehr um, Maria schleppte den Schließkorb hinter ihm her, der Junge und sein Bruder hielten sich müde an dem Korb fest, trotteten hinterher, landeten im Dunkeln in einem Haus, in einem Zimmer, in einem Bett.

Das Land, in dem sie nun lebten und dessen Bewohner sich in einer lautmalerischen Sprache verständigten, die nicht für Fremde gedacht war, war zwar im Schulatlas vorhanden, lag aber auf einem anderen Kontinent. Das Leben verlief hier, wie es schon immer verlaufen war, nach der Natur und den Gewohnheiten von Generationen. Frühjahr, Sommer, Herbst und Winter, Saat und Ernte, Kirchweih und Winterschlaf, die Höfe waren alt, die Häuser mit dicken Mauern und kleinen Fenstern trugen stolz alte Jahreszahlen und Segenssprüche, lagen breit und mächtig in der Landschaft. Das Land gehörte ihnen, die Erde gehörte ihnen, alles war, wie es war, wer durfte ihnen widersprechen, ihren Jahreszahlen und Segenssprüchen, angeberisch und großsprecherisch wie ihre Bewohner, die in der Dorfwirtschaft, Bier trinkend und Pfeife rauchend, erzählten, was sie alles so trieben, ausgefuchst seien sie, jawohl, und schlugen ihre Trumpfkarten auf den Tisch zwischen die nassen Bierdeckel, während ihre Frauen mit den französischen Kriegsgefangenen, die ihnen als Feldarbeiter zugeteilt waren, in den Ställen verschwanden.

Der Pfarrer war die einzige Autorität im Dorf. Im Sommer ging er in langen Spaziergängen über die Felder, schwarzgekleidet mit einem schwarzen Schirm gegen die Sonne, ein schwarzer Mond, der das Dorf umkreiste, alles immer im Auge hatte. Die Bauern versuchten, ihn zu umgehen, aber dann stand er doch wie Gottes Ausrufezeichen vor ihnen, und die Bauern zogen ihre Hüte, und die Frauen knicksten, und alle sagten: »Gelobt sei Jesus Christus«, und der Pfarrer antwortete: »In Ewigkeit. Amen.« Sie wollten hier ihren Frieden haben, so wurde es ihnen immer wieder gesagt, einen Frieden wollten sie haben. Die Misthaufen dampften in der Sonne, und die Jauchewagen rollten kleckernd hinter breiten Ochsengespannen durchs Dorf, verteilten ihren Duft. Zur Erntezeit lagen sie mittags mit nacktem Oberkörper auf Strohballen, kauten Schinken, schnitten lange Scheiben Brot von großen runden Brotlaiben, bestrichen sie mit Butter von kühlliegenden Butterbollen, tranken ihren Most und ihr Bier, machten Witze über die Stadtfrauen, die ihnen bis zur Erschöpfung halfen. Und während sie auf den Strohballen lagen und in der Mittagshitze schnarchten, zogen über ihnen, ganz hoch im blauen Himmel, in der Sonne blinkend, silbern schimmernd und leise brummend, Bombergeschwader ihre Bahn, Amerikaner oder Engländer, das war von hier unten nicht zu erkennen, Pulks mit vierzig, sechzig Maschinen, dicht beieinander und schon geordnet zum Angriff. Tag für Tag zogen sie über das Land, doch nie sah ein Bauer deswegen in den Himmel, während der Junge anhand der Richtung auszurechnen versuchte, wohin sie wohl zogen.

Maria schuftete wie ein Ackergaul, um sich der Gnade der Aufnahme und der täglichen Nahrung würdig zu erweisen, bei jedem Tischgebet wurde ihnen gesagt, daß man sie durchfüttern müsse, obwohl man selbst kaum etwas habe. Maria fütterte Schweine, konnte Kühe melken, half bei der Ernte auf dem Feld, half beim Dreschen im Hof und beim Schlachten, wenn die Säue abgestochen wurden und ihr Blut in Schüsseln verspritzte und ihr Gedärm sich mit Wurstmasse füllte, Arbeiten, vor denen sie als junges Mädchen weggelaufen war. Jetzt mußte sie das alles tun, und sie tat es mit der Ergebenheit, die ihr eigen war, mit dem geduldigen Ertragen der Welt, das sie so stark machte, wenn die Welt nicht zu ändern war. Sie putzte das Haus und lebte mit ihren beiden Kindern in einer kleinen Kammer, während die schönen Zimmer leer standen.

Sie waren in einem stattlichen Bauernhof mit großen Kuh- und Schweineställen und einer riesigen Scheune untergebracht. All das lag mit Zwischengebäuden um einen weitläufigen Hof, in dem die Ochsen die klobigen Holzwagen schwerfällig um den Misthaufen zogen, durch Hühner- und Gänseansammlungen stampften, bevor sie den Wagen durch das schwankende Holztor auf die Straße bugsierten. Im Haus war auch die Gastwirtschaft und Bäckerei des Dorfes, beides wurde von einem der Söhne des Bauern, von Pius, betrieben. Morgens war er in der Bäckerei, abends in der Gastwirtschaft, morgens roch er nach Mehl, kam weißbestäubt aus der Backstube, abends roch er nach

Bier und kam mit nassen Händen vom Gläserwaschen aus der Gaststube. Das Gasthaus, das zur Straße lag, bildete mit dem Pfarrhaus und der Kirche ein Rechteck, in dem auch der Pfarrgarten lag und eine Treppe tiefer zur Kirche hin das Gefangenenlager, eine stacheldrahtumzäunte Baracke mit französischen Kriegsgefangenen und einem schläfrigen Posten davor.

Der Junge, dem das Atmen schwerfiel, saß meist in dem kleinen Zimmer, das er mit seiner Mutter und seinem Bruder über der Gastwirtschaft bewohnte, in einem Sessel in Reichweite seiner Bücher, die sich ständig vermehrten, und sah aus dem Fenster auf die Baracke mit den Gefangenen und auf den Pfarrgarten, in dem die schönsten Blumen wuchsen, die er bisher gesehen hatte: große Pfingstrosenbüsche mit ihrem Tiefrot und Grün. Die französischen Kriegsgefangenen, die tagsüber den Bauern halfen und am Nachmittag in ihr Lager zurückkehrten, rissen im Vorbeigehen oft einige Blumen ab, um damit ihre Baracke zu schmücken. Sie sahen dann zu ihm hinauf, legten den Finger auf den Mund, er nickte, dieser Garten war sowieso ein unerhörter Luxus, in der Stadt hätte man daraus schon lange ein Kartoffel- oder Tabakfeld gemacht. Er kam dadurch in Kontakt zu den Gefangenen, sie riefen immer etwas zu ihm hinauf, er verstand sie ganz gut und konnte bald einige französische Sätze.

Meist saß er aber in seinem Sessel und las, die Bibliothek wuchs und wuchs, die wunderbare Vermehrung der Bücher war Marias Werk, auf allen Stationen der Reise fand sie Bücher, die es in keiner Buchhandlung gab, sie opferte dafür so manches Bettuch, das im

Schließkorb von den Büchern sowieso verdrängt wurde. Sie wußte immer, was der Junge haben wollte, hatte einen Zettel mit Autoren und Titeln bei sich, und fand sie bei Familien, bei denen sie putzte, Bücher, brachte sie eine Auswahl mit, was der Junge nicht haben wollte, gab sie zurück, um die anderen feilschte sie mit Geduld.

Oft hielt sich der Junge auch in der Gaststätte auf, in der am Tag keiner war, ein großer, dunkler holzgetäfelter Raum mit vielen Stühlen, Tischen und Bänken, einer mächtigen Theke mit einem Zapfhahn, mit Wasserhähnen, die tropften, die Stille in ein ruhiges Gleichmaß unterteilten. Ein kleiner Raum war durch gedrechselte Holzstäbe abgeteilt, hier saß er, schaute auf die leeren Stühle und Tische, die geordnet im Raum standen, es war kühl, das Sonnenlicht, das durch die Fenster fiel, wanderte langsam über den Boden, kletterte über die Stühle auf die Tische, schob sich auf die Zapfsäule und die Wasserhähne zu, leuchtete dort noch einmal auf, verschwand dann im Herrgottswinkel. Vor den Fenstern knarrten die Ochsenkarren vorbei, die aufs Feld fuhren, dort waren auch Maria und sein Bruder. Er war allein, spazierte durch den Raum, setzte sich wieder in die Ecke, war in Gedanken, war fern der Welt.

Er aß hier auch allein. Alle anderen, auch Maria und sein Bruder, aßen in der Küche an einem Tisch mit der Bauernfamilie, sie aßen alle aus einem Topf, der Bauer duldete keine Ausnahme. Der Junge versuchte anfangs, auch dort zu essen, er würgte jeden Bissen wieder heraus, es schüttelte ihn, er brachte nichts hinunter, so viel Fett war sein Körper nicht gewohnt, fette Milch, fette Grieben in der Pfanne, Kartoffeln im brutzelnden Schmalz, ein sabbernder Altbauer, unzählige Fliegen in der Pfanne. Er aß nichts mehr, ein Arzt mußte seinen Magen auspumpen, danach durfte er in der Gaststube essen, kleine Portionen, die Maria ihm brachte. Sie holte den Teller auch wieder ab, dann mußte sie zurück aufs Feld. Der Junge blieb allein zurück, verbrachte den ganzen Nachmittag in der Gaststube, saß bewegungslos, hörte das Knacken des Holzes, wartete auf die Bewegung der Sonne, sah, wie das Licht den Raum veränderte, begriff den schnellen Ablauf der Zeit in der Bewegungslosigkeit des Ortes.

Waren alle auf dem Feld und das Dorf so still wie sonst nie, drehte er das Radio an, das auf der Theke stand, nur leise, denn es war verboten, Radio zu hören. Beim Drehen des großen Senderknopfes, der den senkrechten durchsichtigen Stab ruhig über die Radiostationen gleiten ließ, matt erleuchtet von einer kleinen Birne, las er die aufregenden Namen fremder Städte, unbekannt, weit entfernt, Namen einer Radiowelt, die sich auf einer Skala zusammenfügte. Er hörte die Sondermeldungen des Oberkommandos der Wehrmacht, des Führerhauptquartiers, hörte den Sender mit dem »Bum Bum Bum Bum«, vorsichtig mußte man ihn hören, hörte Radio Beromünster, eine Stadt, die für ihn einen magischen Klang bekam, hörte die Fanfaren und die triumphalen Berichte von Siegen in den deutschen Sendern, die sich in den ausländischen in Niederlagen verwandelten, Berichte von den Fronten Europas, deren großer Kreis immer enger wurde, immer mehr sich diesem Radio näherte, vor dem der Junge stand, das Ohr am Stoff des Lautsprechers, den Worten lauschend.

An Backtagen ging er zu Pius, der mit seinen dicken behaarten Armen den Brotteig knetete, zu Kugeln formte, mit Mehl bestäubte und auf ein Brett warf, wo er sich langsam zu Fladen ausdehnte. Dann nahm er die breiten Teighaufen, öffnete die schwarze eiserne Ofentür und schob sie mit einer Holzschaufel, die an einer langen Stange befestigt war, in die rotglühenden Holzscheite, deren Hitze man in der ganzen Backstube spürte, schob die Asche zur Seite, holte gleichzeitig die braungebackenen Brote mit der Holzschaufel heraus, schlug die Ofentür zu, bespritzte die Brote mit Wasser und legte sie auf ein Brett. So viele Brote nebeneinander – in der Stadt hatte der Junge gesehen, wie eine junge Frau einer alten auf der Straße ein Stück Kommißbrot entriß. An den Backtagen durfte er nicht Radio hören, denn da brachten die Bauern des Dorfes ihre großen Kuchenbleche, holten sie später in der Gaststube, in der sie zum Auskühlen lagen, wieder ab. Pius, der wußte, daß der Junge das Radio anmachte, sah ihn an den Backtagen daher lieber in der Backstube.

Die Dorfschule war ein schmutziges, unaufgeräumtes Zimmer mit zerbröckelnden Lehmwänden und ausgetrockneten Dielen, in deren breiten Ritzen so mancher Griffel verschwand. Ein alter Lehrer versuchte, zwischen Gerümpel aus verrosteten und zerbrochenen Sensen, Forken, Rechen, den zwei Dutzend Kindern des Dorfes, die nach ihrem Alter in den Bänken verteilt waren, das Alphabet und das Einmaleins beizubringen. Die Kinder interessierten sich nicht dafür, und dem Lehrer war es egal, es war ihm auch gleichgültig, ob sie zum Unterricht erschienen. Wenn ein Bauer seine Kinder auf dem Hof benötigte, fragte er den Lehrer nicht, die Kinder kletterten aus dem Fenster direkt auf den vorbeifahrenden Wagen, der aufs Feld fuhr, sprangen von der Fensterbank auf den rundbauchigen Jauchewagen, verschwanden einfach.

Der Junge hatte keine Verbindung zu dem Lehrer, der ihn überhaupt nicht bemerkte, auch nicht zu den Dorfkindern, die sich in Urlauten anschrien und sich nicht mit Flüchtlingskindern abgaben. Er langweilte sich, was der Lehrer erzählte, wußte er bereits, er ging nicht mehr in die Schule, es fiel keinem auf. Er war auch in den süddeutschen Kleinstädten nur immer für kurze Zeit in die Schule gegangen, meist waren dort Schulferien oder Sondereinsätze gewesen: Kartoffelkäfer sammeln, Eicheln sammeln, Bucheckern sammeln, Altpapier sammeln, Spinnstoff sammeln, Ähren lesen, für das Winterhilfswerk mit der scheppernden Geldbüchse sammeln. Die übrige Zeit lag er krank mit seinen Schulbüchern im Bett und studierte sie allein.

Als sie dann wieder längere Zeit in der Stadt waren, wurde er in eine Klasse gesteckt, die sich zwischen den Bombenangriffen in einem halbzerstörten Schulhaus zusammensetzte, die Mäntel anbehielt, denn die Fenster waren ohne Glas. Der Junge bekam neue Schulbücher vom Lehrer, er schlug sie auf und war plötzlich blind. Er saß in der Bank, fror, rührte sich nicht vor Schreck, war erstarrt, der ganze Körper tat ihm weh, er saß da voller Entsetzen, die Welt war ihm plötzlich verschlossen. Konnte er früher, als er stotterte, die Worte nicht hervorbringen, so konnte er die Worte jetzt nicht mehr erkennen, er, der schon vor der Schule viele Bücher gelesen hatte, saß vor einer Schrift, die er noch nie gesehen hatte, Buchstaben, die in einem steilen Auf und Ab wie ein Stacheldrahtverhau aussahen. Er versuchte, Ähnlichkeiten mit seiner bisherigen Schulschrift zu erkennen, versuchte, rätselnd und Worte erahnend, laut vorzulesen, blieb hängen, wußte nicht weiter. Der Lehrer schickte ihn wütend nach Hause, und erst Maria erkannte im Vergleich der Schulbücher, woran bisher keiner gedacht hatte: In Süddeutschland schrieb man die lateinische Schrift, in der Stadt schrieb man die deutsche Schrift, Sütterlin genannt. Der Junge lernte neu schreiben, konnte auch bald wieder lesen, beherrschte endlich mit viel Mühe diese Sütterlinschrift, da kamen sie erneut nach Süddeutschland, und er begann von neuem mit der lateinischen Schrift, die er inzwischen fast verlernt hatte. Schrift und Sprache, die um ihn herum ständig wechselten, wurden zu etwas Fremdem, Unvertrautem, eine sich rasch verändernde Welt, in der er nicht zu Hause war. Er konnte nie gedankenlos sprechen oder schreiben wie andere, die ihre alten vertrauten Worte, ihre alten vertrauten Dialekte besaßen, so wie man ein altes Haus besitzt, in dem man selbst im Dunkeln jedes Zimmer durchschreitet, er mußte immer erst überlegen, wie er schreiben und sprechen sollte, weil das überall verschieden war. Schrift und Sprache wurden für ihn etwas Künstliches, er war fremd in der Welt der alltäglichen Sprache, er zog sich immer mehr in die Druckbuchstaben der Schriftwelt, in die vollendeten Sätze seiner Bücher zurück.

Sein Bruder starb innerhalb einer Woche. Er hatte sich im Dorf bei einem Kind mit einer offenen Lungentuberkulose angesteckt, wurde in das Krankenhaus einer Kleinstadt gebracht, die Ärzte zeigten auf ihre leeren Schränke, erklärten, sie hätten keinerlei Medikamente, so starb er nach wenigen Tagen.

Der Junge fuhr mit seiner Mutter in das Krankenhaus. Viele Treppen unter der Erde, im Leichenkeller, lag sein Bruder in einem steifen weißen Hemd. Der Junge faßte ihn an, wie er seine tote Schwester Marija angefaßt hatte, und spürte die Kälte und die Härte des Fleisches, das sich anfühlte wie ein Stück Eis. Der Bruder, den er noch vor wenigen Tagen an der Hand gehalten hatte, um wie immer auf ihn aufzupassen, mit dem er Hand in Hand über ein abgeerntetes Feld gegangen war, den er von der Dorfstraße zum Essen geholt hatte, der etwas dicklich gewesen war, lebendig, kräftig, und beim letzten Bad schrie vor Vergnügen und Lebenslust, der Bruder war tot. Die weichen hellblonden Haare, vor Tagen noch in der Sonne auf einem warmen Feld leuchtend, schimmerten nun blaß im Licht der Lampe. Maria ließ sich eine kleine Schere geben, schnitt einige Haare ab und steckte sie ein. Der Junge hatte Angst, daß Maria schreien würde, doch sie sagte nichts. Sie bewegte sich unnatürlich ruhig, sie erlebte das Unglück, das sie stets heimsuchen würde, das sie erwartet hatte, das immer wieder eintraf, sie war jetzt eins mit dem Tod. Der Junge stand hilflos neben dem Sarg, er wußte, daß er jetzt ganz allein war. Immer hatte er auf seinen Bruder aufpassen müssen, sein Leben lang hatte er ihn neben sich, aber nun ahnte er, daß dies auch eine Stütze gewesen war, daß ein Mensch dagewesen war, fast so alt wie er, der mit ihm aufwachsen sollte, der ihn jetzt allein ließ, allein für immer.

Er wurde nach der Sitte des Dorfes in einem offenen Sarg vor dem Haus aufgebahrt, einige Bewohner des Dorfes gingen daran vorbei, legten Blumen nieder, während sein Bruder mit geschlossenen Augen dalag und sich nicht mehr rührte. Der Sargtischler legte den Deckel auf den Sarg, nagelte ihn zu. Der Pfarrer kam mit zwei Ministranten, vier französische Gefangene nahmen den kleinen weißen Sarg ganz mühelos in ihre Hände, trugen ihn zum Friedhof, voran der Pfarrer mit den Ministranten, Maria und der Junge gingen hinter dem Sarg. Er wurde in die Ecke des Friedhofs getragen, in der die Fremden lagen, wurde an Stricken in das Erdloch hinabgelassen, das der Totengräber ausgeschaufelt hatte, ein kleines Loch, und doch war der weiße Sarg noch viel kleiner. Keiner sagte ein Wort, der Pfarrer sprach ein Gebet, segnete den Toten und verschwand mit seinen Ministranten. Maria weigerte sich, Erde auf den weißen Sarg zu werfen, sie wollte ihn nicht beschmutzen, der Totengräber nickte verständnisvoll. Dumpf schlugen die Erdbrocken auf dem weißen Sarg auf, er schaufelte das Grab zu, das man ihm, dem Jungen, immer prophezeit hatte, hier werde er liegen, hatte man ihm immer gesagt. Nun lag dort sein Bruder, der, obwohl jünger, viel kräftiger und stärker als er gewesen war und vor allem kerngesund. Sie blieben stehen, bis der Totengräber das Holzkreuz einrammte, den Namen, der auf einem Zettel stand, mit Heftzwecken an dem Kreuz befestigte, nach den Bräuchen des Dorfes noch einige Heiligenbilder anbrachte: ein weißes Kreuz mit einem Namen und einigen bunten Bildern auf einem Erdhügel. Über ihnen war das unheilvolle Brummen der Bomber zu hören, sie konnten sie nicht sehen, die Wolken hingen tief.

Maria saß in dem kleinen Zimmer, das sie bewohnten, schwarz gekleidet saß sie unbeweglich auf einem Stuhl, sprach kein Wort, aß und trank nicht, sah in eine Ferne, die sich keiner vorstellen konnte, die tief in der Vergangenheit lag, die in Geschichten in polnischer Sprache aufgehoben war. Der Junge setzte sich neben sie und wartete, er wußte, daß sie irgendwann wieder aufstehen würde, auch ihn wieder ansehen würde, bis dahin mußte man warten. Tagsüber kreischten die Mauersegler vor dem Fenster, huschten im hastigen Zickzackflug vorbei, nachts sah er aus seinem Bett die Silhouette seiner Mutter gegen das Fenster, sie saß wie eine Statue aus Stein gehauen, wie die Monumente, die von einer Insel aufs Meer blickten und die der Junge aus Gustavs Büchern kannte. Die Bauersfrauen brachten Essen, holten den Teller, so wie sie ihn gebracht hatten, wieder ab, unberührte Opfergaben, auf der Treppe flüsterten sie miteinander. Sie alarmierten Friedrich, was sehr umständlich war, weil es außerordentliche Genehmigungen erforderte. Er erhielt einen Tag Urlaub vom Militär, kam in einer seltsamen Uniform, der Junge erkannte ihn erst nicht. Schweigend saßen sie einen Tag in dem Zimmer, Friedrich wußte auch nicht, was er machen sollte, er wäre wohl am liebsten geblieben, aber diesmal hätte man ihn wahrscheinlich erschossen, er reiste wieder ab, das Monument war nicht zum Leben zu erwecken. Der Junge setzte sich neben Maria, ging nicht mehr ins Bett, schlief auf dem Stuhl neben ihr ein, wurde von den Bauern geweckt, aß und trank etwas, fiel wieder in einen träumenden Schlaf, hörte die Kinder des Ortes als Sternsinger vorbeiziehen, so war auch er einmal mit seinem Bruder gezogen, als Bettler verkleidet, ohne den Brauch zu verstehen, in einem der vielen Orte, in denen sie gewesen waren. Die Zeit und die vielen Orte verschmolzen zu vagen Erinnerungsklumpen, die Reisen mit seiner Mutter zu Kasernen und Fliegerhorsten quer durch Deutschland, zu Orten mit Decknamen, um einen Tag lang seinen Vater zu sehen. Er hörte die Ratschen, mit denen die Kinder in der Karwoche durchs Dorf zogen. Er blieb so lange neben ihr sitzen, bis auch sie etwas aß und trank, in einer Nacht stand sie plötzlich mit einem Ruck von ihrem Stuhl auf, packte den Schließkorb, am anderen Morgen reisten sie ab.

Sie wurden diesmal in eine Stadt transportiert, die sich Spielzeugstadt nannte und wie eine Spielzeugstadt zwischen bewaldeten Hügeln lag. Alle Bausteine waren exakt an ihrem Platz, kein Baustein war umgeworfen, alle Häuser standen brav nebeneinander, das

Rathaus am Rathausplatz und die Kirche am Kirchplatz, der Bahnhof lag quer vor der Stadt am Bahnhofsplatz, und die Bahnhofstraße war die Hauptstraße, sie führte gerade und ordentlich in die Stadt. Vom Aussichtscafé auf einem der Hügel, zu dem man am Sonntagnachmittag über einen in schönen Windungen angelegten Weg hinaufspazierte, sah die Stadt so aus, als habe ein Kind die Lust am Spielen verloren, sei vor Langeweile eingeschlafen und habe die Stadt vergessen. Sie lag da wie die Bauklotzdörfer und Holzeisenbahnen zwischen den schlafenden Puppen und Stofftieren im Spielzeugmuseum, in dem sich alle Stunde schweigend ein Karussell drehte, das pyramidenförmig mit Spielzeug beladen war.

Die Straßen und die Häuser waren einheitlich mit großen Hakenkreuzfahnen dekoriert, so daß man von weitem nur Fahnen sah, als hätte sich die Stadt in rotes Tuch eingewickelt. Die Fahnen hingen da vermutlich seit dem Tag von Potsdam, also über ein Jahrzehnt, die Bewohner kannten nicht mehr ihre Hausfassaden, sie kannten nur noch die Fahne, die alles so hübsch und idyllisch verpackte. Und so, wie die Bewohner bisher nichts vom Krieg bemerkt hatten, so merkten sie nun auch nicht, daß dieses große Reich, in dem sie sich geborgen fühlten, das sie feierten, langsam, aber doch vernehmbar knirschend wie ein altes Haus in sich zusammenbrach. So etwas dauert, obwohl es hinterher nur ein Datum ist, es dauert sogar ziemlich lange, hier hatte man es noch gar nicht bemerkt. Man sprach vom Endsieg über Rußland, Amerika, England und den Rest der Welt mitsamt seinen Kolonien, begrüßte sich morgens, wenn man zur Arbeit ging, den Laden aufschloß oder sich im Haus begegnete, laut und vernehmlich mit Heil Hitler, und wer nicht mit Heil Hitler antwortete, wurde umgehend, Pflicht ist Pflicht, mit großem Eifer unter Angabe vieler Zeugen wegen Volksverhetzung angezeigt. Denn man fühlte sich sicher und geborgen im Schoß des Führers und war daher bereit, jeden Volksfeind, der den Frieden störte, sofort zu eliminieren.

Maria und der Junge, die beide weiterhin nur Guten Tag sagten, wurden mehrmals zu Aufklärungsveranstaltungen bestellt, in denen eine Frau oder ein Mann Reden hielt vom einmaligen Wert der deutschen Kultur, die man beschützen und erhalten wolle, nichts anderes sei das Anliegen des Führers. Auch wenn wir seine Entscheidungen nicht verstünden, dürften wir ihm vertrauen, man sehe sich dagegen doch einmal die amerikanische Kultur an: degenerierte Niggermusik für jüdische Bankiers, alberne Filme, in denen eine Lokomotive über ein Auto springe, was doch unmöglich sei, Eisenhower solle sich schämen, ein ursprünglich deutscher Name, Marlene Dietrich solle sich noch mehr schämen, sie kämpfe gegen das eigene Volk. Anschließend wurden Filme gezeigt, in denen der große Otto Gebühr als Friedrich der Große in großen Stiefeln vergrämt und sorgenvoll über das Schlachtfeld ging, die toten Soldaten zählte, sich die Fahnen zeigen ließ und sich in einem Zelt zu einfachen Soldaten setzte, die ihn nicht erkannten, seine Hände am Feuer wärmte, etwas Belangloses fragte und eine herzhafte und aufmunternde Antwort erhielt.

Strafverschärfend wurden sie auch zu Reden des Gauleiters bestellt. Stundenlang saßen sie dann mit anderen in einem großen Saal, alle fünf Minuten erschien ein Parteileiter am Mikrofon des Rednerpults und besagte, der Gauleiter werde dienstlich aufgehalten, bedeutsame Entscheidungen seien zu treffen, er werde aber noch erscheinen, um eine wichtige Rede zu halten. Und während der Gauleiter in einem guten Lokal zu Abend aß, was sich mittlerweile herumgesprochen hatte, wurden sie zwei Stunden lang mit Marschmusik betäubt. Dann kam der Gauleiter, satt und zufrieden, schrie herum, fuchtelte mit den Armen und ging wieder.

In dieser Stadt sahen Maria und der Junge zum ersten Mal den Führer, allerdings nur in der Wochenschau im Kino, in das sie beide gerne gingen, denn so ein richtiges Kino mit einem schönen Film, das kannten sie noch nicht. Auf den Dörfern gab es kein Kino, in den kleinen Städten auch nicht, zu Hause waren alle Kinos zerstört. Als sie noch spielten, ging man wegen der Luftangriffe nicht hinein, und vor dem Krieg ging man eigentlich auch nicht ins Kino, im *Scala* auf der Hauptstraße des Quartiers liefen Tom-Mix-Filme, die Männer zogen die Kneipe vor, die Frauen hatten andere Sorgen. Kino, so richtiges Kino, sahen sie erst in der Spielzeugstadt, in der alles noch wie früher war. Und da sahen sie zum ersten Mal den Führer, dessen Stimme sie aus dem Radio kannten, dessen Foto sie aus der Zeitung kannten, aber nun schritt er genau wie Otto Gebühr eine Front von Soldaten ab, grüßte mit einem Kopfnicken einige Offiziere, verlieh Orden an einige einfache Soldaten, spazierte mit einem Schäferhund vor dem Führerhauptquartier herum, lachte dümmlich und etwas verlegen in die Kamera, weil er offenbar nicht mehr wußte, was er jetzt noch machen sollte, und ging dann einfach aus dem Bild. Maria und der Junge sahen sich ratlos an, das Ganze wirkte wie einer der amerikanischen Filme, vor denen man sie so eindrücklich gewarnt hatte. Aber dann kam auch schon Zarah Leander und sang *Davon geht die Welt nicht unter* und sang *Ich weiß, es wird einmal ein Wunder geschehen* und sah mit nassen Augen ins Publikum, und Hans Albers flog als *Münchhausen* auf einer Kanonenkugel in die Festung des Feindes, wobei er seinen Dreispitz zog und in die Kamera lachte und mit seinen blauen Augen strahlte, als wolle er sagen, das ist doch gar nichts, und Heinz Rühmann landete als *Quax, der Bruchpilot* in seiner Heimatstadt auf dem Marktplatz, das ganze Städtchen staunte, und Heinz Rühmann winkte in die Kamera, als wolle er sagen, so sind wir eben, übermütige Lausejungs, wir spielen der ganzen Welt einen Streich, und alle sahen immer wieder, genau wie der Führer, für einen kurzen Moment ratlos in die Kamera, als ob sie vom Publikum wissen wollten, wie es denn weitergehen solle.

Maria und der Junge hatten in einem Mietshaus an der Hauptstraße ein Mansardenzimmer neben einem Speicher erhalten, durch den sie auch ihr Zimmer betreten mußten, weil sie nicht durch die Wohnung der Wohnungsinhaberin gehen durften. Ihr Mann war im Ersten Weltkrieg gefallen, sie lebte in mehreren mit Möbeln vollgepackten Räumen, die sie gegen die Eindringlinge verteidigte, und erwartete mit Ungeduld den Endsieg des Zweiten Weltkriegs, der dem Tod ihres Mannes, der sich für sein Vaterland im Ersten Weltkrieg geopfert hatte, endlich einen Sinn geben sollte. Aus diesem Grund hing wohl auch ein großes Bild des Führers an der Wand, direkt gegenüber einem ebenso großen Spiegel, sein strenger Blick kontrollierte über den Spiegel den ganzen Raum, und an seinem Geburtstag wurde der Ersatzehemann mit Fähnchen dekoriert.

Das Verhältnis zwischen Maria und der Wohnungsinhaberin war gespannt, weil Maria, die nicht in die Küche durfte, auf einem Kochherd bestand, für den Kochherd mußte ein Kachelofen abgebaut werden, die erste größere Zerstörung in diesem Haus, sie wurde Maria nie verziehen. Wasser mußte sie mit einem Eimer aber aus der Küche holen, was nur mit einem Streit über ein lautes Heil Hitler möglich war, sonst gab es kein Wasser. Maria wurde jedesmal wütend, ihre Augen funkelten, sie setzte sich unerbittlich durch, sie und ihre Familie hatten alles verloren, hier regte man sich auf, wenn sich eine Fahne im Wind verfing.

Der Junge begriff zum ersten Mal, daß Menschen sich nur das vorstellen können, was sie erlebt haben, was sie nicht erlebt haben, können sie sich auch nicht vorstellen. Mühe mit seiner Vorstellungskraft hatte auch der Hausbesitzer Hatzelberger. Er saß unten im Haus in seinem Haushaltswarengeschäft inmitten waghalsig aufgebauter Porzellan-, Glas- und Keramikpyramiden, die ihm Ruhe abverlangten. Seine Spezialität waren Sammeltassen, die er in allen Farben, Formen und Preisklassen führte, darunter schöne Stücke aus der Vorkriegszeit, zwischen denen er, staubwedelnd und den schrumpfenden Umsatz beklagend, die Nachkriegszeit erwartete. Er hatte wenig zu tun, hier ein Teller, da ein Glas, das ersetzt werden mußte, ansonsten beobachtete er mit gerunzelter Stirn über seine Brille hinweg die Fliegen, die mit einem torkelnden Brummen gegen seine Sammeltassen klatschten.

Die Geschichten, die Maria und der Junge erzählten, Geschichten von Bombennächten und Evakuierungen, beantwortete er mit dem Satz, den Maria und der Junge schon kannten: »Das kann ich mir nicht vorstellen.« Darauf folgte die Frage: »Wie können Menschen so etwas ertragen?« Und dann, nach einer Weile des Bedenkens und zu seinem Trost: »So schlimm wird es wohl nicht gewesen sein.« Maria und der Junge beschlossen, nichts mehr zu erzählen, denn das ärgerte Herrn Hatzelberger nur und drückte auf sein Gemüt. Daß es in der Welt anders zuging, als er es sich vorstellen konnte, war ihm unverständlich. Er begriff auch nicht, daß es Zeit sei, seinen Keller mit Balken abzustützen und die Fenster zu verdunkeln, damit man wenigstens nachts mit einer Taschenlampe durch das Haus laufen könne. Maria hatte sich den Keller angesehen, eine Mausefalle, sagte sie und verlangte die Abstützung. Herr Hatzelberger aber hatte den Einschlag einer Bombe noch nie erlebt und konnte es sich daher auch nicht vorstellen, er hielt das alles für Gerede überdrehter Großstädter. Selbst als auf dem gelblichen verholzten Papier des Lokalblatts, das nur noch gelegentlich erschien, der Bevölkerung die Bedienung einer Panzerfaust und eines Panzerrohrs anhand detaillierter Bildbeschreibungen erklärt wurde, sagte Herr Hatzelberger: »Das kann ich mir nicht vorstellen, so schlimm wird es schon nicht werden.« Sollte allerdings jemals eine Luftmine nicht nur Herrn Hatzelbergers Laden samt Sammeltassen, sondern auch sein Haus in Pulverstaub verwandeln, würde Herr Hatzelberger – und Maria und der Junge spielten sich diese Szene immer wieder vor – sicher bis zum Ende seines Lebens klagen: »Warum muß das ausgerechnet mir passieren. Stellen Sie sich dieses Unglück vor. Es war ein so wunderschöner Laden. Das Leben ist ungerecht. Wie soll man da noch an einen Gott glauben«, im festen Glauben, daß Gott ihn, ausgerechnet ihn, ungerechterweise zum Hiob gemacht habe, während alle anderen um ihn herum im unverdienten Glück lebten. Maria und der Junge waren sich darin einig, daß jeder nur sein eigenes Unglück empfinden kann und für das Unglück anderer keine Empfindung hat, und das sei wahrscheinlich das Unglück der Menschheit und auch ihr Untergang. Erst wenn die ganze Erde zerstört sei, sei die Menschheit sich einig in ihrem Unglück, bis dahin hoffe jeder, auf seine Weise davonzukommen und pflege seinen geruhsamen Schlaf mit dem Satz: »Das kann ich mir nicht vorstellen.«

Maria wurde zwangsverpflichtet wie ihre Mutter, die im Ersten Weltkrieg in einer Granatenfabrik arbeiten mußte, und war jetzt eine von vielen Zwangsarbeiterinnen. Die Spielzeugstadt stellte schon lange kein

Spielzeug mehr her, in den großen Hallen, in denen an langen Holztischen Frauen einmal Puppenteile zusammengesetzt hatten, saßen nun die Frauen und stellten Flugzeugarmaturen her. Sie lernten, mit einer Schieblehre umzugehen, lernten, wie man lötet, mußten Kabel und Zifferblätter miteinander verbinden, alles exakt und millimetergenau, denn am Ende des Tisches stand ein Aufseher, maß alles nach, testete die Armaturen, und wenn sie zu oft zurückgingen, weil irgend etwas nicht exakt und millimetergenau war, fiel schnell das gefährliche Wort Sabotage. Die Frauen arbeiteten im Akkord, Schieblehren und Lötkolben wechselten hastig an den kleinen schwarzen Armaturen, die von anderen Frauen mit Leuchtpunkten versehen wurden. Maria hatte sich das ebensowenig ausgesucht wie ihre Mutter, sie verstand nichts von den Armaturen, wußte nicht, wozu die einzelnen Teile in einem Flugzeug dienten, der Staat hatte sie zwangsverpflichtet, wie er Friedrich, Gustav und Elisabeth zwangsverpflichtet hatte, wie er ihre Mutter und ihren Vater zwangsverpflichtet und in den Tod geschickt hatte.

Der Junge war oft in der Fabrik, sah den Frauen zu, langweilte sich, hatte selten Schulunterricht, belagerte den Buchladen, der gegenüber Herrn Hatzelbergers Sammeltassensammlung lag, in dem sich zwar viel Gedrucktes, aber kaum etwas Lesenswertes fand. Der Junge erstand nach zähen Verhandlungen mit dem Buchhändler gegen Fettmarken einen Volks-Goethe, sechs Bände in grünem Leinen mit verblaßtem Goldschnitt. Die Fettmarken herzugeben war risikolos, denn es gab kaum noch Fett, das wußte auch der Buchhändler, aber Goethe-Ausgaben hatte er genug auf Lager, Goethe gab es immer. Der Junge lernte den *Faust* auswendig, weil es ihm Spaß machte, und er überraschte seine Mutter abends nach der Fabrikarbeit mit einem Vortrag des *Vorspiels auf dem Theater*, das seine theatralische Phantasie entzündete, die sich bisher nur in Spielen mit einem Papptheater und den dazugehörenden Spieltexten ausgetobt hatte. Das waren zwar wunderbare Kulissen und schön bemalte Pappfiguren, aber den Text lesen, die Figuren bewegen, die Kulissen wechseln, den Vorhang aufziehen, hinter der Bühne spielen und mit vorgebeugtem Oberkörper und seitlich verrenktem Kopf sein eigener Zuschauer sein, war ermüdend und wenig zufriedenstellend. Da war das *Vorspiel* doch eine lebendige, wenn auch nur im Kopf ablaufende Theatervorstellung, und er begann Theaterstücke zu schreiben.

Der Junge erfuhr bald, daß das Schreiben und das Aufführen von Theaterstücken eine interessante, vielfältige und amüsante Tätigkeit ist, die Darstellung des Lebens mittels Dialogen auf einer imaginären Bühne mit dem Leben aber nichts zu tun hat. Die Organisationen, in denen viele Menschen ihre Erfüllung finden, die ihnen Leben und Bühne sind, diese Organisationen schickten einen Marschbefehl, das war ihr Stichwort. *Die Pfosten sind, die Bretter aufgeschlagen, und jedermann erwartet sich ein Fest.* Bisher hatte Maria den Jungen aus allen Organisationen heraushalten können, die das Deutsche Reich beherrschten, alle Befehle und Anordnungen abgewehrt mit der Begründung, er sei krank. Das wurde ihm nun zum Verhängnis, weil ein kranker Junge ordnungsgemäß in ein Erholungsheim gehört, das Deutsche Reich habe auch für solche Fälle vorgesorgt und verfüge über die entsprechenden Einrichtungen, im Weigerungsfalle usw., unterschrieben und gestempelt, mit deutschem Gruß.

Maria und der Junge glaubten nicht an das Wort Erholungsheim, das sah nach Ertüchtigungslager aus, nach Stahlbad, wenn nicht noch Schlimmeres dahintersteckte. Sie hatten sich noch nie getrennt. Aber das war ein Gestellungsbefehl. Er wurde nun auch zwangsverpflichtet. Was war zu tun? Er würde jeden Tag schreiben. Schreibend würde er mit ihr in Verbindung bleiben. Sie tüftelten Zeichen aus, die der Junge versteckt in seinen Briefen anbringen sollte, um Maria über seine wirkliche Lage zu informieren, denn die Wahrheit werde er nicht schreiben dürfen, das ahnten sie schon. Das Hauptzeichen war eine Wellenlinie unter einem Satz und hieß, sofort und unter allen Umständen zurückholen.

Das Erholungsheim erinnerte den Jungen an das KZ im Volksgarten, es war eine Barackenansammlung, umgeben von einem hohen Stacheldrahtzaun mit einem bewachten Eingangstor, ein Lager, in dem sich nur Schäferhunde frei bewegen durften. Die in einer Kolonne einmarschierenden Kinder wurden von ihnen beschnüffelt, die Kinder rührten sich nicht, standen voller Angst in ihrer Kolonne, während sich die Erzieher über die Angst der Kinder amüsierten, einer von ihnen schrie: »Entweder die Hunde fressen euch, oder ihr freßt die Hunde.« Ihre Namen wurden aufgerufen, sie erhielten eine Nummer, danach wurden sie auf die Schlafsäle verteilt, dreißig bis vierzig Betten in einer Baracke.

Jeden Morgen war Appell. Zu nachtdunkler Zeit wurden die Kinder geweckt, hatten ihre Betten zu machen, zackzack, sich zu waschen und anzuziehen, und zwar zackzack, sich in Kolonnen aufzustellen, zackzack, zum Appellplatz am Rand des Lagers zu marschieren, wo sie ein Rechteck bildeten, in dessen Mitte eine Fahnenstange stand. Sie mußten ein Lied singen, langsam wurde die Fahne gehißt, mußten stillstehen und die Fahne grüßen, dann kam der Morgengruß des Lagerleiters, in dem viel von deutschen Jungen die Rede war, sie mußten wieder ein Lied singen, in Kolonnen abmarschieren und durften endlich ihren Platz vor der Haferschleimsuppe einnehmen, die schon kalt war. Danach mußten sie wieder zurück in die Schlafsäle, die meisten Bettdecken lagen am Boden, der Inhalt der Spinde lag auf dem Boden, beides mußte sofort wieder in Ordnung gebracht werden, dann ging ein Erzieher an den Betten vorbei, an deren Fußende die Jungen strammstanden, warf wahllos die Hälfte der Decken samt Matratze wieder auf den Boden, warf den Inhalt der Spinde hinterher, beides mußte sofort wieder in Ordnung gebracht werden.

Vormittags Exerzieren auf dem Hof, rechtsum, linksum, im Gleichschritt marsch, stundenlang übten die Kinder das Marschieren in Kolonnen, der Gang eines einzelnen über den Hof war undenkbar, dazwischen Unterrichtsstunden über die Rasse, das Volk, das Reich, den Führer. Nachmittags Übung im Gelände, Panzer von rechts, Artillerie von links, Jagdflieger von vorne, sie mußten sich in Schlammpfützen werfen, Abhänge hinunterspringen, Bunker erobern und sich erneut in den Dreck werfen.

Der Junge haßte das alles, er haßte diese deutschen Provinzhitler, die ihre Schäferhunde streichelten und Kinder durch den Schlamm robben ließen, die mit Exerzieren und Bettenbauen ihre Macht demonstrierten, er haßte sie. Er wünschte ihnen eine einzige grausame Bombennacht, nur eine, diesen Tretern, diesen Duckmäusern, diesen Befehlsheinis, diesen Schreiern, diesen Brüllern, diesen feigen Dreckscheißern, die sich in ihrer Uniform als Herren der Welt fühlten, Feiglinge, die zu nichts im Leben taugten, als Befehle zu brüllen und Kinder in den Dreck zu treten.

Es gab im Lager nur eine Latrine, die zudem abseits der Baracken lag, die jüngeren Kinder hatten Angst, in ihren dünnen Schlafhemden durch die nächtliche Kälte zu gehen, an den schnüffelnden Hunden vorbei, und machten vor lauter Angst ins Bett. Das wurde morgens entdeckt und von den Erziehern zu einer großen Strafexpedition benutzt. Zunächst wurden diese Jungen vor allen anderen als Bettnässer lächerlich gemacht, dann wurden Freiwillige für die Prügelstrafe gesucht, die fanden sich und dienten sich hoch, indem sie ihre Schlagtechnik verfeinerten. Sie bohrten Löcher in Kastanien, zogen eine Schnur durch, verknoteten sie und schlugen mit den an der Schnur surrenden Kastanien fünfzigmal auf den entblößten Hintern der Kinder, so daß das Blut an den Beinen herunterlief, alle hatten dabei in strammer Haltung zuzusehen. Da die Jungen vor Angst in der Nacht wieder ins Bett machten, wurde an jedem Morgen nach dem Fahnenappell in jeder Baracke an den Bettnässern das Ritual der Prügelstrafe vollzogen. Viele der Kinder weinten den ganzen Tag, wurden deshalb wieder geschlagen, eingesperrt, bekamen nur Wasser und Brot, weil ein deutscher Junge nicht heult, und wollten sie nach Hause und hatten Heimweh, wurden sie wieder geschlagen, weil ein deutscher Junge kein Heimweh hat.

Dasselbe erzählten ihnen auch die SS-Offiziere, die ins Lager kamen und sie wohlwollend betrachteten und ihnen bedeutsam eröffneten, wer das hier durchstehe, der könne einmal SS-Offizier werden, wer hier schon versage, sei bestenfalls Kanonenfutter. Und so wurden sie wieder durchs Lager getrieben, Tag für Tag, Nacht für Nacht, denn Nachtübungen mußten auch sein: »Alarm, alle Mann raustreten!«, die Sortiermaschine lief auf Hochtouren. Die, die nur noch im Gleichschritt marschierend rechtsum oder linksum wie eine Holzpuppe über den Hof staksten, keine Pfütze sehen konnten, ohne sich hineinzuwerfen, jeden Tag drei feindliche Bunker mit dem Flammenwerfer ausräucherten, die rückten auf zu Kolonnenführern, Gruppenführern, Fähnleinführern, um die nun ihrem Befehl unterstellten anderen Jungen wie Sklaven wahllos zu schikanieren, ja, sogar neue Schikanen zu erfinden. Das erfreute und amüsierte die Erzieher außerordentlich, denn sie sahen von weitem zu, wie die Jungen sich nun gegenseitig fertigmachten, und wenn die frisch Beförderten den Erziehern Meldung machten, waren sie alle sehr stolz auf dieses Erziehungssystem, das, wie der

Lagerleiter beim Morgenappell verkündete, »uns so schnell keiner nachmacht«.

Der Junge lag in den Nächten wach, war wie gelähmt, fürchtete sich vor dem Schlaf, hatte Angst vor dem Tag. Er setzte seine ganze Hoffnung auf den ersten Brieftag. Einmal in der Woche durfte man einen Brief nach Hause schreiben, der dem Erzieher offen übergeben werden mußte. Der Junge hatte in seinem Brief unter dem vorgeschriebenen Standardsatz *Hier ist es sehr schön, es gefällt mir sehr gut, wir treiben viel Sport, was mir guttut*, die mit Maria vereinbarte Wellenlinie untergebracht, unauffällig unter den Worten *sehr schön* und *sehr gut*, die Wellenlinie, die bedeutete, *sofort herausholen*. Der Erzieher grinste und zerriß den Brief, er hatte wohl Erfahrung mit solchen Zeichensystemen. Der Junge geriet in Panik, er wußte nicht, wie er hier herauskommen sollte, die Verbindung zwischen Maria und ihm war abgerissen. Würde sie es mißtrauisch machen, wenn kein Brief von ihm kam, von ihm, der doch täglich schrieb, würde ihr Instinkt ihr sagen, daß dies hier die Hölle war? Aber selbst, wenn sie bei der Lagerleitung anrief, man würde sie belügen: »Ihr Sohn fühlt sich so wohl, der denkt gar nicht ans Schreiben.« Der Junge grübelte, und dann schrieb er an einem Posttag einen Brief voll kleiner dummer Wortfehler, falsch gebauter Sätze, falsch angebrachter Satzzeichen, er, der eine Eins in Deutsch hatte und fehlerlos und fließend schreiben konnte, schrieb den Brief eines schlechten Schülers. Er schrieb einen Brief, den ein deutscher Mann, der deutsche Schäferhunde und deutsche Kinder erziehen will, für deutsch hielt, und der Erzieher nickte wohlwollend und steckte den Brief in den Briefumschlag und warf ihn in den Postkorb.

Der Junge wartete, er rechnete aus, wann der Brief ankommen könnte, wie schnell Maria hier sein könnte, er bereitete sich unauffällig darauf vor. Am vierten oder fünften Tag nach Absendung des Briefes erschien der Erzieher im Schlafsaal, schrie ihn an: »Koffer pakken!«, der Junge warf die Sachen aus dem Spind in seinen Koffer, der Erzieher schrie: »Mitkommen!«, sie marschierten ins Lagerbüro, da stand Maria. Sie mußte getobt haben, das sah er ihr an, sie nahm ihn an die Hand und ging mit ihm vorbei an den schnüffelnden Schäferhunden, vorbei an den Wachposten aus dem Lagertor, sie sahen sich nicht um, aber sie hörten, wie hinter ihnen einer etwas Unverständliches schrie.

Der Junge konnte sich lange an nichts mehr erinnern. Viele Einzelheiten fielen ihm erst Jahre später wieder ein. Maria fragte ihn oft, was geschehen war, er konnte sich nicht mehr erinnern, da war nur ein schwarzes Loch. Der Schreck war so groß, daß die Erinnerung versagte. Oder gehörte das auch zum Plan dieser Erziehung, die Erinnerung auszulöschen, Menschen ohne Erinnerung aufzuziehen, Menschen, die nur noch in Kolonnen leben, die alle dasselbe denken und fühlen und denselben Befehlen gehorchen, Menschen, die keine persönliche Geschichte mehr haben, die nie mehr etwas erzählen können. Nur bruchstückhaft und in großen Zeitabständen tauchte das Vergessene wieder auf, floß in die Erinnerung des Jungen ein. Vieles blieb Fragment, wurde zu einer unerzählten Geschichte.

Die Sirenen folgten ihnen nun auch in die Spielzeugstadt. Der Junge, der wie immer allein zu Hause war, trug dann einen Koffer die Treppen hinunter auf die Straße, holte einen zweiten, wartete auf Maria, die von der Fabrik her die Straße heraufgerannt kam, dann liefen sie beide in den Bunker, wie der in einen Hügel hineingetriebene Erdstollen genannt wurde, in dem Hunderte von Frauen und ihre Kinder aneinandergereiht auf Holzbänken saßen. Es roch nach feuchter Erde, nach Schweiß, Urin und Erbrochenem, die Hysterie in diesem Erdloch stieg mit jedem Alarm, die Menschen kannten noch keinen Bombenangriff. Maria und der Junge beschlossen, nicht mehr in den Bunker zu gehen, denn bei der ersten schweren Bombe, die vor oder auf dem Bunker explodierte, würden diese Menschen aus dem Erdloch stürzen und sich gegenseitig tottreten.

Sie blieben zu Hause, die Bomber überflogen dieses Städtchen nur, und machten es sich gemütlich. Die wenigen Kartoffeln, die es gab, brieten ohne Fett auf der Herdplatte, Tannennadeln wurden als Gemüse, Salat, Brotaufstrich und Heilmittel verwendet. Um den Ofen für einige Stunden zu heizen, bekam Maria einen Festmeter Holz zugeteilt, einen gefällten Baumstamm, den sie im Wald in Holzscheiben zersägen mußten, nach Hause schleppten und im Hof mit einem Beil zerkleinerten. Die Holzscheite wie die Kartoffeln wurden sparsam verwendet, der Junge las, Maria pendelte mit ihrem Ehering, den sie an einem Haar befestigt hatte, über einem Foto von Friedrich, daraus konnte man ersehen, ob er noch lebte. Sie hatten lange nichts von ihm gehört, sie wußten nicht, wo er war. Berichte von Gustav und Elisabeth kamen sehr selten und immer verschlüsselt, sie wurden daher oft studiert und mehrfach laut vorgelesen.

Der Junge hatte eine Europakarte, so groß wie ein Tischtuch, die bunten Flecke am linken Rand der Karte waren die kleinen europäischen Länder, der Rest bestand aus einem schneeweißen Rußland mit weit auseinanderliegenden Ortschaften, als hätte man diesen Teil der Karte gedehnt. Auf dem Tisch lag entweder Europa, und Rußland hing wie eine Schleppe herab, oder Rußland bedeckte den Tisch, und Europa hing seitlich wie eine kleine, bunte Stickerei, wie eine Verzierung. Europas bunte Flecken wurden vom Meer aufgefangen, tiefblau und schön konturiert, während Rußland in zwei Meter Entfernung vom Rand der Karte zerschnitten wurde, es war außerhalb der Karte wahrscheinlich noch viel größer, reichte bis zur Wand der kleinen Mansarde, in der sie lebten. Zwei Betten standen hintereinander unter der Dachschräge, ein Tisch, zwei Stühle, der Herd und ein Korbsessel vor dem kleinen Fenster, das seitlich in der Giebelwand zum Nebenhaus angebracht war, nur einen schmalen Ausblick in den Himmel gestattete. Hier saß der Junge meist, die Bücher in Reichweite, die Karte auf dem Schoß, sah hoch über dem Fenster den wirren Zickzackflug der Mauersegler, die ihre Ornamente in den Himmel zeichneten.

Überraschend kam ein Brief mit dem freundlichen Hinweis, daß am nächsten Sonntag die letzte Gelegenheit zur ersten Kommunion auch für die Kinder der Evakuierten sei, man möge sich darauf vorbereiten und daran teilnehmen, Stempel, Unterschrift. Die Vorbereitung bestand darin, daß Maria die ganze Woche versuchte, ein Paar Schuhe für den Jungen zu bekommen. Sie erhielt sie in der Nacht vor der Kommunion im Keller eines Schuhgeschäfts gegen einen Sack Holzscheite und zwei Kilo Kartoffeln. Am Sonntag stand der Junge in den neuen Schuhen, die viel zu groß waren und mit Zeitungspapier ausgestopft werden mußten, und in seinem Fischgrätenmantel, aus dem er schon längst herausgewachsen war, in einer eiskalten Kirche, die er noch nie gesehen hatte, zwischen einigen Kindern, die er nicht kannte und die genauso froren wie er. Ein Priester, den er ebenfalls noch nie gesehen hatte, erschien, die Orgel dröhnte, und mit der Orgel heulten die Sirenen, die Kirche war Sekunden darauf leer, und der Junge stand mit Maria und einigen anderen in einem Splittergraben vor der Kirche. Der Splittergraben war naß und schlammig, die neuen Schuhe versanken in einem lehmigen Boden, das Zeitungspapier in ihnen sog sich voll Wasser. Die Entwarnung kam spät, und der Priester verschob die Kommunion mit sehr viel Gottvertrauen auf den nächsten Sonntag.

Maria und der Junge, herausgeputzt, wie sie nun einmal waren, wollten sich doch noch einen schönen Tag machen, sie wanderten auf den Hügel in das Aussichtscafé, stopften die Schuhe unterwegs mit trockenen Blättern voll und genossen im Café bei Kaffee-Ersatz und einer Scheibe Kommißbrot mit Kunstbutter und Kunsthonig den Ausblick, der sich bald belebte. Die Sirenen heulten unten in der Stadt, aber mit den Sirenen waren schon die Jagdbomber da, dröhnend, fünfzig Meter über ihren Köpfen, stießen auf die Spielzeugstadt nieder. Ihre Schatten huschten über die Stadt, die im Sonntagsnachmittagsschlaf lag, sie schossen aus den Bordkanonen und warfen ihre Bomben ab, deutlich konnte man sehen, wie sie herabkugelten, wie sie, noch kurz mit der Bewegung des Flugzeugs mitgehend, in die Stadt schlugen.

Die Jagdbomber drehten ab, erschienen wieder, Maria und der Junge beobachteten die Flugzeuge, die durch das Tal jagten und in der Stadt eine Feuerspur hinterließen. Einige Häuser brannten, die Feuerwehr fuhr ratlos herum, sie sahen auf das Haus, in dem sie wohnten, wunderten sich, daß es nicht getroffen wurde, sahen, wie zufällig die Bomben fielen, wie zufällig die Treffer waren, wie zufällig ein Haus zerstört wurde und Menschen starben. So ungefähr sah wohl auch Gott auf das Treiben der Menschen, und sicher war er ratlos, wessen Gebete er erhören sollte, die der Bomberpiloten oder die der Bevölkerung in den Kellern. Die Bombardierung hielt an, immer neue Jagdbomber kamen, das war kein Irrtum, wie sie zunächst dachten, die hatten das Städtchen im Visier. Sie liefen in den Wald, denn so ein Aussichtscafé war ein gefährlicher Punkt, in so einem Haus steckte schon mal ein Leitstand der Artillerie, und kaum waren sie im Wald, krachte es auch dort, das Aussichtscafé brannte.

Während sie unter dem Sturzfluggeheul der Maschinen zwischen Tannen hangabwärts gingen, ohne

Eile, weil sie den Angriff abwarten mußten, fatalistisch, weil die Bomben nun mal fielen, wie sie fielen, da konnte man nichts machen, es war ihnen egal, ob sie ihr Zimmer noch vorfinden würden oder nicht, entdeckten sie eine versteckte Ecke mit Waldbeeren, sie futterten sie aus der Hand, waren ganz blaubeschmiert und lachten darüber. Ein schöner Tag war es, und zu Hause angekommen, sahen sie, wie Herr Hatzelberger keuchend vor Anstrengung und mit herausquellenden Augen Holzstämme in den Keller schleppte, um ihn abzustützen.

Der zweite Versuch einer feierlichen Kommunion am nächsten Sonntag endete wie der erste, Priester und Orgel hatten kaum begonnen, da fielen die Sirenen ein, wieder standen alle im Splittergraben vor der Kirche, und als sie nach Hause gingen, hörten sie in der Ferne ein leises Grollen, das war Artillerie, das war die Front. Die Front kam näher, und vor ihr her zog der längste Elendszug, den der Junge je gesehen hatte, die geschlagene deutsche Armee. Eine graue, wie ein Wurm aus dem Horizont den Hügel herabkriechende Kolonne von Lastwagen mit Anhängern, Lafetten, Geschützen, Motorrädern, Kübelwagen, und auf den Wagen sitzend, liegend, sich festklammernd, erschöpft und zerlumpt, Soldaten in den verschiedensten Uniformen. Sie rumpelten an ihm vorbei, auf holpernden, schwankenden Wagen, deren Motoren müde aufbrummten, wenn sie an der Kreuzung um die Ecke bogen. Der Junge stand alleine an der Kreuzung, die bei Paraden so voller Menschen gewesen war, daß man sich hartnäckig hindurchdrücken mußte, um überhaupt etwas zu sehen, um durch die Absperrung der Polizei die Kolonnen der verschiedenen Waffengattungen zu sehen, die bei Marschmusik hinter ihren Offizieren im Gleichschritt paradierten, hinter ihren Fahnen in exakter Ordnung über die Kreuzung zogen.

Stundenlang stand er jetzt alleine an der Kreuzung, und wer vorbeikam, lief schnell weiter, wollte sich von dem Jungen nichts berichten lassen, winkte ab, sah woandershin, rannte voller Angst die Straße hinunter, wollte nichts mehr sehen und nichts mehr hören, lief voller Panik in seinen Keller, um sich dort zu vergraben.

Der Junge lag die ganze Nacht wach, hörte das Rumpeln der Militärfahrzeuge, das Aufbrummen der Motoren beim Schalten, ein gleichmäßiges Geräusch, und als er am Tag wieder zur Kreuzung ging, war es genauso wie am Tag zuvor. Im gleichbleibenden Tempo zogen die Wagen ohne jede Ordnung vorbei, die Soldaten, die nicht apathisch vor sich hinsahen oder verwundet dalagen, sahen ihm erstaunt ins Gesicht, machten die fragende Geste des Rauchens, waren schon wieder vorbei. Sie sahen aus wie Bettler aus einem fernen Land, einen Schal um den Kopf gewickelt, in Decken gehüllt, die Mantelkragen hochgeschlagen, mit Gasmaskenbrillen, abenteuerliche Gestalten in zerlumpten Kostümen, Verwundete mit schmutzigen Verbänden, dazwischen Rotkreuzschwestern, die blutbeschmiert unter dreckigen Militärmänteln kauerten. Andere Verwundete schwenkten ihre Krücken, als wollten sie ihm zurufen, halte diesen Zug an, aber dieser Zug hielt nicht an, schien überhaupt nie mehr anhalten zu wollen, hatte keinen Anfang und kein Ende, das drehte sich wie ein Karussell, die ersten schienen sich wieder hinten anzuschließen. Keiner konnte mehr sagen, woher sie kamen und wohin sie zogen, ein Elendszug verbeulter und beschädigter Wagen, die ohne Ziel hintereinander herfuhren, an den sich die Menschen anklammerten, als sei er die letzte Rettung, der letzte Halt auf dieser Welt, Schreckensaugen, offene Münder, verwilderte Gesichter, vermummte Gestalten.

Die Stadt gewöhnte sich an das Geräusch, das sich viele Tage und Nächte in ihr einnistete, und der Priester setzte kurzfristig und hoffnungsvoll einen neuen Termin für die Heilige Kommunion an, am Nachmittag solle man schnell vorbeikommen, es fanden sich nur noch wenige ein. Die Zeremonie begann, und mit ihr kamen die Jagdbomber, die ohne jede Vorwarnung über die Kirche donnerten, ihre Bordkanonen knatterten, und wieder lagen alle im Splittergraben, der sicherer als die Kirche schien, selbst der Priester fand sich in seinem Ornat und seinem Gottvertrauen dort ein, duckte sich, kniete, betete und setzte die Heilige Kommunion für den nächsten Tag morgens um sieben Uhr an.

Als sie an den Häusern entlang nach Hause schlichen, bemerkten sie erst die Stille in der Stadt. Die zurückflutende deutsche Armee war nicht mehr vorhanden, verschwunden wie ein Zirkus, der über Nacht die Zelte abgebrochen hat, die Kreuzung war menschenleer, der Lindwurm zog nun durch andere Städte.

Die Stadt war jetzt Niemandsland, sie gehörte den Plünderern, die mit Wolle, Tüchern, Stiefeln unter dem Arm durch die Straßen rannten, Scheiben klirrten, Explosionen waren zu hören, ein Schrei, wieder Stille, dann das Hasten schwer atmender, schwer bepackter Menschen, die geduckt die Straße überquerten, aus der Richtung des Militärdepots kamen. Maria und der Junge liefen dorthin, was war da los, die ganze Stadt lief zum Militärdepot, hatten die alle bisher in ihren Wohnungen gehockt wie Raben auf der Stange, und nun war der Käfig offen, und alle waren unterwegs? Am Militärdepot öffneten sie die Stahltore mit Panzerfäusten, schossen sie aus kurzer Entfernung auf, standen auf Leitern an der Außenwand und schlugen Löcher in Höhe des ersten Stocks, krochen hindurch, schlugen sie von innen weiter auf, warfen alles, was sie fanden, auf die Straße, in die Menge, die sich darum schlug: gefütterte Pilotenstiefel, blaugraue Wollknäuel, Offiziersuniformen, Tuchballen, Unterwäsche, Socken. Der Inhalt eines Luftwaffendepots, viele Stockwerke voll, gehortet, gestapelt, hinter Mauern versteckt für einen jahrelangen Krieg, jetzt flog er von oben in eine wildgewordene Menschenmenge, die aufeinander einschlug, sich gegenseitig wegdrängte, sich die begehrten Stiefel aus den Händen riß, unter dem Gewicht der herabfallenden Stoffballen stürzte, niedergetreten wurde von anderen, die über sie näher an das Loch wollten, die auch da hineinwollten, in dieses Paradies, angefüllt mit schönen Dingen für den Krieg. Wie hungrige Tiere sprangen sie hoch, schnappten nach der Beute, und wer nicht stark genug war, andere beiseite zu drängen, dem Nächsten ins Gesicht zu schlagen, ihn endgültig niederzutreten, damit man ihm die Beute entreißen konnte, der schlug in den Nebenstraßen die Schaufensterscheiben der kleinen Läden ein, raubte sie aus, nahm alles mit, egal, was es war, ein Ausbruch von Habgier und wilder Lust am Besitz, jahrelang zurückgestaut durch Gesetz und Ordnung. Aber hier war jetzt Niemandsland, hier herrschte Gewalt, wer hat, der hat, und wer tot ist, ist tot, und sie schleppten die Beute in ihre Wohnungen, in ihre Häuser, an denen noch die roten Hakenkreuzfahnen hingen, die sie gehißt hatten, um Recht und Ordnung zu bejubeln.

Morgens um sieben standen nur noch drei Mütter und drei Kinder in der Kirche, der Priester kam angerannt und sagte, es gehe ganz schnell, ohne Messe, einfach so, er müsse sich nur noch rasch umziehen, und verschwand in der Sakristei, und in dem Moment, es war unglaublich, es war gegen Gottes Ordnung, aber so war es nun mal, in dem Moment jagten die Amerikaner ihre erste Artilleriesalve in die Stadt. Es krachte beängstigend, alle lagen auf dem Boden, und schon kam die zweite Salve und detonierte in der Nähe, der Priester stand halb angekleidet in der Tür der Sakristei, schrie etwas mit äußerster Lautstärke und malte dabei mit einem Arm ein riesenhaftes Kreuzeszeichen in die Luft. Der Junge wußte später nicht mehr, ob das ein Höllenfluch oder eine ewige Absolution war, Maria und er krochen auf allen vieren aus der Kirche, hinter ihnen schrie der Priester: »Haut ab! Raus hier! Verschwindet!«, aber da war schon keiner mehr in der Kirche. An den Häusern entlang liefen sie nach Hause, sich immer wieder hinwerfend, denn die Amerikaner schossen sich ein.

Sie zogen in den Keller um, horchten auf die Explosionen, die Art, die Nähe, hörten deutlich das Maschinengewehrfeuer letzter deutscher Einheiten, die in den Bergen rund um die Stadt lagen, und den ganzen Tag einzelne Schüsse in den Straßen. Es gab Pausen im Artilleriebeschuß, dann rannten sie hinaus, in Richtung des Militärdepots, da gab es Hallen, in denen Schmalz und Mettwürste und Rotwein und Lachs und Kaviar lagerten. Sie aßen und tranken Köstlichkeiten, die sie nicht kannten, die sie noch nie gesehen hatten. Auf dem Rückweg in den Keller liefen sie um das Gebäude herum über eine Wiese und standen vor einem Dutzend nackter Leichen, die erschossen in ihrem verkrusteten Blut lagen, etwas weiter weg ihre Kleider, ihre Schuhe, sie sahen die Spuren der nackten Füße bis zur Rückwand des Depots, wo die Leichen ineinander verhakt, seltsam verrenkt, vor einigen halb ausgehobenen Löchern lagen und sie anstarrten. Maria riß den Jungen zurück, aber er hatte es schon gesehen, erstaunte Blicke zwischen leeren Augenhöhlen, bleckende Zähne, Vögel, die heranschwirrten und sich auf die Toten setzten, er hatte es schon gesehen.

Eine Woche lang saßen sie in einem überfüllten Keller, weil immer noch versprengte deutsche Truppen auf die Amerikaner schossen, die mit pausenlosem Artilleriefeuer antworteten. Sie lagen auf Matratzen, der Junge in einer Ecke, die Luft war schwer und verbraucht, und das Atmen machte Mühe. Durch halb Deutschland waren sie gezogen, aber die Sirenen und Bomben und Granaten waren ihnen gefolgt. Der Junge wäre am liebsten tot gewesen. Er rang nach Luft und wußte nicht, wozu er noch leben mußte. Maria rannte in den Pausen zwischen zwei Salven nach oben, um nach einem Einschlag sofort löschen zu können, rannte nach Lebensmitteln. Der Junge war wütend auf sie, weil sie unbedenklich ihr Leben einsetzte, niemals auf die Idee kam, irgend etwas könne ihr passieren, sie half jedem, der Junge hätte es lieber gehabt, sie wäre in seiner Nähe geblieben. Herr Hatzelberger und seine Gattin erörterten tagelang, wann man die Hakenkreuzfahne gegen eine weiße Fahne eintauschen müsse, Herr Hatzelberger wollte sein Haus retten und war für einen sofortigen Wechsel, seine Gattin hielt das für Verrat am Vaterland, am Deutschtum, am Nationalsozialismus, hoffte auf den Werwolf, der zusammen mit einer noch unbekannten Wunderwaffe den Umschwung bringen werde, und war nach wie vor vom Endsieg überzeugt. Maria explodierte einmal bei diesem Geschwätz, alle schrien sich an, die Nerven gingen durch. Draußen krachte es wieder, das Haus über dem Keller bewegte sich, es knisterte in den Kellerwänden, der Junge erstickte fast in der heißen Luft, Maria schleppte ihn die Kellertreppe hinauf in den Hausflur. Er lag auf den kalten Fliesen, es reichte ihm, der Krieg sollte endlich aufhören. Wie lange dauerte das schon. Wie lange warteten sie auf das Ende. All die vielen Berichte in den Zeitungen und im Radio über das Attentat auf den Führer, über die Verhaftungen und Hinrichtungen und die Invasionen der feindlichen Armeen in Italien, in Frankreich, millimeterweise rückten sie auf der Landkarte vor, monatelang hatte er jeden Tag am Radio gesessen, die gelblichen dünnen Zeitungen gelesen, hatte die deutschen Siegesmeldungen mit dem Vormarsch der feindlichen Armeen verglichen, der Führer war tot, ein Großadmiral regierte jetzt das Reich von einer nördlichen Kleinstadt aus, der Endsieg war die Niederlage, wann war es denn nun soweit.

Er setzte sich auf die Treppe zur Straße und schaute die Hauptstraße hinunter in der Hoffnung, endlich den ersten Amerikaner zu sehen, er sah nur einen Mann, der mit müden, langsamen Schritten mitten auf der Hauptstraße in Richtung des Waldes marschierte, ein Mensch, wie er ihn bisher nur auf den Bildern gesehen hatte, die die Maler bei Gustav abgestellt hatten und die ihn damals so erschreckten, daß er Alpträume bekam, ein Mensch, den man nicht beschreiben konnte, ein Phantomwesen, dreimal zerhackt und wieder zusammengesetzt. Er hatte ein Loch in der Hüfte, hinkte an einer Krücke, die bis unter die Achsel reichte, ein Arm hing zerstückelt an ihm herab, pendelte im Gleichschritt, der Kopf war verbunden, nur die Augen waren noch zu sehen, quer über der Brust hing sein Gewehr. Er ging, immer exakt in der Mitte bleibend, die Hauptstraße hinauf, in einer Uniform, die aus Resten vieler Uniformen bestand, die Stiefel waren mit Stroh ausgestopft, über seinem

Rücken hingen ein Fuchspelz und ein Schafspelz, und während der Junge dachte, der Mann werde jeden Moment tot umfallen, ging er stetig weiter, als hätte er noch etwas zu erledigen.

Dann war die Straße leer, man hörte ein mahlendes Geräusch, am unteren Ende der Straße tauchte der erste amerikanische Panzer auf, schwenkte suchend sein Rohr, stieß eine Rauchwolke aus und rollte langsam die Hauptstraße herauf. Der Junge kroch in den Hausflur zurück, um nicht als vermeintlicher Heckenschütze im Visier eines Soldaten zu erscheinen. Der Hausflur war voll Menschen, die alle noch schnell das Bild des Führers und die kleinen Hakenkreuzfähnchen und *Mein Kampf* in ihre Öfen gesteckt hatten und nun eine Gruppe bildeten, für die jeder Bildhauer dankbar gewesen wäre. Da sie nicht mehr Heil Hitler rufen konnten, um ihre Angst herauszuschreien, sich nicht mehr in einem Sieg Heil unbezwingbar vereinigen konnten, standen sie in stummer Angst nebeneinander, so einsam und so verlassen von Gott waren sie schon lange nicht mehr. Keiner sah den anderen an, sie starrten auf das Tapetenmuster oder das Fliesenmuster, als wäre da eine neue Ordnung zu erkennen. Der Haß würgte im Hals, das Mitleid mit sich selbst erzwang Tränen. Gestern noch den mit Gewißheit verkündeten Endsieg vor Augen, stand man nun vor der demütigenden, alle heiligen Werte vernichtenden Niederlage, auf Gedeih und Verderb dem Feind ausgeliefert. Die Gesichter versteinerten, je näher die Panzer kamen, die Körper wanden sich in mühsam zurückgehaltenen Krämpfen, die die Knie zittern ließen. Herr Hatzelberger verlor die Fassung, schrie nach einem Bettuch, seine Gattin beklagte jammernd die Schmach, fand sich plötzlich einem Neger gegenüber, der mit vorgehaltener Maschinenpistole in der offenen Haustür stand, schrie auf, der Neger streckte ihr die Zunge heraus, die Gattin von Herrn Hatzelberger fiel in Ohnmacht, der Neger grinste und tippte, zum Jungen gewandt, mit dem Zeigefinger an die Stirn.

Die ganze Stadt war in weiße Tücher verpackt, war bereit zu einer jungfräulichen Hochzeit mit den neuen Herrschern, lag so unschuldig da wie ein Sonntagvormittag nach der Messe. Man hatte sich ergeben mit Herz und mit Hand, man erwartete demütig und gehorsam die neuen Befehle, an allen Fenstern, Balkonen, Fahnenstangen hingen weiße Bettücher, blähten sich im Morgenwind, als hätte die Stadt große Wäsche gehabt, die blutroten Tücher waren verschwunden, man hatte umdekoriert. Im Fenster der Buchhandlung lagen an der Stelle, an der bisher die Bücher der NSDAP gestanden hatten, kleine Hefte mit der Aufschrift *Do you speak english?* Herr Hatzelberger stand in seinem Schaufenster, schob die Sammeltassen nach vorne und malte neue Preisschilder.

Die Amerikaner zogen auf ihren leisen Gummisohlen mit vorgehaltenen Waffen durch die Hauptstraße, begleitet von Jeeps, auf denen Maschinengewehre montiert waren. Sie stellten Posten auf, besetzten die Stadt, musterten die Häuser, sahen nur weiße Tücher.

Schon am nächsten Tag rannten die Kinder zur Kaserne, vor der sich die Soldaten in ihren Jeeps langweilten, riefen: »Have you chewing-gum? Have you chocolate?«, hielten sich an die Neger, die gutmütiger waren, mit breitem Lachen in eine ihrer vielen Uniformtaschen griffen und Dinge hervorzauberten, die keiner kannte. Da war er nun, der erbarmungslos kämpfende Todfeind, der sie rücksichtslos unterjochen wollte, wie es im Radio hieß, der sie zu Sklaven machen wollte, die in einem grauenvollen Hungertod untergehen sollten. Da waren die Feinde nun und verteilten Schokolade und Kaugummi, dösten in der Sonne, hörten Musik, die aus einem Radio dröhnte, das auf einem der Jeeps stand, und schlugen mit den Füßen den Takt, Zivilisten, die man in Uniformen gesteckt hatte, die von etwas anderem träumten als vom Krieg, so wie sie sich gaben, waren das gar keine richtigen Soldaten, es waren eindeutig die Söhne von Louis Armstrong und Glenn Miller.

Der Junge kam oft hierher, er wollte die Musik hören. Er lag dann an einem sonnigen Bach hinter der Kaserne auf der Uferböschung, aus den Fenstern der Kaserne ertönten Glenn Miller und Benny Goodman und Billie Holiday, die den Schmerz dieser Welt in eine Stimme verwandelten, die er nie mehr vergaß, und an einem Nachmittag legte jemand *West End Blues* von Louis Armstrong auf, die Zeit blieb stehen, als der erste Ton der langen Einleitung von Louis Armstrongs Cornet erklang. Er beobachtete den Bach, der im Sonnenlicht glitzernd über dunkle Steine plätscherte, die ruhig und unbewegt unter dem gleichmäßig fließenden Wasser lagen, aus ihren dunklen Farbtönen einen Kontrast zur Helligkeit bildeten, hier und da hochragten, kleine Wirbel verursachten, mit ihren Erdfarben gegen die Lichtspritzer des Baches standen. Frieden. Die Zeit stand still, bewegte sich nicht, ewig hätte er so sitzen können, es war Frieden, ein Wort, das für ihn bisher ohne Inhalt war, er wußte nicht, was Frieden war, er kannte keinen Frieden, er ahnte in dieser Stunde nur, was das Wort alles bedeuten konnte. Er atmete durch, lag auf der Böschung und hoffte, der Soldat würde die Platte niemals weglegen, würde den Plattenarm immer wieder auf Anfang stellen.

Die Regierenden der Welt beugten sich mit besorgten Blicken über die Landkarte Deutschlands, zogen Striche darüber, lehnten sich wieder zurück, fanden, daß es gut war, und die Spielzeugstadt lag bei Sonnenaufgang, obwohl sie in der Nacht nicht gewandert war, in der russischen Zone. Die Amerikaner zogen ab, die Stadt wäre gerne mitgezogen, sie hatte sich inzwischen ganz in das Sternenbanner gehüllt, aber da die Stadt nicht auf Rädern stand, blieb sie da, wo sie war, und warf sich in rote Tücher, die in kyrillischen und deutschen Buchstaben verkündeten *Die rote Armee wird euch vom Faschismus befreien.* Unter den vielen Transparenten, die wie ein Baldachin über der Hauptstraße hingen und auf denen Hammer und Sichel die siegreiche Sowjetarmee grüßten, marschierte mit schwermütigen Marschgesängen, die aus einer unbekannten Ferne stammten, die Rote Armee ein. Und wieder standen alle vorsichtig in den Hauseingängen und hatten Angst, und während die Gesänge in triumphalen Chören bedrohlich über der Stadt lagen, verbrannten viele die Hollywoodsterne und die rotweißen Streifen in ihren Öfen, in denen sie schon ihre Nazifahne verbrannt hatten. Herr Hatzelberger verpackte seine Sammeltassen wieder in Kisten voller Holzwolle, und im Buchladen gegenüber lagen schmale Hefte *Russisch für Anfänger.*

Über die englisch-deutschen Anordnungen der amerikanischen Militärregierung, die an den Hauswänden klebten, wurden nun die russisch-deutschen Anordnungen der russischen Militärregierung geklebt, der Unterschied war nicht groß, man mußte die Sperrstunde einhalten, man hatte den Befehlen der Militärregierung widerspruchslos zu gehorchen, aber das hatte man ja alles schon viele Jahre vorher gemußt, daran war man gewöhnt. Wie immer bei solchen Gelegenheiten fand in der Zivilbevölkerung auch ein Währungswechsel statt, die alte Währung hieß *Ami-Zigaretten*, die neue *Wodka.* Vorher wurde mehr geraucht, jetzt wurde mehr getrunken. In der Kaserne herrschte wieder Ordnung, das erfuhren als erstes die Kinder. Konnte man vorher ganze Kartons mit Nahrungsmitteln heraustragen, ohne daß sich irgendeiner darum kümmerte, die Wachen waren meistens mit ihren Freundinnen beschäftigt, hatten jetzt alle den Eindruck, daß da nicht mehr viel zu holen war, die hatten selber nichts zu essen, und der Kommandant verteilte bestenfalls Flugblätter über die deutsch-sowjetische Freundschaft.

Maria, die schon einen amerikanischen Ausweis für die amerikanische Besatzungszone hatte, erhielt nun einen russischen Ausweis für die russische Besatzungszone, später, wieder zu Hause, erhielt sie noch einen britischen Ausweis für die britische Besatzungszone, was ihr den Beinamen *Maria mit den drei Pässen* eintrug. Sie war damit eine der wenigen Personen, die fast ungehindert durch Deutschland reisen konnten, sie mußte nur der französischen Besatzungszone ausweichen. Und so unternahm sie später viele Reisen, was an eine Geschichte der Pilgerreise von Maria und Joseph nach Tschenstochau erinnerte, die seinerzeit durch das deutsche, russische und österreichische Polen führte.

Auch eine andere Geschichte aus der Vergangenheit wurde wieder lebendig; als Maria sich in den Wirren des Militäraustausches am letzten Tag mit dem Jungen in einer amerikanischen Straßenkontrolle verhedderte und festgehalten wurde, erschien plötzlich ein Offizier in einer fremden Uniform, der bisher nur zugesehen hatte, ließ sich Marias Ausweis geben und sagte den Amerikanern, daß die Angelegenheit »o. k.« sei. Maria aber blieb stehen, der Offizier lachte, der Junge wußte nicht, was los war, dann sagte Maria: »Ich denke, du sitzt in deinem Sultanspalast in Malakka.«

»Das Leben macht Umwege«, sagte der Offizier in bestem Deutsch.

»Der Genueser«, sagte Maria zum Jungen, er kannte die oft erzählte Geschichte aus der Zeit vor Marias Heirat und erkannte auch den Fremden aus der Martinsnacht.

»Was bist du jetzt?« fragte Maria.

»Polnischer Oberst«, sagte der Genueser.

»Gehörst du zu den Amerikanern oder zu den Russen?« fragte Maria.

»Zu den Franzosen«, sagte der Genueser und lächelte, »eine lange Geschichte, ich werde sie dir ein andermal erzählen.«

Dann gingen sie in ein Offizierskasino neben den Kasernen, dort war man schon beim Packen, konnte nur noch Tee und Fruchtkuchen aus Büchsen anbieten. Sie saßen zwischen kaugummikauenden und colatrinkenden amerikanischen Offizieren, die von Idaho, Oklahoma, Texas und Florida schwärmten, Lionel Hampton spielte pausenlos *Flying Home*, Maria unterhielt sich mit einem polnischen Oberst über Malakka, der Junge saß vor einem Coca-Cola-Kalender mit fremdartigen Landschaften und hatte das Gefühl, endgültig in einer anderen Welt zu leben. Er lehnte sich zurück und fuhr in seinen Gedanken mit Joseph Conrad auf einem alten Handelsdampfer den Kongo hinauf, durch einen Dschungel kreischender Tiere, den Windungen des Flusses folgend, das Herz der Finsternis suchend.

Der letzte Teil der Reise durch Deutschland, die Rückkehr Marias und des Jungen in ihre Heimatstadt, wurde zu einer Pilgerfahrt besonderer Art.

Maria und einige Frauen erkundeten das Gelände, suchten die Grenze zur amerikanischen Zone zwischen Wäldern und Wiesen, versuchten mehrere Tage lang, einen Weg über eine Grenze zu finden, die noch nicht markiert war, und wurden dabei von einer russischen Patrouille entdeckt. Ein Jeep mit drei Soldaten schoß heran, stoppte, die drei Soldaten sprangen heraus, aus einem ruppigen Wortwechsel mit russisch-deutschen Sprachbrocken wurde ein Streit, bei dem sich Maria nicht zurückhielt, und der Junge sah mit Entsetzen, ganz starr und ganz hilflos, wie die drei seine Mutter griffen und sie abführen wollten. Gustav fiel ihm ein, der gesagt hatte, er solle auf seine Mutter aufpassen, sie sei unvernünftig. Es war unvernünftig, sich an einer Grenze mit drei russischen Soldaten anzulegen, die sie einfach erschießen konnten. Ein Handgemenge entstand, Maria wehrte sich, biß, kratzte, spuckte, trat mit den Füßen, schlug mit den Händen um sich, es wurde ein stummer Kampf auf Leben und Tod, bei dem die drei Russen die Vernünftigeren waren, Maria schließlich wieder losließen, ihre Käppis zusammensuchten, mit zerrissenen Uniformblusen und blutenden Gesichtern den Jeep bestiegen und wegfuhren.

Aus der Wut Marias und der Enttäuschung der Frauen über das Scheitern des Plans entstand die Energie eines Protestzuges. Die vielen Frauen aus verschiedenen Gegenden Deutschlands, die in der Spielzeugstadt gestrandet waren, zogen Sprechchöre rufend durch die Stadt, standen stundenlang vor der Kommandantura, johlten, pfiffen, schrien wild durcheinander, riefen »Dawai, dawai«, wiederholten das jeden Tag, bis der russische Kommandant vor aller Augen den neu eingesetzten Bürgermeister anschrie. Der schrie vor aller Augen den Bahnhofsvorstand an, und plötzlich verbreitete sich ein Gerücht, das immer wieder bestätigt und mit jedem Tag gewisser wurde: Ein Zug werde fahren, wann, wisse man nicht, wohin, wisse man auch nicht, aber er werde fahren, das wisse man aus sicherer Quelle, ein Zug, welche Hoffnung, und das auf einer Strecke, auf der schon lange kein Zug mehr fuhr, auf der Gras zwischen den Schienen wuchs, der Bahnhof ein Gefangenenlager für deutsche Soldaten war.

Tatsächlich wurde ein Zug zusammengestellt, es dauerte Tage, bis man aus den auf verschiedenen Gleisen herumstehenden, zerschossenen Waggons die aussortiert hatte, die noch fuhren. Mit Holz und Pappe wurden die Einschußlöcher und die scheibenlosen Fenster von deutschen Kriegsgefangenen zugenagelt, die beim Rangieren auch die Weichen stellten. Eine heftig schnaufende Rangierlokomotive verschob die Wagen, rangierte, solange sie Kohlen hatte, blieb dann stehen, wartete, bis ein Lastwagen eine Ladung Kohlen brachte, schaukelte dann wieder unermüdlich über die Gleise, rackerte sich ab, stöhnte und prustete, gab nicht eher Ruhe, bis auf einem Hauptgleis einige Wagen auf eine große Lokomotive warteten. Die kam bereits nach wenigen Tagen, und der Lokführer verkündete stolz, er werde versuchen, von Station zu Station zu fahren, immer den Gleisen nach, die in Ordnung wären. Wo sie schließlich ankämen, wisse er auch nicht, mit Glück in der Nähe eines offiziellen Grenzübergangs, falls bis dahin die Kohlen reichten, wo es unterwegs Kohlen gebe, könne er allerdings auch nicht sagen. Dann winkte er einige Frauen näher heran, zeigte auf die Räder der Lokomotive und auf die Schienen und erklärte, beides gehöre zusammen, er könne nicht querfeldein fahren. Nach der Belehrung verschwand er für einige Tage mit dem Abschiedssatz, wenn die Maschine genügend Kohlen habe, werde ihn sein Heizer schon finden.

Zwischen dem Bahnhof und den Zimmern der evakuierten Frauen entstand eine Ameisenstraße. Die Frauen spannten sich vor kleine, gefährlich hoch beladene Holzwägelchen, zogen die schwankende, abenteuerlich verschnürte Last auf quietschenden Rädern zum Bahnhof, rannten wieder zurück, bepackten das nächste Holzwägelchen. Der Zug war viel zu klein für die vielen Menschen, trotzdem mußten das wenige Gepäck und die Holzwägelchen auch noch mit. Die Fenster wurden zugebaut, die Abteile, die Gänge, es entstand eine fahrbare Höhle, durch die man sich hindurchzwängte, hindurchkroch, hindurchkämpfte. Sitzplätze gab es nicht, man saß auf Holzkisten und Pappkoffern, auf Stoffsäcken und Matratzen, mittendrin saß der Junge auf dem Schließkorb und zählte die Koffer, die Maria heranschleppte. Da in der Spielzeugstadt kaum etwas zerstört war, gab es hier genug Kleidung und Bettwäsche, Matratzen und Wolldekken, Porzellan und Gläser, viele hatten sich wieder etwas *angeschafft*, wie das hieß, alltägliche, aber wertvolle Dinge, die man in die zerstörten Städte mitnehmen wollte, wo es mit Gewißheit sehr lange nichts geben würde.

Irgendwann stand die Lokomotive unter Dampf, der Lokomotivführer erschien, und der Zug fuhr ab, wer drin war, war drin, wer ihn verpaßte, blieb zurück, keiner interessierte sich dafür, Mütter und Kinder wurden getrennt, ihr Geschrei begleitete die ganze Abfahrt. Der Junge war wütend auf die Frauen, die für einen Korb Wäsche oder Porzellan riskierten, den Zug zu verpassen, auch Maria hatte zuviel Gepäck, sie bekamen deswegen ihren ersten Streit.

Der Sonderzug der Deutschen Reichsbahn, Abfahrt unbekannt, Zielort unbekannt, Ankunft unbekannt, rollte los, folgte den Schienen, kroch rumpelnd, zugig und ungeheizt durch eine gefrorene Landschaft, stand stundenlang auf freier Strecke, kämpfte sich durch Schneestürme, fuhr mal nachts, mal am Tag, fuhr wieder rückwärts, rangierte mehr, als er fuhr, schien sich im Kreis zu bewegen, so daß keiner sagen konnte, wo man war. Die Frauen und Kinder hingen zwischen dem Gepäck, das sie fast erdrückte, das sie mit ihrem Körper abstützen mußten, weil es sonst über ihnen zusammengeschlagen wäre. Sie lagen in einem Dämmerzustand, hatten sich der Zeitlosigkeit ergeben, wurden langsam zu Eis, froren, hungerten, hatten Durst, aber keiner verließ den Zug an den vielen Haltepunkten, alle klammerten sich an dieses rollende Gestell, das irgendwann ja einmal ankommen mußte, wann und wo, war eine Frage der Hoffnung, die Realität sprach für eine ewige Fahrt.

Menschen starben in diesem Zug, wurden ausgeladen, blieben an einem Bahnwärterhäuschen liegen, auf einer kalten Erde, neben einer dickvermummten Frau mit einer Signalfahne. Kinder, die ihre Mütter verloren hatten, schrien sich in die Hölle, wurden halb totgeschlagen, weil es keiner mehr ertragen konnte, und dann kurzerhand von einer Frau adoptiert, die meinte, es kommt auf einen mehr oder weniger nicht an.

Kranke stöhnten im Fieber, schlugen um sich, phantasierten, hielten Reden vom Weltuntergang und den Sünden der Menschen, während neben ihnen einige Frauen sich so mit Wodka betranken, daß eine von ihnen mit ihrem Koffer, den sie wegwerfen wollte, aus der Tür des fahrenden Zuges fiel, eine Frau zog an der Notbremse, aber die funktionierte nicht. Auf einem nächtlichen Bahnhof ohne Licht wurde eine Schwangere ausgeladen, auf einem Gepäckkarren im Schein von Taschenlampen weggefahren, sie schrie nach ihren Koffern, die mit dem Zug verschwanden.

Der Zug rollte weiter, kahle Äcker zogen vorbei, dunkle Wälder, die in der naßkalten, dunstigen Luft bedrohlich näher kamen, Leiber von Riesen, die sie begleiteten, auf ihr Ende warteten, um sie dann in eine Schlucht zu versenken. Doch der Zug rollte weiter mit seinen hämmernden Rädern, überquerte Straßen, auf denen Menschen mit Pferdefuhrwerken kampierten, schob sich langsam über zerstörte Brücken, begleitete einen Fluß, in dessen Wellen sich Leichen wiegten, sie schwammen mit dem Rücken nach oben, trieben pendelnd und sich ausruhend mit dem Fluß, drehten sich im Kreis, versammelten sich in einer Bucht, wo ein Mann mit einer langen Stange stand und sie wieder in den Fluß zurückdrückte.

Frauen turnten außen am Zug entlang, sprangen von Trittbrett zu Trittbrett, von Haltegriff zu Haltegriff, verrichteten während der Fahrt in der Hocke ihre Notdurft, kletterten über die Puffer auf das Wagendach, versuchten, die Namen vorbeiziehender Städte zu erkennen, verteidigten ihren Zug gegen

Menschen, die an den Gleisen standen, von dem Zug anscheinend gehört hatten und sich nun an die Türgriffe hängten, auf die Trittbretter sprangen, sich festhielten mit erfrorenen Fingern und flehenden Gesichtern, sich mit den Füßen tretend gegen die nächste Welle verteidigten, die an einem verbrannten Bahnhof stand und über sie hinweg in den Zug kletterte, die mit Pappe vernagelten Fenster eindrückte, sich Platz schuf, indem sie das Gepäck anderer aus dem Fenster warf. Der Zug wurde so voll, daß alle nur noch stehen konnten, kaum noch atmen konnten, im Stehen schliefen, im Schlaf redeten, Tag und Nacht verwechselten, Personen verwechselten, Gespräche mit Menschen führten, die gar nicht vorhanden waren, mit ihren vermißten Männern und verschollenen Eltern redeten, sich von ihnen verabschiedeten, sich auf den Tod vorbereiteten.

Nach einer unendlichen Fahrt, wie lange sie gefahren waren, wußte keiner, hielten sie an einem zerstörten Bahnhof, russische Posten forderten sie auf, auszusteigen. Sie zerrten ihr Gepäck aus dem Wagen, stapelten es im Freien übereinander, ein Kofferhügel, der von einigen Frauen bewacht wurde. Überall sah man diese neuen Zusammenschlüsse von Menschen, die sich unterwegs kennengelernt hatten, als würden neue Stämme gegründet, kleine Nationen, die zusammenhielten. Jede Stunde lösten sie sich ab, kreisten wachsam um ihren Besitz, schlugen mit Latten, die sie von einem Zaun gerissen hatten, Plünderer in die Flucht, Menschen, die auf das Gepäck losrannten, einen Koffer schnappen und damit verschwinden wollten. Manchmal gelang es ihnen, denn sie kamen zu viert oder fünft von verschiedenen Seiten angerannt, manchmal wurden sie von den Frauen fast totgeschlagen, lagen blutend im Dreck, keiner kümmerte sich um sie, die nächsten Plünderer rannten über sie hinweg auf den Gepäckberg zu.

Der Junge lag mit Maria, die auch regelmäßig Wache hatte, in einem ehemaligen Wartesaal auf dem Steinboden, Hunderte lagen da dicht zusammen, in zerrissene und verdreckte Militärmäntel und Pferdedecken verpackt, im Schlaf atmende Tiere, die sich gegenseitig wärmten. Ein Mann schrie ein Lied, er sang es nicht, er schrie es, *You are my Sunshine, my beautiful Sunshine*, er wiederholte immer wieder dieselben Worte, man schrie ihn an, er solle endlich Ruhe geben, er schrie sein Lied weiter, bewegungslos liegend, in den Frosthimmel starrend, denn ein Dach hatte der Wartesaal nicht. Ein Mann stand auf, schlug wortlos auf ihn ein, der Mann schrie sein Lied weiter, der andere schlug auf ihn ein, danach hörte man nichts mehr. Am anderen Morgen, als alle den Raum verließen, lag er immer noch da und bewegte sich nicht und starrte in den Himmel und war tot. Der Junge sah noch lange diesen dunklen, bewegungslosen Klumpen, für den sich keiner interessiert hatte, das Lied und den schreienden Gesang vergaß er nie mehr.

Sie mußten einen Fluß überqueren, direkt neben einer gesprengten Eisenbahnbrücke, die teilweise im Fluß lag, sie rutschten mit ihrem Gepäck, mit ihren Holzwägelchen einen Hang hinunter, kletterten auf einen Pionierponton, der sie zum anderen Ufer brachte, durch das schwarze, gurgelnde Wasser, das voller Eisstücke war, die dumpf gegen den Ponton schlugen. Am anderen Ufer schleppten sie ihre Koffer und Taschen und Stoffsäcke wieder eine Böschung hoch, zogen ihre Holzwägelchen ebenfalls nach oben, kletterten in einen Zug, der dort stand, fuhren wieder einen Tag und eine Nacht und wußten überhaupt nicht mehr, wo sie waren.

Der Zug hielt auf einem freien Feld, sie mußten aussteigen, eine Straße führte in einen Wald, die Straße sah man nur, weil sich darauf eine unübersehbare Menschenmenge aneinanderreihte, in dicke Mäntel und Kopftücher und Mützen eingepackte, vermummte Menschen, die sich mit ihrem Gepäck schrittweise vorwärtsbewegten. Sie reihten sich ein, ohne zu wissen, wohin diese Kolonne zog, gingen einfach mit, schleppten ihr Gepäck wie alle anderen und standen nach einigen Stunden auf einem Hügel, der die russische Grenze sein sollte, jedenfalls entnahm man das den Worten der Menschen, die vor ihnen waren, und der Tätigkeit der russischen Soldaten, die eingehend und mit Mißtrauen Papiere kontrollierten, Gepäck kontrollierten, die Menschen kontrollierten.

Viele mußten mit ihrem Gepäck aus der Menschenschlange heraus, mußten sich seitlich aufstellen, durften nicht über die Grenze, warum, wußte keiner. Man wußte auch nicht, wonach die Soldaten suchten, wie die Papiere auszusehen hatten. Langsam kamen sie näher. Maria und der Junge sahen sich an, es war wohl Zufall, ob man über diese Grenze durfte, die mitten in einer freien Landschaft lag, oder ob man wieder zurückmußte. Dann standen drei russische Soldaten um sie herum, einer prüfte Marias russischen Ausweis, prüfte Stempel und Foto, ein anderer besah sich die hochbepackten und festverschnürten Holzwägelchen, es dauerte, es dauerte. Ein Offizier stand einige Meter abseits, sah geradeaus, war in Gedanken wahrscheinlich Tausende Kilometer entfernt, hinter anderen Grenzen, in einer Landschaft, die er Heimat nannte, während er im Niemandsland stand und auf die gebeugten Rücken einer Menschenkolonne sah, die von Sonnenaufgang bis Sonnenuntergang über einen Hügel zog, sich im Schatten eines Tals verlor, in einer schwachen Wintersonne wieder auftauchte. Der Offizier sah plötzlich den Jungen, sah ihn nachdenklich an und nickte ihm zu, immer noch in seinen Gedanken versunken, so als wolle er sagen: »Sieh es dir an, Junge, so sieht es aus, das Leben.« »Dawai«, endlich das erlösende Wort, und die Freude über den Grenzübertritt wurde verstärkt durch einen leichten Abhang, den man mit dem Druck der Holzwägelchen im Rücken von selbst hinunterrutschte, über unebenes, zertretenes Eis in ein schattendunkles Tal, dessen eisige Luft schmerzend in die Lunge stieß. Und dann standen sie vor dem steilsten Berg, den der Junge je gesehen hatte, in der Erinnerung wurde er länger und steiler, als er vielleicht war, aber schon in diesem Moment schien er unüberwindbar, ein Berg aus schwarzschimmerndem Eis, er stand da wie eine Wand. Eine stumme Menschenkolonne erstieg ihn Schritt um Schritt mit ihrem Gepäck, der Junge mußte sich einreihen, sich in das Eis stemmen, in die Löcher, die die Vorderleute getreten hatten, den hochbepackten Wagen hinter sich, beide Hände an der Deichsel, einen Strick um die Brust, in den er sich mit seinem ganzen Gewicht hineinlegen mußte, um den Wagen zu halten, während Maria von hinten mit einer Hand schob und mit der anderen Hand und einem Strick um den Körper einen weiteren Wagen zog, an dem ein kleiner dritter hing. Wer stehenblieb, wurde aus der Kolonne gedrückt, rutschte mit seinem Gepäck den Berg hinunter, vorbei an der schweigenden Menschenkolonne, die in sich einen schwankenden Halt hatte, eine Verbindung aus gegenseitiger Feindschaft und Hilfsbereitschaft, aus Haß und Nächstenliebe. Ohne diese freiwillige Ordnung, die von allen sofort und instinktiv eingehalten wurde, ohne den gleichmäßigen Schritt aller, ohne die Fußstapfen der Vorderleute, ohne den abstützenden Halt der Hinterleute wären alle, in einem kurzen Moment der Schwäche, des Ausrutschens, den Berg hinabgerutscht. Allein kam hier keiner hinauf, allein erreichte keiner den Gipfel, der für alle unsichtbar war, weil sie auf ihre Füße sahen, der nur eine Vorstellung in ihren Köpfen war, ein Wunschglaube, daß da oben ein Gipfel sein müsse, daß diese Menschenkolonne einfach ein Ziel haben müsse.

Der Junge sah nur das schwarze Eis, er versuchte Schritt zu halten, seinen Wagen zu halten, der schwerer war als er, er wußte, Maria schiebt, Maria ist stark. Der Berg wuchs mit jedem Schritt, wurde höher und steiler, der Weg wurde länger mit jedem Meter, den man zurücklegte. Neben der Straße standen Bauern, bewegungslos wie Götzenbilder, aufgereiht wie in

Stein gehauene Dämonen. Sie verfolgten den Menschenzug aus den Augenwinkeln, starrten auf die Gepäckstücke, die von den Menschen weggeworfen wurden, Habseligkeiten, gottweißwielange mitgeschleppt, an diesem Berg geopfert, um lebend den Gipfel zu erreichen. Mit jedem Meter bergauf lagen mehr Gepäckstücke im Straßengraben, auf halber Höhe umgekippte Wagen, aufgegeben, herrenlos, die Bauern bewegten sich plötzlich rasch und in Rudeln wie die Schatten großer Tiere, die ihre Beute jagen, rissen die Verschnürung auf, wühlten in den Koffern, suchten Radios, Besteckkästen, Schmuck, Bettwäsche, warfen das andere in den Dreck. Ihre Frauen schleppten die erbeuteten Sachen ab, während die Männer auf den nächsten Wagen lauerten, auf Lederkoffer, auf Uhren, und die Fotos und die Andenken in den Graben traten.

Der Junge konnte nicht mehr atmen, er kam sich vor wie Jesus unter dem Kreuz am Kalvarienberg, ihm fielen die alten Geschichten ein, die ihm erzählt worden waren, die vielen Geschichten, die er gehört hatte, die Geschichten des Ausharrens in Polen, die Fluchten aus Lucca und Florenz und Lyon, und immer erneut Hab und Gut verloren, Leib und Leben riskiert, vor den Dragonern des Königs in die Wälder geflohen, über die Grenze geflohen, Webstühle und Stoffe wegwerfend, die erstochene Fiorentina, die das Musterbuch retten wollte, die Flucht während des Martinsfestes, das Ausharren zwischen den Deichen, das Ausharren im Berg, das langsame Weiterziehen auf einem Kahn, durch die Nacht treibend, den Tag stumm wie Erdhügel im Schilf verbringend. Die alten

Namen und die vergangenen Geschichten wurden lebendig, und wenn er diesen Berg überlebte, würde er alle Geschichten noch einmal erzählen, alles noch einmal von Anfang an erzählen, und der schwarzvereiste Berg wäre nur noch eine dieser Geschichten. Er blieb stehen, es ging nicht mehr, das Gewicht des Wagens zog ihn zurück, drückte ihn auf den Boden, er spürte seine Hände an der Deichsel nicht mehr, der Strick um seine Brust nahm ihm endgültig den Atem, dann sah er, wie Maria ihre beiden Wagen in das Feld neben der Straße kippte, ihn von seinem Strick und von der Deichsel erlöste, auf den Wagen legte und mit ihrer ganzen Kraft loszog, weil sie jetzt nur noch ihn retten wollte.

Als er wieder zu sich kam, stand er fast bis zu den Knien im Schlamm eines Lagers, das sich Friedland nannte, obwohl es kein Friedensland und kein friedliches Land war, sondern ein Schlammloch, durch das menschenähnliche Wesen wie urzeitliche Echsen auf allen vieren krochen. Maria trug ihn in eine seltsam niedrige Baracke, die früher einmal ein Schafstall war, Hunderte saßen da in langen Reihen in den Futtertrögen der Schafe, sahen aus wie gefesselte Mißgeburten, weil sie in die Futtertröge gerutscht waren, so daß die Beine in der Luft baumelten und der Oberkörper nach vorne fiel, saßen in ihren Mänteln aneinandergedrückt, schliefen, röchelten, schnarchten erschöpft in der Luft, die zum Ersticken war. Maria fand mit Mühe und vielen Bittworten für den Jungen einen Platz auf einem der Futtertröge, er rutschte in den Trog, saß zwischen fremden, schlafenden Menschen, blieb allein. Maria mußte draußen im Schlamm den Schließkorb bewachen, das einzige, was sie noch besaßen, während der Junge in einem langsamen, quälenden Erstickungsanfall sein Bewußtsein verlor.

Als er aufwachte, lag er im Freien auf dem Schließkorb und bekam eine Spritze. Er ging nicht mehr in den Schafstall, Maria eroberte für ihn eines der raren Betten, darin lag er eine Nacht auf einem Strohsack, angekleidet, weil es keine Decken gab, zusammen mit einem anderen Jungen, neben einem sterbenden Mann. Am Morgen kroch er zum Schließkorb zurück, blieb auf dem Schließkorb liegen, bekam so lange Spritzen, bis keine mehr da waren. Er konnte später nicht sagen, wie viele Tage und Nächte er und Maria im Schlamm des Lagers herumgekrochen waren, sie wurden alle entlaust und desinfiziert, schneeweiß liefen die Menschen durch den zähen Schlamm, der wie Schleim auf der Erde lag, schneeweiß mit schneeweißem Haar, wie Maskierte eines tödlichen Karnevals.

Dann saß er wieder mit Maria in einem Zug, der Tage und Nächte fuhr, zweimal wurde er aus dem Zug ausgeladen, weggetragen. Er erinnerte sich nur, daß er auf dem Bahnsteig saß, während Maria herumrannte, er erinnerte sich, daß seine eisigen Füße, während er eine Spritze bekam, in einen heißen Backofen gesteckt wurden, seine erfrorene Lunge in der warmen Zimmerluft langsam auftaute, ihm wieder das Atmen gestattete. Wo sie waren, wie viele Tage und Nächte sie blieben, daran erinnerte er sich nicht mehr, er wußte nur noch, daß sie wieder in einem Zug saßen, lange fuhren, Tag und Nacht, hell und dunkel verschwammen in eins, Tagundnachtgleiche der Erinnerung, Tagundnachtgleiche des Lebens.

An der Stadtgrenze endete die Fahrt, sie kletterten aus dem Güterwagen, in dem sie gelegen hatten, Polizei und britische Soldaten hielten sie an, Zuzugssperre, der Zuzug in die Stadt war wieder verboten wie nach dem Ersten Weltkrieg. Maria erfand einen Wohnraum, der für sie bereitstehe, sie phantasierte und log und redete mit solcher Überzeugungskraft, daß sie weiterziehen durften. Noch einmal desinfiziert, standen sie auf den Hügeln des Grafenberger Waldes wie zwei weiße Engel über der dunklen, lichtlosen Stadt, deren Konturen nicht zu erkennen waren. Der vagen Erinnerung an ehemalige Straßenzüge folgend, schleppten sie ihren Schließkorb quer durch die Trümmer einer vergangenen Stadt, mit letzter Anstrengung, mit letztem Atem, beinahe bewußtlos, nur das nahe Ziel hielt sie noch aufrecht, die Familie im Quartier, von der sie nicht wußten, wo sie war und ob sie noch lebte. Maria suchte Kreideschriften an verbrannten Hausmauern, erhielt Hinweise von Menschen, die aus Kellerlöchern sahen, fand eine verwischte Inschrift an einem Eisenträger, irrlichterte mit ihrer Taschenlampe durch die dunklen Gemäuer. Der Junge saß auf dem Schließkorb mitten auf dem Markt, wie lange, wußte er später nicht mehr, die Erinnerung löste sich auf in ein Atmen, ein ununterbrochenes konzentriertes Atmen, ohne jede Vergangenheit und Zukunft, ohne jede Gegenwart, weil nur noch das Atmen zählte.

Sein Vater stand plötzlich vor ihm in einer deutsch-amerikanischen Uniform, er sah auch Gustav und Fin und Elisabeth, dann lag er in einer schwarzen Gruft, in die man ihn hinuntergetragen hatte, lag auf einer Decke, Maria schob den verdreckten Schließkorb neben ihn, packte seine Bücher aus, stellte sie an die Wand, sagte: »Wir sind zu Hause«, sagte: »Alle sind da«, sagte: »Es ist Heiligabend.«

Er sah sie alle um ein Hindenburglicht auf dem Boden sitzen, schweigend, sah Maria in ihrer Erschöpfung, sah die harten Furchen im Gesicht Friedrichs, sah Fin, deren schwarze Haare nun weiß waren, sah Elisabeth in Lumpen mit kahlgeschorenem Kopf, sah das grimmige Gesicht Gustavs, der sein Bein ausgestreckt hielt, die Wunde war offen, sie schimmerte blutrot im Kerzenlicht.

Er schreckte hoch, es war dunkel und kalt, er konnte sie nicht sehen, er hörte nur, wie sie leise redeten, sie sprachen über ihn, sie erzählten eine Geschichte über ihn, sie erinnerten sich an ihn, die verschiedenen Sätze fügten sich zu einer Geschichte, die in der Vergangenheit lag, in einer lang vergessenen Zeit, es war dunkel und kalt, er fiel vornüber.